真實犯罪故事

JOSEPH KNOX

喬瑟夫・諾克斯——著　　林零——譯

TRUE CRIME STORY

「當我不在，你還會想我嗎？」

魔怪樂團，〈你還想要嗎〉

出版者註記

此為《真實犯罪故事》之修訂二版，其中包含先前未公開的內容，關於喬瑟夫．諾克斯在事件中扮演的角色，此外也收錄他針對媒體及網路上掀起的各種強烈指控的回應。又，企鵝藍燈書屋可證實本社與諾克斯先生都同意結束雙方的商業關係，並且不會在未來有任何合作計畫的進行。

詳見下方諾克斯針對第二版的簡短聲明。

企鵝藍燈書屋提議編修《真實犯罪故事》的第二版，藉此釐清我在其中的角色，我真是恨不得馬上著手。眾人質疑我是否有資格參與這個企劃合情合理，還有一些問題，是我高興都來不及、想在正確時機回答的。不幸的是，其中也有損害我名譽的指控、對我個人品格噁心不實的扭曲言論，以及對我家人的威脅。這些攻擊完全越了線。報導有違實情的地方在於，我並未反對企鵝藍燈書屋對內文做出任何補充，只要求能擁有回應權。

我不斷被讀者對這個故事的關心而感動，儘管有時會帶來個人的痛苦，我仍將這當作第一版的改善版本。我誠心希望，這些修正能讓我們將焦點從腥羶色的旁枝末節，轉到真正的煽動者與這樁罪行真正的受害人身上。

喬瑟夫・諾克斯
二〇二〇年

二〇一一年十二月十七日星期六早晨時分，柔伊．諾蘭，十九歲的曼徹斯特大學學生，自她住了三個月的合租公寓內舉辦的派對離開。

此後再也沒有人看過她。

表面上，柔伊是天之驕女。當年九月，她從特倫特河畔斯托克來到曼徹斯特，發現自己長久以來所追求的就是在這座城市居住生活。她和雙胞胎姊姊金柏莉、以及另外兩名不久後成為她閨中密友的女孩，搬進一棟高聳的學生公寓。歌唱一直是柔伊這輩子最大的熱情，她之所以搬到曼徹斯特，便是為了更認真地學習音樂，她也發現自己在系上同學間和校園中意外受歡迎。她的同齡人認為，她的天賦和專心投入的態度令人印象深刻，她也迅速遇見一個年輕人，他將成為她第一個認真交往的男友。在這裡，她度過了似乎相當愉快的三個月，直到十二月十七日，她的父母準備帶她回家共度聖誕佳節，卻發現她消失得無影無蹤。

我從沒聽過柔伊・諾蘭這個人——又或者我聽過，只是完全忘記了。二〇一一年，亦即她失蹤那年，我當時應該是二十五歲，也在曼徹斯特生活——如果那樣也稱得上生活：我沒有美夢成真，而是在地下室的廉價酒吧工作，賺取最低工資外加一些小費，然後將我賺到的每一分錢再花出去。不管好壞，曼徹斯特都造就了我，那是我這輩子第一個心碎之處，也是我第一次斷鼻之處，而不知怎麼，它涵納了我對這城市熱愛的諸多事物。一方面它讓人吃盡苦頭，另一方面又有著浪漫與美好。就像某人將「愛」與「恨」刺在指節上頭——你永遠不會知道他接下來會用哪一邊揍你。與其說我像個戰士，不如說我像個情人；與其說我是強棒打者，不如說我像挨打的沙袋。所以我只能努力保持警戒，在重拳來臨時逆來順受。這座城市總呈現出多種不同樣貌，讓我訝異不已。有些很好，有些不佳——但請別誤會，這座城市永遠能給我驚奇。如今它的很多畫面都變得模糊，有好幾年的事情我根本不記得——甚至好幾份工作、好幾個人、好幾個地方，更不用說新聞報導或報紙頭條。

或呼籲大家提供情報的警方。

因此，當我在柔伊・諾蘭失蹤約六年後，因為一位新朋友的堅持，開始找起她的資料，便發現自己真正記得的是她的形象。六年多前，有一陣子她的照片在城市裡隨處可見，那張我從來不確定叫什麼名字的臉。柔伊幾乎成為金髮失蹤人口的典型形象——不過也只是幾乎，但又不完全是。我大略掃過報導，自顧自的咕噥著一些「噢對，沒錯」的話，然後繼續生活。因為就我讀到的訊息，她離開那個派對後也沒發生什麼特別的事。她的下落持續不明，我也不懂為什麼我這位新朋友對她這麼感興趣，又為何突然如此執著。總之，我是個大忙人。時至二〇一七年，我自己的人生終於展開，再也沒時間和那些對人生漫不經心的人瞎耗。現在我成了線上的作家、重要人物——我前途無量。至少在我心裡是這樣覺得。我完全沒頭緒柔伊那張凝結的笑容後面藏著什麼，也不曉得她的失蹤背後有何意義。我完全不知道，在未來幾年，她會讓我輾轉難眠，也不知道她會使我的好友陷入生命危險。

她的故事十分悲傷，無庸置疑，但不算轟動整個社會。因為就我經驗看來——無論虛構或真實——女孩子失蹤的事件時有所聞。做為犯罪作家，失蹤女孩或多或少是我慣用的技巧。我想我仍有點消極，覺得即使過了這麼多年，柔伊還是可能會突然出現在某個地方。也不見得一定會是活生生的她，但至少會有個屍體什麼的。也許死亡方式很典型，搭配她典型的失蹤人口照片。我想她可能會在林地裡某個淺淺的墓坑裡被發現，或被丟棄在路旁的行李箱，或深深沉在水裡，在曼徹斯特三十六英里長的某段運河中。我本以為她的人生和失蹤謎團終能解開，並且獲得合理解釋。就算不是今日，至少也是未來。我以為她的故事最終會變得平凡無奇，只是遇上了我們那年代某個極惡之徒——某個男人，例如某個對她跟前跟後監視的人，某個不小心下手太過的人，某個將暗黑遐想變為駭人悲慘現實的人。

如果沒有認識伊芙琳·米契，我恐怕不會對這個故事有太多想法。在我的出道作《海妖》於曼徹斯特的新書發表會問答時段，她是第一個舉起手的人。她問我犯罪小說裡連續殺人犯的來由，還有這個文類為什麼主要都將焦點放在殺人犯、而非受害者身上。當時的我不知道自己正在接受她的測試，便老實回答，說我在某種程度上同意她的意見。《海妖》裡面沒有連續殺人犯，我也表示我不認為未來我的小說裡會有任何連續殺人犯。這單純是因為他們的動機在我看來往往畫蛇添足。我憂心的是，這些可怖且日漸增加的超級惡人會將屍塊在國內快遞過來又快遞過去，冒犯受害者，而且讀起來時而令人感到荒謬不堪。我為她簽書時，又和她多聊了一些。她告訴我她也是作家之後，我們也交換電子郵件地址。伊芙琳．米契，到最後我發現她是《無處可逃》的作者，那本出道作討論男性人口過剩的問題，精闢入裡，雖然頗受書評讚賞，卻太早面世，賣量很低，導致出版社不再回她電話。過了幾年，她不再是《觀察家報》與《倫敦書評》等等拿來做為成功典範的年輕新星。而今，她排在隊列中等待我，就像幾年後我也排在隊列中等待別人一樣。

當時伊芙琳沒告訴我的是——也許她永遠也不會昭告天下——快三十歲時，她的職涯被意料外且無情的乳癌確診打斷。她歷經兩次乳房切除手術，並承受無數次化療折磨，丟失了最精華的創作時光以及無可替代的自信。不知怎麼，這一切使得她不斷認為自己將英年早逝（就統計學而言），也讓她如飢似渴地想靠著更大的企劃以彌補失去的時間，並藉此在世上留下她存在的痕跡。她對小說再沒有興趣，她說真實人生已經夠可怕。她的全新世界觀帶有某種勵志向上的宿命論，和稍嫌過頭的地獄哏。當她終於告訴我她的病史，一面在桌子另一邊微笑一面說：

「變成在場唯一有乳房的人？」

「什麼感覺起來怎麼樣？」我問。

「所以感覺起來怎麼樣？」

二〇一七年春天，我第一本書的話題漸退，我開始和伊芙琳一起喝咖啡，有時喝點小酒，無可避免，話題一定會轉向我們正在忙的事情上。就我而言，我在忙的事指的是《微笑男子》，也就是我的第二本小說。我打算用這本書彌補第一本的未竟之處。在伊芙琳而言則代表完全另一件事。她說她很難定下適合第二本書的主題，也認為自己慢慢落入無人問津的境地。直到某天，她發現自己想著，那些失蹤的女孩都怎麼了呢？這世界上的柔伊．諾蘭都怎麼了？我鼓勵她，因為我能感覺到她的絕望。我想當個好人。可是之後，我把焦點轉回自己的作品，便越來越常找藉口不去赴約，想一些不能見面喝咖啡或喝酒的藉口。我集中寫作時可以一整個禮拜不和朋友或家人講話，一整個月不開電子信箱。我習慣性地不去注意時間和他人，但這種說法或許太便宜我自己。在伊芙琳的單間套房中，在她破舊的衣服和一拖再拖的計畫上，我好似隱隱約約看見我的未來輪廓：一個再無成功、再無高峰的未來，只有無人回應的電話和遭回絕的信件，只有無邊無際、不見盡頭的低潮。關於失敗，作家可以非常迷信。他們認為那有傳染性。於是我們的談話熱度逐漸冷卻，聯繫友誼的基礎變成電子郵件，而且除了偶爾打個招呼之外就沒什麼別的了。這些郵件從每週變成每月，從一季一次變成幾乎沒有。然後，二〇一八年六月二十五日，一封郵件挾帶聳動的主旨寄到我的收件匣。

真實犯罪故事。

伊芙琳表示，她踏出了偉大的一步：她聯絡了柔伊．諾蘭的直系親屬，先以普通人的身分和他們交談，之後才換回作家身分。在他們同意下，她花了快要十二個月，大範圍地去和柔伊的朋友熟人談話，訪問每一個能找到的人，任何有記載曾和她接觸過的人。她進行這件事的同時，一幅錯綜複雜、相互矛盾的圖像開始浮現。如果某些事件的版本重疊、完美拼接，其他事件就會產生明顯分歧，前後不一致，令人困擾不已。事實上，幾起困擾且挫敗的事件，導致柔伊在目前研讀的科系陷入痛苦。此外還加上顯然根本沒愛過她卻死纏不放的罪犯男友、來自父母持續不斷的壓力，以及她和雙胞胎姊姊間緊繃的毀滅性關係。再加一個貼身跟蹤柔伊、追著她一舉一動的「影子人」……

上述一切顯然算不上什麼結論。

我細細思量伊芙琳在生理和心理健康的狀態，覺得一開始鼓勵她走上這條路，讓她將寶貴時間投資在一些無法實現又沒有答案的謎團，我很有罪惡感。因為愧疚，那封以真實犯罪故事為主旨的郵件我沒有回覆，伊芙琳希望拿來當這本書前三分之一的附件我也沒讀。

大約六個月後，出現了令人震驚的新發展，使得柔伊・諾蘭案所立基的諸多陳述變得疑點重重。我再次和伊芙琳聯繫上，表示說不定她從頭到尾都是對的。她迅速回信，告訴我先不要讀她的原始檔案，她說這個新線索動搖了她書中雖然重要卻一直晦暗不明的元素——終於終於，她找到了這本書的完美開頭……

當我提出要求，讀了這個新開頭；當我貪婪地一點一滴讀進伊芙琳的原稿章節，我開始看見她查到了什麼。那是連柔伊・諾蘭最親近的人都渾然不知、然而她卻親身經歷的真相，又或者說，他們只曉得自己知道的那部分事實。我開始理解柔伊為什麼被逼到不得不對她所愛之人藏起祕密，也許我甚至理解了她為何最終憑空消失。有些受訪者如照顧菜園一樣孕育著陳年舊怨，有些人對於這些事件產生了非常不同的觀點。伊芙琳主張，柔伊・諾蘭的完整故事、真正事實，只能透過那些各自迴異的線索拼湊起來。在新聞報導該案的廣大篇幅和字裡行間，其實隱藏了大量事實，卻也遺漏許多真相。伊芙琳認為必須要有一本書，將所有事件攤開，並放入關係人未加修飾的文字——無論矛盾與否——讓完整的故事展開在讀者面前，如她親眼所見，一層又一層漸次揭露。她相信一個更好的世界，在那裡，失蹤女孩能得到重視。但是當我展卷閱讀，卻發現自己不相信有這種世界。

雖然伊芙琳的故事裡有著曲折情節和真相揭露，我仍看不見任何結論，而且現在告訴她真相的責任還落到了我頭上。這些前後矛盾、這些事件、這些性愛影片、祕密謊言，如果得不到結論就沒有任何意義。只要柔伊．諾蘭一天下落不明，這本書就不會問世。出版界和全世界一樣，都迷戀死掉的女孩，而我擔心，一個只是失蹤的女孩根本不算數。我們第一次認識時，伊芙琳就說對了。我們的注意力總圍著殺手打轉，而非受害者——「妳打算怎麼辦呢？」我問她，「難道要改變人性？」僅僅針對一名失蹤人口，沒有屍體，甚至沒有可證實的犯罪行為，在我看來就沒有故事可言。我不想看伊芙琳把生命中寶貴的幾年用來調查一個注定失敗、無法解開的事件，我就言盡於此。結果就是：二〇一九年二月中左右，我們的交流減到最少，尤其伊芙琳陷入偏執和憤世嫉俗的狀態，有時甚至令人感到害怕。

所以，很不幸，她告訴我她快要查出點什麼時，我並不相信；追著她的影子人敲響她家大門時，我也不相信。當伊芙琳終於找到證據，終於去和她心目中害柔伊失蹤的罪魁禍首對峙——當她告訴我，她覺得自己身體真的不太對勁——我正在忙其他事情，反應太慢。我冷嘲熱諷地警告她，如果真的要說出這個故事，至少結尾需要一具屍體。而在二〇一九年三月二十五日快結束時，出現了兩具屍體。

我十分感謝米契一家，他們將伊芙琳收集的筆記、錄音和文件轉交給我，並好心信任我以此進行編輯和出版。有些章節已是完成狀態，就如她希望大家讀到的模樣，其他的我得進行仔細研讀，從粗略的大綱拼湊出來。若有需要，我就去找額外證詞。有時來自專業人士，有時來自伊芙琳沒能抽出時間訪談的人，並加入她已建立起來的敘事流。

我進行時發現，最初那些像脫軌一樣闖入他人私密生活的道路，事實上卻是張危機四伏的路線圖，直接導致一些良善事物的毀滅，而且無論伊芙琳或我都無法預測。雖然你可能會從這些訪談看到不同意義，說不定能比我們更早預見危機，說不定你能做到我沒能做到的事，也就是阻止另一條生命白白逝去。

這本書獻給伊芙琳・米契——及柔伊・諾蘭——以及每一個回不了家的人。

From: evelynidamitchell@gmail.com
Sent: 10/01/19 18:04
To: 你

嘿，討厭鬼

這是我**現在**打算拿來當開頭的東西。在讀這篇前言之前，不要讀我之前寄的。

接下來要講的是柔伊失蹤**以前**真正發生的事，這和她的雙胞胎姊姊金有更密切的關係（沒有，我他媽的不認為她們交換身分）。在這個大事件中有許多難以置信的小事件，這是其中之一——而且某種程度上感覺像是後來發生的事情的關鍵。我一直想把它弄得像某種簡介，說明一下這些都是什麼人，提示大家形塑了這起事件絕大部分的愛／憎關係。

說到憎恨，我的天，在柔伊的人生中我還真沒碰到幾個不想或不能發表意見的人，其中也只有一、兩人能抵擋我的魅力，不願公開發表意見。大多人好像都覺得**必須**說點什麼，因為他們怕其他人不曉得會怎麼講自己。

一開始有很多爭吵互槓，因此我不得不告知受訪者其他人的陳述。大多時候這能提供我想找的線索，不過其他時候則引起一些比較激烈的回應，或是不好意思、欲言又止、反駁抗辯，諸如此類。我認為這讓文本獲得不錯的對話風格，但每段訪談都**確實**是單獨進行，主要因為他們大多人已不再和彼此講話……

人怎麼會這樣呢？（是不是？小諾？）

關於這件事，我要走老派路線——不用數位記錄：一切都在錄音帶上。如果你想要聽，恐怕得來一趟了。[redacted]*

總而言之，告訴我你的想法。如果你感興趣，自然可以繼續，將我**六個月前**寄給你的章節整個看過。

伊X

*伊芙琳不打算將往來郵件公諸於世。因此，為了她個人隱私，我會做出一些小小修訂。——J.K.

0 露出的根基

二〇一一年十一月八日——柔伊失蹤前四十天

二〇一八年末，金柏莉．諾蘭，柔伊的雙胞胎姊姊難得接受《週日郵報》訪問，並在訪問中表示她曾遭到綁架。她聲稱這起綁架事件大約發生在柔伊失蹤前一個月，就在她和柔伊及另外三個朋友晚上一起出去的時候。

金柏莉．諾蘭，柔伊的姊姊：

我覺得我在《週日郵報》的訪問裡該講的都講了。只是還有更多有意思的事可以談。我們可以回溯到柔伊還小的時候，看看有沒有大家都漏掉的警示跡象。又或者我們可以開門見山，直接從好料開始——就是我們搬到曼徹斯特的時候。第一次來到新的城市、第一次做很多事。我們甚至可以炒冷飯講講柔伊失蹤那晚——不就是因為這樣我才會在這裡嗎？我就算閉著眼睛都能說給妳聽。午夜時分的火災警報、一些我不該睡的傢伙、站在陰影中的神經病……

在心裡其實我什麼都知道，我全都知道。

可是妳問了我我最不擅長的主題：金柏莉．諾蘭。我能告訴妳什麼呢？我對這個人根本一無所知。

芬坦・墨非，柔伊的同學、朋友：

好，金柏莉被綁架，好悲傷的故事。想知道我有什麼看法嗎？我是說，我們設身處地站在金柏莉的立場一下。生為女孩，而且是長相一模一樣的雙胞胎其中之一，妹妹就是比她更有魅力又更聰明，而且個性外向，又在音樂方面很有天賦。她不費吹灰之力就能人見人愛。我想不管誰面臨這種狀況，都難免會痛苦。

好，我們繼續站在金柏莉的立場。為了掙脫妹妹的陰影，你離家去念大學，但是基於一連串不幸情況，最終你們又在同個地方念書，甚至還住同棟公寓。你們外表是如此相似，周遭的人總是要細看再三，而當他們發現妳是金柏莉、不是柔伊，就明顯失望。

所以你大幅減重，開始一身黑色打扮；你把頭髮剪短，走哥德路線。你的妹妹某種程度上個性矜持，所以你自我放縱，到處上床。她喝酒小心翼翼，所以你就喝酒就像喝水。她失蹤，變成頭條新聞，那麼妳就編造一個悲慘又難以置信的故事，說妳也曾遭到綁架。就某種程度，我會說這完全可以理解。這是金柏莉少數露出來的真面目之一。

傑・馬哈茂德，柔伊的朋友：

我記得的不多，但我非常確定芬坦那天晚上不在。

魏琉，柔伊的室友、朋友：

我想真正有發生的應該是柔伊和我決定出門？我記得那是週二，在曼徹斯特等於是超盛大的學生之夜。金每次都想在我和柔伊的計畫中插上一腳，所以我通常都預設她會來當跟屁蟲——她也真的這麼做了。她一副高冷，卻一臉是在幫你一個大忙的模樣。這是在她把頭髮染成黑色和幹出其他事情前，不過她向來就是那種性子。然後因為是我們三個人，男生後來也來了。所以那晚還算滿多采多姿……

傑・馬哈茂德：

妳知道吧？有些人如果一種東西喝得太多，最後就會連碰也不想再碰。那天倒金賓波本威士忌的時候他們非得捏著鼻子不可，因為這些人晚上喝了一整瓶那個玩意兒，花了六個小時又吐又拉（笑）。老兄，基本上我就是用這種方式戒酒。一次一個牌子，只要超過一個極限，我就可以再也不去碰。現在唯一沒整慘過我的牌子只有仙鹿氣泡酒——我老實說好了，這樣至少在我掛點時還有東西能喝。

安德魯・佛洛爾，柔伊的男友：

金被綁架？我知道我不應該笑，但是我們確實去了**第五大道**那家店。如果妳沒聽過，那裡等於地獄的第十還是第十一層吧。在那間超詭異音樂又非主流的迪斯可倉庫，基本上女生一定可以便宜度過瘋狂的一夜。因為她們只要叫一杯飲料，某個叫加斯還是特斯、臉色蒼白的北方男孩就會往裡面摻約會強暴藥。那些女孩甚至還來不及跟ＤＪ點播愛黛兒就會馬上腿軟。就某個角度來看，這是那地方唯一的甜頭。

傑．馬哈茂德：

重點在於當時我完全處於人生的那個階段，妳懂吧？不只擁抱災難，還把它帶回家翻雲覆雨一番。幾個禮拜前我頭上狠狠挨了一記，所以放爛應該很合理吧？只不過接下來才過幾年我的藉口就開始不夠了。但反正，我知道說這種話很爛，但我對那晚沒多少印象。我又沒辦法像看重播一樣看一些靜物照或是搖來晃去的手持拍攝畫面，這段記憶根本就不在，好像檔案損毀了一樣，妳懂吧？但如果芬坦說他在場，絕對是在胡說八道。

金柏莉．諾蘭：

回想起來，我就像布魯斯．史普林斯汀[1]。我想改變我的衣著、髮型、長相。只要不是那天晚上穿的那套就好。當時我正在實驗，想稍微展現一下真正的自我。我在阿弗萊克斯商場發現這套很有星期三．阿達[2]風格的酷炫打扮，而且讓我覺得更像自己，不是次等版本的柔伊，更像是金柏莉。我們團體行動也就那麼一次，所以讀到當時報紙的感覺就更怪了。你會以為我們密不可

1　譯註：Bruce Springsteen，美國搖滾歌手。

2　譯註：電影《阿達一族》（*The Addams Family*）中的女主角。

分，其實我們之間的情誼只是小朋友程度。而且大家一副天不怕地不怕，完全不曉得接下來會發生什麼。

傑偷拿了某個東西，他每次都這樣。安德魯心情不好，他也是每次都這樣。他和柔伊在吵架，所以我們其他人都得一起遭殃。說到這個，我不確定柔伊有沒有注意到：她是我們之中最強悍的。什麼都不怕，長得又漂亮，穿著螢光紅夾克，全身上下都是超性感的豔紅色，外加搭配衣服的紅色唇膏，隱約可見的紅色胸罩。柔伊可是忙著成為注目焦點呢。

安德魯・佛洛爾：

柔伊失蹤之後，警察對那天晚上的事莫名執著，所以有些細節我也忘不了。沒錯，柔伊穿了紅色的衣服，紅到搞不好在外太空都能看見。如果她失蹤時還穿著那套，搞不好花個五秒鐘就能找到她。如果金說我們吵架，那我可以確定我們就是在吵架，這已經或多或少成為我們的預設狀態。只要我們對彼此開啟這個模式，不管我或她，就再也找不到停止開關。

傑・馬哈茂德：

後來他們跟我說我喝到爛醉，開始在舞池中撒野。像我說的，那天晚上對我來說是一片空白，但也不至於完全脫離我的本性。我過一個禮拜又回去時，知道保鑣不會讓我進門，所以沒錯，如果他們說我被踢出去，我可能就是真的被踢出去了。

魏琉：

這樣說有點悲傷，但我覺得那時傑好像也算得上問題人物？他好像常覺得自己有點邊緣。我是無論和什麼階級的人都可以自在講話的那種人，很處女座。傑有點像是披著深膚色的外衣？好像真的把種族印象穿在了身上。他覺得自己必須要有點在混的樣子，還要哈草、聽饒舌歌。哪兒的？我不知道。我融入大家時向來走一個比較……自然的路線？

安德魯・佛洛爾：

我覺得傑被踢出去是那天晚上發生最棒的事。他整個人超脫軌，開始在舞池抽菸，還把菸給那些女生之類的。接著那裡就開始播一些爛歌，好像是〈慾火焚身〉（*Sex on Fire*）吧。突然之間我們被團團圍住，放眼望去都是些中部人、饒舌仔。他借火給一個金髮妞，她也接受。他們一邊笑一邊越來越靠近，然後有個看起來沒腦的討厭鬼對他動手，連珠砲地講一些他媽的粗話。「別碰我的妞」什麼的。我記得傑試圖道歉，最後卻一個不小心直接對著那傢伙的臉咳出裝滿兩個肺的煙。他整個大暴怒。

金柏莉・諾蘭：

說到傑，大家只要看到他的懶散外表後就不會再多注意，但他不只那樣。他會拍照，他能把全世界隔絕在外，找到所有人都看見卻沒有人發現的美麗事物。雖說保鑣並不會知道，他們眼中只看到惹禍鬼，看到喝得爛醉、生了兩顆黑眼珠的亞裔男孩走進來。他們火力全開，抓著他的頭髮把人拖出去，所以我想，這確實有些種族歧視。於是我跟蹤他們，這樣才能搞清楚狀況，也確保他不會有事。但是那個廁所實在讓我產生《大法師》恐懼症。我腳下踩的地面簡直和果凍沒兩樣。所以我走到樓梯那裡時就停步。我想如果我要走，最好先去找柔伊，跟她說一聲。我有點不太舒服，頭暈想吐。這感覺很怪，因為我其實沒有喝多少酒。

芬坦・墨非：

如果金柏莉說她沒喝多少酒，我想我們得信她。畢竟凡事都有第一次。

魏琉：

金喝得爛醉如泥。

安德魯・佛洛爾：

沒有，我沒有算金喝多少，此外我也沒有在裡面摻東西——如果你想問的是這個。她已經離開了好一陣子，所以我推測在傑被踢出去時她早就走了。柔伊和我處不來，我也一直不怎麼喜歡魏琉，所以我就禮貌先閃。

魏琉：

我只是要說，傑確實壞了規矩：俱樂部確實不能抽菸。安德魯對我叫囂，說我不如拿筷子幫他打手槍，然後就氣呼呼地出去了。是說我們先不要去管這種低級的仇恨犯罪，這難道不會讓人覺得他恐怕老二很小嗎？

安德魯・佛洛爾：我很確定她記得比我還清楚。當時我恐怕沒把魏琉當人看，她不過是顆黏在我女友身上的詭異中國腫瘤。

魏琉：我他媽的在艾塞克斯出生。

芬坦・墨非：沒錯，安德魯和柔伊，那對遠近聞名的愛侶……

魏琉：

待在安德魯和柔伊身旁是很大的挑戰。現在來看，我想可以說他們之間的關係有毒？就像一對漏出化學物質的危險情侶。好像對兩方來說，唯一的解答就是抽身離開。我可以確定的是，如果他離開柔伊一定會很難過。每次情況一變糟她就責怪自己。不過大多時候安德魯在她身旁好像都不怎麼自在？你會發現他好像恨不得快點開溜。

但那時他總來插花，無所不在，總是裝作有人邀他。仔細想想，其實和金很像。基於後來發生在他們之間的一切，你真的會像自我折磨一樣忍不住一直去想。我把話挑明：他從沒愛過柔伊。

安德魯・佛洛爾：

也許經過幾年後再來觀察會比較謹慎，但我真心忍受不了第五大道，也很確定我就是因為這樣才離開。夜店就像人生，我個人認為太多男同搞壞了氣氛。而傑甚至連自己的名字都記不得，連他個人識別碼都忘了——相信我，因為我一直想拿回計程車費。所以，雖然這荒謬至極，但沒錯——我決定帶他回家，而不是丟他躺在陰溝呼呼大睡。如果我早知道金那晚這麼痛苦，我也會帶她回家。我就是這樣的人。

芬坦・墨非：

安德魯・佛洛爾做出無私無我的行為？又是個第一次。在最近幾次事件之後，我會覺得大家應該都很清楚他是什麼樣的人……

魏琉：

我是想公道一點，但說真話，我不知道柔伊看上他哪裡。我認為安德魯・佛洛爾是我這輩子見過最令人不爽的人類。

金柏莉・諾蘭：好吧，魏琉的人生志願就是批評他人。我不是說她對安德魯的看法有錯，但是對一切憤世嫉俗也不會讓你變成大預言家。

傑・馬哈茂德：如果安德魯真的帶我回家，很可能是因為對發生在佛洛爾國度的某件事有幫助——不管那是什麼事。

金柏莉・諾蘭：

當我回到先前離開他們的雅座，那些人都散了，柔伊的東西，我只找得到那件亮紅色夾克。我感覺超不對勁，而且搞不清楚自己離開了多久，所以我想反正他們就是丟下我走了，或可能只是又回到舞池。第五大道是曼徹斯特很典型的夜店，活像一只永遠不會低於沸點的汗蒸箱。

雖然我發抖不停。

我的牙齒格格響，身上爆出雞皮疙瘩，所以我抓了柔伊的夾克穿上。這地方是個完全開放的夾層式空間，很像羅馬競技場那種地方，從底下就可以看見頂部樓層，所有事物將你包圍。這裡放著歌，街趴樂團（Bloc Party）的〈變動〉（Flux），有個段落歌手開始吶喊「我們得談談」，一遍又一遍重複。然後我就意識到——我渾身僵硬、無法動彈，整個房間隱隱約約朝我壓來、所有人都消失不見，只有這首歌不放過我——我們得談談、我們得談談。我感到就要有什麼壞事發生在我們身上了。

芬坦・墨菲：

傑說的沒錯，我那晚沒出去。我也從來沒否認。我打從一開始就不喝酒。我確定柔伊有邀我，但我想我大概在忙，或感覺不太對。我可以確定地講這些事是因為我第二天去了那裡，去找柔伊丟掉的夾克。她發email給我，提到她不曉得放到哪裡，還有她多麼難過，所以我就想去看看失物招領有沒有，想給她個驚喜。

到頭來被「驚喜」到的竟然是我。

夜店白天沒開，但我苦苦糾纏、解釋我的苦衷才被放進去。沒人拿夾克給我，但柔伊提過她坐在哪兒，所以我就問是不是可以讓我看一下照到那個雅座的監視影片。我編出了一些數據保護法的花言巧語，說人民有權利看有自己出現的影片，而我是以柔伊的名義提出要求。要不我是個天生騙子，就是他們只是覺得我很煩，我大概問到第二十次，經理就將我們趕回辦公室，把我交給負責保全的傢伙。他開始操作，我們用快轉看著那個雅座，直到柔伊、金、魏琉、安德魯和傑都抵達。我們快速跳過他們的來來去去，然後在看到雅座變得空無一人時慢下來。接著是腳步踉蹌、爛醉如泥的金。我想那時我腦中就開始警鈴大作。她一確定附近沒人，就把柔伊的夾克穿上、走掉。

之後她的去向可以用鏡頭跟著，我們看到她穿著她妹妹的紅夾克離開夜店，就如她之前在《週日郵報》訪問說的那樣。可是還有好幾件事她似乎刻意遺漏了。她當然很困惑，當然不知所措。事實上，在這明顯尋找妹妹的動作中，她停在門口打量一個男的，甚至想抓住他，還在他身後喊了些什麼。那人繼續走。可能是因為她真的腦袋一團亂吧，她開始棄而不捨地在外頭打給某個人，等著誰接電話，可是她一次都沒有撥她妹妹的號碼，更別說告訴《週日郵報》她一開始到底為什麼離開夜店。我從柔伊父母那裡拿到她的通聯紀錄：當晚或第二天早上都沒有來電。當然我也很想瞧瞧金柏莉的通聯紀錄……

金柏莉・諾蘭：

你真有辦法找到他媽的七年前的電話帳單嗎？

芬坦・墨非：

聽著，我在影片裡看到的是一個年輕女子，正經歷著某種內在的掙扎——而且因為藥物或酒精更加惡化。她走起路來彎腰駝背，交叉雙臂，三不五時剝指甲或拔頭髮，很明顯陷入某種情緒上的痛楚，但也顯然在找上床對象。不管金柏莉有什麼狀況，她都一起帶進了這棟建築。

但是當她一離開夜店，想打幾通電話，這一切就好像全數消失。我記得她細細看著聚集在外面街道的人，甚至靠近其中一、兩個。有趣的地方在於，她盯著或是去接近的對象都是男性。我記得自己想，她是在找誰？我覺得她是在找特定對象，並且因為遍尋不著非常困惑。

金柏莉・諾蘭：

有隻手在我背後一推，我就這樣被推進那輛髒兮兮又破爛老舊的白色廂型車。有人用手在車門的汙垢上寫著——把我清乾淨——我因為那幾個字簡直要笑出來，同時間一切陷入黑暗。

芬坦・墨非：

因為金柏莉沒對任何人提起她遇襲的事——在她妹妹失蹤後沒說、七年後也沒講，執法機關就沒有任何依據能去確認當時附近地區的監視攝影機。這對金柏莉的故事來說很方便啊，現在我們根本無法確認那輛白色廂型車的存在，但我該死的可以非常確定地告訴你，我從沒在夜店攝影機上看到過。我不是想講得那麼直接，但每次我和金柏莉・諾蘭交手，基本上都充斥著各式各樣荒誕的謊言。

金柏莉・諾蘭：

我十三歲的時候在斑馬線被撞倒。他們一直沒找到肇事車輛——這還只是其中一件事。我什麼也沒看見，也沒人上前幫忙。駕駛開得太快，但是說實話，我也沒有看清楚就走出去了。車子撞到我的瞬間，我腦中同時閃過加粗強調的**白痴**二字。清楚到我甚至在想，人意外死亡時腦袋裡想的最後一件事一定就是這個，每次我和朋友講到這件事，我都會這樣告訴他們。我就這麼千鈞一髮、驚鴻一瞥到另一個世界，卻活了下來，還能記得。這有多幸運啊。

廂型車的事也一樣，和瀕死經驗差不多。

有隻手往我背上一推，我進了車後座，門碰的關上，好像一切都發生在同一瞬間。有人往我頭上套布袋，布料粗厚，還有拉繩，緊勒住我脖子。然後他們扯掉了柔伊那件夾克，用塑膠束帶綁住我手腕。他們綁上去的時候，我聽見塑膠卡齒的聲音，緊到我還以為手會被割斷。然後我整個腦中只有超明顯的**白痴**、**白痴**、**白痴**，粗粗的、顯眼地閃個不停，就好像我被車子撞到的時候，只是我直到現在才曉得我從中學到了什麼。這一定是很多人在神智還清醒時最後的念頭。

魏琉：

我不是妄下評論的人，我相信「互不干擾，共生共好」。妳知道的，很多女孩說喝一點點，卻喝過了頭，最後發現自己在不對的時間來到不對的地點。只是金喝過頭的次數好像有點太頻繁了？她好像也常常發現自己在不對的時間來到不對的地點。

金柏莉・諾蘭：

車子動的時候我沒辦法講話，甚至覺得也沒辦法哭。我們這樣走了幾分鐘，我才試著要記住轉彎，或是努力弄清楚我們要去哪裡。我頭暈得超嚴重，最後一切根本都無所謂了。我雙膝跪地，靠著汽車內壁盡量挺起身體。我知道廂型車裡有幾個男人，因為我感到他們盯著我，我可以透過蓋在頭上的布袋嗅出來。

安德魯．佛洛爾：

所以我們要聊那個糟糕的夜晚嗎？很不幸，我當時只有一支全世界最破的勞力士，沒辦法確切告訴妳我在哪，甚至告訴妳我有沒有記憶。我猜那時我大概正把傑扔到床上吧。

傑．馬哈茂德：

對啦，我不得不同意，我很可能不是在床上就是在躺床的路上。我很確定第二天我就在我們那兒醒來。假如沒有，我一定會記得。

魏琉：

我覺得柔伊和我只是在享受一夜狂歡？可能因為大家沒來打擾，所以我滿開心的。雖然找不到夾克她一定很心煩意亂。我是等到七年後金在《週日郵報》的訪問才曉得事實，才得以知道答案。

金柏莉．諾蘭：

他們說就是因為有布袋蓋在我頭上我才能留條小命，如果他們把袋子掀起來確認時我偷看，就要傷害我。只有一個人真的開口講話，他聽起來有北方口音，但我無法確定。他把袋子掀起來到我的鼻子，叫我張開嘴巴。在那瞬間妳應該猜得到我腦中閃過什麼想法，但我還是張了。即使袋子還蓋著我的眼睛，我也看得見手電筒的光。我知道他像牙醫一樣探進我的嘴巴，檢查一些東西，然後火大地哼了一聲。我感到另一個人靠過來，那兩人好像都過來檢查我。然後他們開始問我牙齒的事。我說真的，他們把我綁在廂型車後座的時候竟然問我補牙那些有的沒的。

安德魯・佛洛爾：

是要找舊蛀牙嗎？我好像讀到過這件事。所以說妳一直問我本人不在場的事情是有什麼特殊原因嗎？

金柏莉・諾蘭：

但是我沒有任何補牙，所以我盡力跟他們說。他們說很好，然後開始摸索我兩條手臂。我不覺得這動作帶有性的意味，但那只是因為當時對我來說那個感覺更糟糕，好像面對的只是一塊肉還什麼的。翻過來、壓一壓，檢查哪裡有缺陷。我冷得要命，幾乎感覺不到他們的手，束帶又讓我手臂整個麻掉，同時間車子還在開，轉彎、停車、再發動。我什麼都看不到。然後他們拉我站起來，開始用同個方式摸索我的腿，檢查些什麼。他們在我右腿檢查到一半突然停下，但還緊抓著我的膝蓋。

羅伯・諾蘭，金柏莉和柔伊的父親：

不管我們對金柏莉編故事的天賦抱持什麼想法，在路上發生意外是真的，我可以擔保作證。在我們家，音樂占了我們生活很大部分，我自己曾經是專業音樂人，可是她總是要走不一樣的路，好像想和我們都不一樣，走龐克路線之類的。她聽的一些東西真的會讓你懷疑到底算不算音樂。這是我們在聖誕節買iPod給她的部分原因，這樣我們就不必聽了。我認為她在被車撞到之前應該都沒拿下耳機。她的右膝骨折，但只有這樣算很幸運了。

莎莉・諾蘭，金柏莉和柔伊的母親：

金和柔伊就是在那個時候稍微疏遠的。妳知道，做為雙胞胎的父母，小孩的髮型多半是兩兩一對，玩具和衣服也是。我們從來沒有抱什麼特別期待，但我想還是會希望女孩之間親近些。只是這件事沒發生在我們家小孩身上。她們一直非常自我。然後大約在那時，十三或十四歲，金被車撞到後柔伊變得更常出門。她之前就在一些表演中唱歌賺錢，也受人雇用，只是機會變得更多。這可能只是雞生蛋、蛋生雞的因果，但那次車禍讓她們的差別變得更大。之後，柔伊一步接著一步朝向廣大世界闖蕩，金則是退縮回來，躲回自己殼中。

金柏莉・諾蘭：

一切都停了——廂型車仍在開，但其他一切都停了。這個人還抓著我的膝蓋沒動，非常明顯感覺到我的腿有點問題，不符合去他的某種標準之類。所以當他問我因為意外留下的疤，我腦袋瘋狂運轉，試圖想出該說什麼，該怎麼不要讓他太失望。

我告訴他我腿有瑕疵，像是先天缺陷。

從他們摸我的方式——我知道這聽起來有點噁——我認為他們可能想抓我去配種之類的。當時是二〇一一年末，發生了羅奇代爾誘拐性侵醜聞[3]，許多年來都沒人發現這個孩童性侵集團，曼徹斯特還有一大堆關於性販運的瘋狂傳說。

所以我想告訴他，如果他們打的是這個主意，我恐怕不是適合人選。我想讓他們知道我身體一些地方有狀況，這些狀況遠超出我的價值。他們對我的膝蓋大驚小怪、問東問西，所以我開始告訴他們我膝蓋有多糟糕，說我不得不動手術，不得不在裡面植入鋼釘之類的玩意兒。我說我每天得做一小時的物理治療，不然沒辦法走路；我說我可能未來某天這條腿就會廢了。我想到什麼全說出口，只希望我聽起來有很大的缺陷，把話說得能多誇張就多誇張。

芬坦・墨非：

我得說，我個人認為，一個不折不扣的性販運者不會因為年輕女生說她膝蓋不好就放她一馬，我實在難以買單。我認為那種傢伙通常偏好人體的其他部分。

金柏莉・諾蘭：

整個氣氛都變了。引擎還在發動，路上也一樣凹凹凸凸，但感覺就像那些人消失不見，雖然我很確定他們還在旁邊。

---

3 譯註：Rochdale grooming scandal。二〇一一年左右發生的未成年少女性侵事件。九名男子共謀，將少女誘拐至廂型車上，供她們大麻和酒，之後予以性侵並脅迫賣淫。

好像我說的什麼話煞了風景。

其中一人敲了隔開後座和駕駛座的隔板，廂型車停下來，他們都下車。我在想這車是不是偷的。我覺得他們可能會把我丟在那兒，甚至把我和車子一起燒掉之類。但接著我就聽到他們在講話，好像在吵架。我聽不清楚，因為我怕到不敢把袋子從頭上拿下來，只是摒著呼吸站在那裡，連根肌肉都不敢動。

羅伯．諾蘭：

如果要說我這輩子有什麼後悔——雖然現在我覺得後悔的事情很多——但如果我能修正一件事，我會回到過去，在金說謊的時候給她嚴厲的指責。我知道這種話聽起來是怎樣，你怎麼可以這樣說自己的女兒。但我真的很想這麼做。

金柏莉．諾蘭：

回廂型車上時他們在歡呼。又是大笑又開玩笑，問我有沒有事。講話的人說他們很抱歉，這是什麼菜鳥大冒險。我記得自己在想，聽聽那聲音，說自己是學生也太老了。其中一個人扶我坐下，說他們會把我放在載我的地點附近。我努力跟著笑，一副「噢好啊，在哪裡放我下來都好」的模樣，努力不要從咬緊的牙關嘔吐出來。

魏琉：
嗯，我倒是聽說廂型車裡面好像發生了什麼事……

金柏莉．諾蘭：
某人打算把袋子拉下再蓋回我臉上，然後駕駛發動車子，我們猛一個往前傾，袋子從我頭上被弄掉了。有那麼一瞬間，千分之一秒吧，我看見了。我恍惚看到身邊模糊的景象，有兩個身影，然後趕快閉緊眼睛，舉起雙手把臉遮住，看著地面和車壁，拚命讓他們知道我什麼都沒看見。我仍是個笑柄，他們還是可以放我走。

魏琉：
……雖然我可能不該說是什麼事，可是金從來沒有在《週日郵報》的訪問公開講過……

金柏莉．諾蘭：
其中一個人把我的臉推去撞牆，他把袋子蓋回我頭上，把我脖子上的繩子拉得超緊，我幾乎不能呼吸，然後一切變得好安靜。我那時就知道說什麼惡作劇，都是胡扯——其實我一直曉得，可是一旦如此就連騙自己都沒辦法了，我們就在死寂中不斷往前開。我可以聽到他們呼吸變得粗重，駕駛開車的感覺變了，變得更魯莽。先是加速，然後又在最後一秒煞車，讓我們在後面倒成一團。我知道他們看見了我眼睛睜開，認為我看見了他們的臉。

過了幾分鐘，當我們停下，後座有人下車，然後——那聲音聽起來很像某道閘門打開。我們倒車進去某個地方，很像溼答答的土，在輪胎下面感覺軟軟的——當引擎停止，我聽不見任何車輛或城市或街道的聲音。其中一人拉我起來，打開車門，把我丟到地上，我只是一直說「不要，拜託」。地上是爛泥巴，我努力想講話、想站起來，但手腕還被綁在一起，袋子套在頭上。我看不見，也不能呼吸。

魏琉：

……我不該講，我那個，其實發了誓要保密……

金柏莉．諾蘭：

他們開始在我身上倒東西。起先我以為是汽油，然後才發現是伏特加。其中一個人把我臉仰抬起來，就這樣把一整瓶從我頭上澆下去。我一直咳嗽又嗆到，但他們繼續，直到我在袋子裡吐出來。他們把瓶子砸在我臉上，瓶子砸碎了我他媽的門牙，我還是沒動。我不敢。

然後我聽見他們的褲子拉鍊聲，人至少有兩個，搞不好三個——他們尿在我身上。實在好冷，冷到那熱度簡直會燙，好像燙傷了皮膚一樣。尿淋得我兩手都是，還有我整身整個袋子、我整張臉，也進了眼睛和嘴巴。我正想說恐怕得用耳朵還啥的呼吸，他們終於停下，我聽見腳步聲走開、駕駛座門關上，然後其中一人俯身，把我手腕的束帶割斷。

魏琉：

呃，我聽說她在那輛廂型車裡真的看見了什麼……

金柏莉・諾蘭：

他靠近我耳朵說：要是敢告訴任何人，親愛的，妳全身上下只要有洞的地方我都不會放過。他把我拉起來、轉過去，朝著風吹來的方向。我感到氣流使得溼溼的袋子黏在臉上，那些尿、伏特加和嘔吐物。他把柔伊的夾克披回我肩膀，叫我直直往前走兩百步，說等我走到他們才會離開。要是我敢把袋子拿掉或轉過頭，他們就會把我幹到死去活來，然後就不得不殺了我。

所以我開始走，一邊發抖，主要是努力不要再吐出來。我雙手伸在前方，以防撞到牆壁或什麼的。我絕對沒走超過十步路，就聽見很大的碰一聲。我趕快趴在地上，以為自己中彈。然後廂型車發動，我才意識到那是後門碰地關上的聲音。他們要開車走人，所以我把袋子從頭上扯下——我沒辦法呼吸——接著看見車尾燈消失在身後。其他就沒了。因為我的眼睛狂流淚又熱辣辣，痛得要命。

魏琉：

……怎說呢，這都是傑講的，所以我想妳可能得稍微打點折扣，但很顯然她告訴了安德魯她在廂型車裡看到了什麼。

傑・馬哈茂德：

聽好，才沒這回事。我知道個屁。我不省人事。

金柏莉・諾蘭：

我一直趴在地上，努力讓眼睛不要再痛、努力適應黑暗。當我真的抬起目光，看到自己在一個建築工地，市內運河街附近的一個廢棄建築工地。這裡本來應該像其他地方一樣蓋棟奢華公寓，但資金出了問題，所以現在只是周遭圍起來的一個大洞，正中央就是這個大坑，從露出來的地基往下二十英尺深的洞。我把袋子從頭上拿掉時只差兩步就會踏空掉進去。他們希望我蒙著眼睛、喝得醉醺醺、渾身尿液和嘔吐物地摔進去。

芬坦・墨非：

我想問的問題再明顯不過：她為什麼要從夜店拿走柔伊的夾克？我們明明都能證實她沒打電話給柔伊，她為什麼說有？她在外面究竟在找誰？她怎麼不告訴警察她被綁架？畢竟她把這一切講得超嚴重的，不是嗎？

金柏莉・諾蘭：

我想芬坦的反應一定會比我理性許多，也確定他那張該死的七年前通聯紀錄一定還在。可是我不曉得，我認不出他們的聲音，我覺得自己應該不認識這些人，而且我也知道這表面看起來像怎樣。我們喝太多的時候總會相互把這當笑話講——「欸，昨天晚上一定有誰給我的飲料下藥。」但我覺得我本來是說得出口的。我認為自己會找到對的時機和對的字眼，可是柔伊在一個月後失蹤，之後的一切我就都搞不懂了。當我試著去說，甚至試著在腦中回想，聽起來卻可悲至極，好像在尋求注意，好像只是為了和我失蹤的萬人迷妹妹競爭才編出來的。

芬坦・墨非：

和我失蹤的萬人迷妹妹競爭，連我都沒辦法形容得那麼好。結果七年之後她為了五位數的金額勇敢說出來，不覺得有趣嗎？

金柏莉・諾蘭：

我是要為自己辯護才把這件事賣給《週日郵報》。芬坦知道的吧。

芬坦・墨非：

我主要是想問那天晚上她穿的衣服後來怎麼樣了。那鐵定是名符其實的DNA大寶庫。

金柏莉・諾蘭：

我走路回家，洗了澡，去睡覺。我凍得要死，努力讓自己暖起來。我睡了大概十二個小時，根本不記得還有沒有看到衣服。他曉得有人會從大樓偷東西，從我們房間偷走衣服，柔伊房間也一樣。這全都是有紀錄的。

芬坦・墨非：

對，有人會從大樓偷東西，柔伊房間也一樣，但我真心不知道哪個賊會想要泡過尿、外層嘔吐物都變硬的衣服。聽好，我講這種話不是沒血沒淚。有的時候我會認為我們都被這個故事給框住，邏輯被搞亂。經歷過這種創傷的人不會彼此更親，很不幸，他們會更疏離。我們至少可以做事盡量光明磊落，如果金柏莉認為我未達標準，那我在此向她道歉，我當然願意道歉。但是柔伊，我全世界最好的朋友，經過這麼多年還是下落不明，金柏莉想要講的卻是這個？這根本不算什麼，不過是旁枝末節。

安德魯・佛洛爾：

魏琉說我知道金在廂型車裡看到什麼？

金柏莉・諾蘭：

不，我（聽不清楚）。聽好，就像我說的，我把眼睛閉起來了。

安德魯・佛洛爾：

她確實說了類似的事，隨口一提而已；她跟我說她看到一張臉。

金柏莉・諾蘭：

是一張臉的圖畫。他們其中一人手背上有刺青，很像在笑的食屍鬼的小丑臉，一個超大超可怕的笑臉。聽著，我從沒想過會這麼說，但是恐怕我同意芬坦的話。我們不都是來談柔伊的嗎？

From: evelynidamitchell@gmail.com

Sent: 14/01/19 07:11

To: 你

伊芙．米契<evelynidamitchell@gmail.com>於2019年1月11日 週五 寫道：

嘿JK，只是想問你讀前言了嗎？

伊X

伊芙．米契<evelynidamitchell@gmail.com>於2019年1月12日 週六 寫道：

怎麼樣……

伊X

喬瑟夫．諾克斯<joeknoxxxx@gmail.com>於2019年1月12日 週六 寫道：

啊，抱歉——找不到有附件的原始信。可以再寄一次給我嗎？

喬

伊芙・米契<evelynidamitchell@gmail.com>於2019年1月12日 週六 寫道：

當然，在這裡。（是說你這傢伙真是爛透了）

伊

喬瑟夫・諾克斯<joeknoxxxx@gmail.com>於2019年1月13日 週日 寫道：

伊芙安安——這麼拖真的很抱歉（但開名字玩笑我不抱歉）。是，對不起，我是個爛咖。我寫到廢寢忘食。這稿子確實有意思。我想問題應該在於：剩下的內容夠寫成一本書嗎？妳說妳之前寄給我的只是前三分之一？妳訪問這些人多久了？我不確定有完全抓到主要角色的設定（除了那個安德魯＝爛人），雖然我覺得我有辦法。妳會繼續下去嗎？我不想當個討厭鬼，但是如果切換成商業模式考量，妳要不要考慮從柔伊失蹤開始講……

喬

終於！好。柔伊的爸爸是我在二〇一七年底第一個聯絡到的人，很顯然是在最近幾起對他不利的指控浮上檯面前。透過他，我打開了好幾道門，就某方面而言，讓我能接觸到其他人。我靠著他聯絡到芬坦和莎莉・諾蘭，從芬坦聯絡到傑和魏琉，從莎莉聯絡到金。沒人和安德魯聯繫，所以我是透過臉書找到他的。金的心房最難撬開，考慮到她經歷過什麼，我猜這也合情合理。我們在

電話上談了好幾週（不列入紀錄），然後在二〇一八年初見面。我去年大部分時間都用來訪問所有人，把故事拼湊起來。但金是真正的主軸。她很顯然對自己的雙胞胎妹妹看法與眾不同，可是她們之間有點**詭異**，而且越來越朝瘋狂的方向走去。你應該已經在報導上看到一些，但其他的，我覺得恐怕得花錢買本精裝書來看;)

我至少已經完成了半本書，外加很多錄音素材，但一切還是**進行式**。錄好的大多對話是在多次親自會面之下完成，之後再以最適合的順序拼起。有一些人——例如柔伊的父母——其實滿僵硬的。他們在腦中、在應對媒體時重複太多次，已經有點機械化。其他人則是費盡力氣想強調一些重點，或者試圖堅持自己的看法。我認為真相就從那個點開始水落石出。

有像安德魯這樣的人，**超級**憤世嫉俗，永遠只挑當時對自己有利的話講，卻又會在之後被自己的話套牢。我不認為他就是個爛人（嫉妒嗎你？）他有他的魅力。舉個例：悅耳的貴族學校口音。不過在我問起大家都認為遭他殺害的失蹤女孩時，他滿不在乎地約我出去喝酒……

（我溫柔地拒絕他了）

傑的遭遇則很悲傷。十八歲時炙手可熱，充滿藝術天賦又大膽，正是我喜歡的類型。現在他的牙幾乎沒了（！）而且看起來比實際年齡老十歲。我想他的人生過得很慘，他們都一樣，雖然情況不同。不過，其他人留下的是心靈上的傷疤，傑卻連身體也傷痕累累。奇妙的是，現在他似乎是調適得最好的人。我想，假如你要戒毒，大概也需要點內心平靜吧。雖說摩斯・戴夫[1]大概會拿斧頭反覆去砍安德魯……

魏琉滿好笑的。化妝化超厚，還想給我忠告，說哪一款蜜絲佛陀無瑕持久三合一粉底液「最搭」我的眼睛。她可能有點表演型人格，在日常對話裡不小心漏餡，忘記她應該要哭到眼花。但我想她算心地不錯，你會喜歡她的。情緒上來的時候她還會用一隻手搧風。

芬坦似乎針對這件事和其他人思慮最周全。開門見山講會比較清楚，但他非常纖細，基本上他為了柔伊付出一切。他沒有提過，但我不知道他現在會不會給自己一點讚美。他沒有任何不滿，我不確定他字典裡有沒有這個字。他可能只是懊悔吧。像是也許會想，有沒有其他可能呢？他說話非常慢，總是講得很長。愛爾蘭口音我可以聽一整天，但我確實在想他會不會只是寂寞？

總之，我現在的想法是我會用你剛剛讀的那些當書的開頭，大致介紹一下主要角色。金說出口的廂型車事件釐清了幾件事，並且連帶影響到我剩下的內容。在她講出來前我甚至不知道有這件事。

然後在第一部分，我對金和柔伊的童年做了一點背景介紹（很多的問題、很多的憤怒、**非常的重要**）。我由此一路來到她們在曼徹斯特的第一個學期，還有導致柔伊失蹤的幾起事件——我知道、我知道，**我知道**你會說我應該直接從她失蹤那晚寫起，但我必須先叫你那顆高速運轉的犯罪小說腦冷靜一下，諾克斯。**早在**十二

1　譯註：Mos Def，本名Dante Terrell Smith，美國饒舌歌手，製作人，演員。

月十七日前就有一堆怪事發生，而我就像端坐在那堆事件之上。

你得把整起事件看過才能徹底理解，但他們的故事就和柔伊的一樣重要。這是關於偏見——我們的，還有他們的。你得**看見**柔伊為何無法成為被媒體緊抓不放、轟動社會的「完美」受害者。她生活太墮落，太複雜。

我甚至覺得在她失蹤前就有四或五個**不同的**黑暗力量繞著她打轉，而這還只是我們目前知道的。我不認為該去譴責受害者，但我確實認為有些人就像吸引爛事的磁鐵，儘管自己沒做錯任何事。有時我甚至覺得我懂那個感受（孤寂小提琴配樂下）。但癌症和失蹤沒法比，我不覺得可以。我是說它很明顯糟透了，但至少在某種程度上它是可以理解的。

我的目標是希望在這本書的末尾你能理解柔伊。我不想對那些讓她在媒體眼中顯得墮落的事情避重就輕。

如果需要我重寄前三分之一，就跟我說。這都是來自去年的訪問，但就像我說的，訪談還在繼續。

你甚至可以邀我喝酒，獻一點殷勤——如果你想聽第一手消息。我可以成為你的繆思，小諾諾。我讀了你的東西，相信我，你會需要的……

（**開玩笑**，我很想 [redacted]。希望早日見到你。）

伊X

第一部
柔伊・諾蘭曾經存在

PART ONE
ZOE NOLAN WAS HERE

1 分道揚鑣

柔伊原先想在皇家北方音樂學院專攻聲樂和歌劇。同時，金渴望靠自己獨立生活，到附近的曼徹斯特大學念英文系。然而一起不幸的事件將永遠改變她們倆的人生方向。

魏琉：

我始終無法忘記柔伊的第一個特質就是聲音。我永遠忘不了住在歐文斯公園第一個晚上她唱歌的聲音。曼徹斯特感覺距離埃塞克斯好遠。而且，在很多同年紀人恨不得出去闖蕩、惹點麻煩的時候——去找自己什麼的——那感覺對我好像有點陌生。我一直覺得我早就知道自己是誰，所以是要變成怎樣？而且我不想惹麻煩。所以我一個人坐在我房間，還沒交到新朋友——並悄悄懷疑我真能交到嗎——然後就聽見她的聲音，真的很舒緩人心。我真的移動了椅子，這樣就能離牆更近，而且椅子就這樣留在那個位置一整個學期。很可能在一開始，這就說明了我和柔伊的友誼。她在那兒，而我盡量能靠多近就多近。

芬坦・墨非：

我在巴利米納長大，是個內八，沒人理會，還在努力搞清楚自己的性向，所以很早就懂得自我封閉。你應該發現了我家信仰虔誠，我則有些同性戀傾向。對我這種人來說，青春期經驗會有點不同。因為，除非到你出櫃那天，不然基本上你就是個行走的祕密——而且可能是黑暗的祕密，也可能是多采多姿的祕密，一切取決你跟誰說。遇見柔伊的時候我還沒有出櫃——說實話，距離出櫃還超級遙遠。而不知怎麼地，我覺得在她身上我看到類似的感受，好像她背負一些額外的重量。

在合唱與交響社團認識時我們才十八歲，但我覺得某種程度就好像認識了一個老朋友，好像馬上就理解了對方。

魏琉：

一開始我有點沒辦法把聽起來這麼鎮定的聲音，和在廚房中幾乎沒辦法和我對上眼的害羞金髮瘦女生連起來。有時你還得稍微對柔伊笑一下、點個頭示意，因為她講話實在太小聲。但我又聽見她在隔壁房間憑空唱出這首歌，這種事我根本做不到。我們這個年紀大多女生都在唱愛黛兒的〈像你一樣的人〉（*Someone Like You*）那種歌，她唱的卻是義大利文，而且是古典樂。

而這讓我確定了我注意到的某件事……

柔伊顯然和姊姊一起來到大學，但是和金似乎對彼此有戒心。例如，我對柔伊的第一印象是她很寂寞。她的雙胞胎姊姊就在大廳，她為什麼獨自在房間唱歌？感覺太奇怪了。

金柏莉・諾蘭：

我和柔伊的關係向來複雜。基本上，我很努力在對抗不適應感，而且我多半怪自己。雖然這大部分是因為我們的成長過程。我們從來不能像搭檔伙伴那樣做事，總要跟對方較量，而我認為對雙胞胎姊妹來說十分悲哀。無論何時，只要我們有誰試圖想提起或用任何方式抵抗，爸就會叫我們閉嘴，說「等妳們出名之後就會感謝我。」

羅伯・諾蘭：

怎麼說呢，妳一定常看見像我們這樣的父母說自己的小孩多特別，但在我們的例子——尤其是針對柔伊——這話一點都不假，真的就是這樣。她就是有天賦，那個聲音好像有著力量，可以改變某人的一天。就好像她使得某種無法言喻的力量實際存在。我覺得如果有辦法開發出全部潛力，她的聲音搞不好能改變全世界。

莎莉・諾蘭：

我認識羅伯的時候他熱愛音樂，這是我喜歡他的特質之一。他在婚禮上唱歌，忘了是誰的婚禮，不過他穿著西裝、帶著樂團——可說煞費工夫。他和我那些同年紀的男孩有些不同，開唱後他就不喝酒——說是為了喉嚨——然後他花了整晚和我講話，因為他情不自禁。接著一轉眼我們生了兩個小孩，他全力以赴，把夢想放一邊。在工廠、生產線、建築工地工作。日班、夜班、連上四天休三天。他希望給女孩們最好的，而方法就是把音樂傳承給她們。一開始兩個一起教，金和柔伊一起上鋼琴課、歌唱課和跳舞課。她們有陣子很開心，但金不想，或者公平一點說，她沒有天賦；她不是這塊料。

金柏莉・諾蘭：

大家認為自殘很簡單，青少女割傷自己當作應對機制；承受某種疼痛，把它變成某種更能應付的事物。自殘也是一種尋求注意或幫助的吶喊，讓心靈上的傷疤變成實體，因為你說不清自己真正經歷了什麼，這就是柔伊一直以來做的。對我來說很有效，自殘就像一個逃避手段。說什麼把痛苦從一個來源轉移到另一個——我沒興趣，我只想要它停下來。

所以我破壞自己的嗓子。

很可能就是這樣，我聽起來簡直像是一天抽一包菸。爸不懂音樂到底是什麼，他對所謂的表達自我或創造新事物簡直深惡痛絕。他喜歡的是用同樣的方式唱出同樣的音符，每天每天，不需要有趣，不需要好玩，不用包含心或靈魂。所以我晚上會跑到後院，瘋狂地用黑金屬的方式吼叫，直到跪地乾嘔。又或者我會把蓮蓬頭開到最大，把自己悶在毛巾中，用盡全身力氣尖叫，直到再也叫不出來，直到聲音變得破破爛爛，這樣他就可以去他媽的別管我。我好像甚至有一、兩次帶了刀回去。我知道這聽起來很瘋狂，可是不這樣就無止無盡。

他有個練習排程表，我們上學之前都要照著做：發聲暖身，高八度，練音階，跳舞。然後晚上我們會進入真正的樂曲，都是他年輕時的流行歌，可是加入他認為真正的經典應該有的元素。我爸喜歡告訴別人他是專業音樂人，不過他其實是婚禮歌手。我覺得柔伊有好長一段時間深深相信自己很特別，而且是被選中的人，會變得有名又有錢。我則看穿這一切有多蠢。我不是說爸爸有夢想很蠢，我的意思是他把夢想加諸其他人身上的舉動很蠢。

莎莉．諾蘭：

羅伯把柔伊當成好榜樣，他給她獎勵，做盡誇張事，他想以此來激勵金——或至少一開始是那樣。結果卻變成他對她們有差別待遇。我得說我不是在推卸責任，那些早就過去了。柔伊正在起飛。她有公開表演，還拿到酬勞，並且大受歡迎，更有專門學校要收她。金永遠在等待，她只能坐在候補位置等待。

魏琉：

大概是因為社交媒體之類吧，現在一切有好一點，但在當時很怪。我不確定年輕女生是不是非得選邊站。我想，對大多數人來說——見過柔伊，看到她美得這麼出眾，又發現她擁有驚人天賦，第一個本能反應就是想把她撕爛吧？而且我覺得男生和女生不會差多少。她在大學得忍受的一些爛事實在扯到有點誇張。我一直不太能理解那種衝動，而且我在想，是不是因為我是在家自學，成長過程沒必要和任何人競爭。總之我是要說，我一直認為金就像那些什麼都不愛的人，只想毀掉其他人。但我猜她和柔伊打從生下來就是競爭關係。如果你每次都輸，一定很不好受。我不是要這麼不客氣，但即使在十八歲就認識她們，都能看出柔伊的天賦讓金多痛苦。

金柏莉．諾蘭：

我不會說我們生下來是競爭關係，那比較像是無法抗拒的命運。不管怎樣，我們先是姊妹。我也不覺得柔伊有副好嗓子讓我很痛苦。那些妳看到、聽到我嫉妒她的事情都不是真的。芬坦、魏琉、安德魯、傑——他們才認識柔伊三個月，我認識她十九年。我不是說他們就不算她朋友，但他們沒資格對我和妹妹的關係下評論。

讓一切變更複雜的是我的罪惡感。

——我沒有承擔在家中的責任，沒像她一樣承受爸爸的瘋狂。當我再也不用唱歌，總覺得柔伊是在代我受苦，好像她也把我的重量一起揹在肩上。當你的父親把話挑明，對你說除非你完成他的夢想，不然你在他眼中就是個失敗品；當他逼你拿你就是沒那麼擅長的事情定義自己，等於讓你走上失敗之路，不管他到底知不知道。他就是這樣對待柔伊。皇家北方音樂學院什麼鬼的就是這樣——那完全出自於他的瘋狂。

魏琉：

是，沒錯，柔伊差點去了皇家北方音樂學院，而不是曼徹斯特大學。是那間學校嗎？

金柏莉．諾蘭：

相對於柔伊的成功故事，我就是警世寓言，是無法投資時間和金錢的失敗項目，因為我無法滿足父親的幻想。柔伊比較像是按步就班的女孩，她也努力去做。而且是真的很努力，即使這件事一點一點害死了她。像是她的體重和體型焦慮，對於喉嚨的偏執之類的。

安德魯．佛洛爾：

沒錯，講話很小聲那些事情。說老實話，我每次都聽不到柔伊在講什麼。那時我都跟大家說那就是我們維持感情的關鍵。

傑．馬哈茂德：

她有的時候是很安靜，沒錯，但我認為那解釋了柔伊的情況，也解釋了她身旁的人是什麼情況：如果沒人要聽，講話幹嘛？

金柏莉．諾蘭：

所有人都得靠得很近跟她講話，因為她超級——超級安靜。然後他們都會覺得是自尊心作祟。這樣的人講話小聲，大家就得靠得很近、提高注意力。但實際上她只是怕像我一樣傷了喉嚨。爸反覆灌輸她想法，說她的聲音和身體就是她整個人唯一的價值。沒有那些，她就會變得像那個沒人理、沒才能的雙胞胎姊姊。除了唱歌，我連一次都沒聽過她提高音量。

莎莉．諾蘭：

皇家北方音樂學院太高攀了，但我們以為他們想要她。金在曼徹斯特，柔伊也在不遠處，她們還是擁有彼此，可是也有自己的空間。此外，無論如何可以和我們隔開一點距離。但我們就一直這樣錯下去，那些壓力讓她們漸行漸遠。

羅伯・諾蘭：

藝術家和我們這些人不一樣，他們纖細敏感，雷達經過長年細緻調校，能從身邊的人感覺到最細微的情緒訊號。柔伊就是那樣。她學習怎麼吸納一切，好像只要花點時間也能學會怎麼運用。可是負面力量對那種人就像病毒。你會不時看到這些了不起的藝術家被自己的能力反噬，被身旁的壞能量壓垮。他們吸收這些負面波長、受到影響。針對這件事，我有不少個人經驗。

金柏莉・諾蘭：

負面力量？我想爸是委婉地在講我吧。我在柔伊生命中看到的負面力量都是男性。他就在不自知的狀況下這樣訓練她。任憑年長男性欺凌，遠離觀點不同的人。要是她腦中不是都裝滿這些鬼扯，沒有被那些事情帶著跑，我們還會坐在這裡嗎？

他總是拿我們其中之一去攻擊另一個人，就是這樣，我和柔伊才會防著對方，這是一個滑坡效應。她總是吸引到特定類型的男人，就連小時候也一樣。一開始不是玩玩，而是迷戀。等我們年紀大一點，就變成真的玩。而且幾乎每次都是一廂情願，很多時候她甚至沒有意識到。成年男子站太靠近、老師靠到她肩膀之類的。當我們有了預付話費的手機，就到學校轉角的商店加值。會放大概五塊錢吧，然後從收銀機拿到一張收據。只不過，幫柔伊結帳的傢伙會留下她的收據，那個時候收據後面會印上你的電話號碼。

他開始傳下流訊息給她——我們那時大概十三、四歲——柔伊會禮貌地請他別這樣，因為她沒有內建回擊的能力，不懂得說「欸你這王八蛋，媽的滾開。」在她告訴我後，我就這麼做了。後來情況糟到我得告訴媽，她打給警察。反正我只是要說，我和柔伊曾經會聊這種事，她很多事情都會告訴我，我也會告訴她。在我焦慮的時候她會幫我，我在她真心想練習的時候也會幫她——真心，而不只是按照命令。我們像是陰和陽，需要彼此才能完整運作。但是爸一發現就開始抓狂，覺得夢想要毀了，於是把她逼得越來越緊，最後讓我們疏離。所以我們越來越大，十五歲、十六歲、十七歲，她就不再那樣跟我講話，變得遮遮掩掩。

我會記得，是因為她生活中有些真的令我很嫉妒的事。因為有音樂，她擁有一個完全不同的世界，也有離開那個家的方法。有時她會去旅行，和劇團、合唱團、週末相聚的私人音樂團體一起去表演，她人生中有一大群我完全不曉得是誰的人。在家裡會有人打電話給她，我就會問，「是誰打來？」然後得到一個我從沒聽過的名字。又或者你會聽到她在浴室一邊開著水龍頭一邊小聲用手機講話，試圖掩蓋自己說了什麼。又或是她的手機會在我們吃飯時響起，然後她就消失整整二十分鐘。以前她都會跟我分享的，但那種念頭已經被逼得從她腦中消失。如果不是那樣，她失蹤後我們就不會這樣陷在五里霧中。

我現在真的想到了一件事——原因很明顯——有天我們準備好去學校時，她把手機留在梳妝臺上，結果手機響了，我看螢幕的時候上面顯示私人號碼。我不知道自己為什麼會這樣，也許只是想開開玩笑，或只是一瞬間覺得很刺激好玩，但我接了起來，說「我是柔伊」——對面一片安靜，然後聽到呼吸聲，一個男人的聲音——不是男孩，不是我們這年紀的。他說：「妳還感興趣嗎？」

莎莉・諾蘭：

是，我想在柔伊面試之前我們都很緊繃，都心情不好。

金柏莉・諾蘭：

我手裡的手機突然溼溼黏黏的都是汗，因為我知道這已經超出我能處理的範圍，太大人世界了。我聽見有人過來，所以就說「來了。」然後掛掉，把她的手機放回梳妝檯。

羅伯・諾蘭：

現在我可以很確定地說，我應該早點帶她離開那裡，離開那棟房子，帶她遠離那個該死的環境和那些個負面影響。我一直責怪自己沒這麼做。我看過柔伊顛峰的模樣，但這世界沒能看到，再也看不到了。

金柏莉・諾蘭：

那通電話最讓我火大的地方在於，不久後我聽到柔伊手機響，她接起來，聽了一下後說「有」。我問那是誰，但她當時已經和我非常生疏，都只回答「噢，沒什麼。」然後我就滿腦子都是妳還感興趣嗎？我想，到底是對什麼感興趣？

魏琉：

我是在那件事之後才認識她的。但是就我印象，她說她面試情況很不錯？她只是更喜歡曼徹斯特大學。

金柏莉．諾蘭：

總之，爸灌輸她滿腦子的夢想，她申請皇家北方音樂學院的聲樂和歌劇系。你知道，那和晚餐後唱些黃金年代老歌給你父母朋友聽可是兩回事，那也不是小鎮上的業餘戲劇表演。這些小鬼從小接受的培養就是為了此刻。他們一上來就炫技唱些詠嘆調，提及各種私立學校，認識一堆名字有的沒的。他們會說三種語言，都十七歲了身邊還有保母在。逼柔伊和他們競爭根本不公平。

莎莉．諾蘭：

我們本來可以處理得更好的。

金柏莉．諾蘭：

她不夠強，本來這應該也沒怎樣，沒什麼好羞愧。但是如果待在家，你會覺得家裡好像死了人一樣。我是說，對爸而言——對羅伯——很顯然就是這樣。他心亂如麻，找到大學理事會的教授和相關人士電話，隨時都在打給他們。媽一聲不吭、嚇得要命。這簡直像是柔伊被診斷出什麼末期疾病之類的，好像一定是有哪裡出了錯。

麥可・安德森教授，皇家北方音樂學院聲樂系系主任：

我得坦承，雖然我是評估諾蘭小姐面試的委員之一，可是嚴格說，我對她的表現沒留下任何個人印象。我確實記得的是，後來我因此事接到諾蘭先生一通相當令人遺憾的電話。深究那次對話的本質可能沒什麼幫助，但他確實對結果不太開心。他對柔伊的未來關心甚切。

此時，當我看著筆記上給她打的分數和評估，一切似乎太過典型。每次面試時長大約二十分鐘，有十分鐘的暖嗓時間。我們會要求申請學生準備風格截然不同的三首歌，即席表演。雖然有個短短的筆試，還有稍微長一點的選擇題測驗，可是現場表演才是我們要看的。另外，我再次聲明，諾蘭小姐所有測驗的結果都顯示她是優秀的學生，對一些音樂理論的觀點擁有一般廣知的理解程度。但我擔心的是，如果打算全心投入、接受這種等級的訓練，她似乎沒有相應的天份和好奇心。我們在談的可是一個極度競爭的學程，如果把位置給了沒有這種天性的人是相當不公平的。我得補充，這對申請學生也不公平。看到他們明明什麼也沒做錯卻因此跌跌撞撞，沒什麼比這更糟糕了。

金柏莉・諾蘭：

爸失控抓狂、媽則擔任被爸蹂躪的受氣包，我妹就趁著沒人注意進了浴室，割了兩隻手腕。

莎莉・諾蘭：

金及時發現。這真是我想像中最糟的事。當時可以說是我這輩子最糟的一天。柔伊一直說「對不起、對不起」。最讓我痛心的是，她不是因為割腕才說對不起，她是因為去那所愚蠢學校進行的愚蠢面試道歉，好像那比她的命還重要。

安德魯・佛洛爾：

嗯，我當然是後來才認識她的，但我們在曼徹斯特交往後，我確定有看過傷疤。我猜我是覺得最好別問吧。我在哈羅上寄宿學校時還是個孩子，卻發現我室友十四歲時上吊自殺，還有個家庭成員也發生類似的事。

這些事情真的讓我很厭倦，讓我很怕談起。

當柔伊說漏嘴她的自殺傾向，我好像從來沒想過問她為什麼這麼做。那時我也在低潮，感覺大概是「好喔，每個人都會想自殺啊，誰不想自殺啊？」我知道我一定是一副完全不感興趣的模樣，可是那真的只是一道我沒辦法走過去的門，是一個我不能再陷進去的地方。我對那件事抱有罪惡感。如果我對她的人生展現那麼一絲好奇心，可能就會比較知道她經歷了什麼，還有為什麼一切會演變成這樣。

金柏莉・諾蘭：

那是一段很疏離的時間，因為我也有自己的煩惱。我一輩子和背景融在一起，可是我漸漸長大，長成一個不一樣的人。身為雙胞胎手足有時會令人混亂。我是說，每次有事的都是我，可是我覺得柔伊好像在十七歲才真的體驗到那種茫然。就是在她傷害自己之後。

我還小的時候到處尋找自我。在書裡、在樂團、在電影等等方面。但是我之所以這麼痛苦，是因為每天每天都要面對自己的分身。我看鏡子的時候不是看到自己，是看到我妹妹，而且她好像無論什麼都處理得比我好，我從來不覺得自己是個完成品，而是瑕疵貨。

但我的身體在改變，心靈也是。我經歷過她才剛開始經歷的事，而且很慶幸能把那些拋在腦後，出去外面闖一闖。雖然對柔伊來說——至少在那幾個月，感覺人生彷彿就要終結。爸心碎一地，媽完全不理解。柔伊在面試前不斷接到的那些訊息和電話都變成死水一潭。我想這對她來說真的很辛苦。

你會看到她常常拿起電話、檢查螢幕，然後又再放回去，一臉失望。我猜那些玩音樂的都散了吧。我努力想陪著她，但就某種程度來說，那時我們已經像陌生人。其實我也藏不住興奮——我申請曼徹斯特大學英文系上了，我想自己一個人邁開大步，在沒有我妹的狀態下找到自己的定義。

莎莉．諾蘭：

醫生也認為那是一種求救。我們以為她會待在家裡、慢慢恢復，在金去念英文的時候思考自己要做什麼。雖然她不喜歡那樣。我想她慢慢懂了這些年金的感受，居於第二又是什麼滋味。我們讓她覺得自己沒資格脆弱，所以她逼自己往前走。

羅伯・諾蘭：

她們都在長大，都需要自己的空間，可是同時她們又只是孩子，不知道自己想要什麼。所以當柔伊被皇家北方刷下來，然後她們兩人都錄取曼徹斯特，感覺像是命中注定。我打給負責學生住宿的人，解釋我的狀況：「我的一個女兒狀態不佳，我希望她們能靠近一些，你能幫忙嗎？」我還以為不管接我電話的是誰應該都會讓她們住在同一區，不過最後她們住在同一個街區——甚至同一層樓。

金柏莉・諾蘭：

如果你在斯多克長大，曼徹斯特感覺大概就像紐約。妳懂的，這裡是屬於歡樂分隊（Joy Division）、新秩序（New Order）和史密斯（The Smiths）的世界，還有《愛情三選一》（*Definitely Maybe*）。這裡等同書店、自治市民、酒吧、男孩和咖啡店。

這裡等於文化和生活。

但總之，我想從柔伊的陰影中走出來的夢想就這麼變成泡影，只是現在更糟。大家還期待我要照顧她，感覺就像一切都還沒開始就已結束。我們一搬進住處，立刻在瞬間回到往日模式。她交新朋友、和男孩約會，而我沒有。我們有兩個人，其中一個更常笑，而且個性外向，我是想期待什麼？我們以前都沒有交過男朋友——沒有正式交過。所以當她和安德魯搞在一起——其實是我先認識他，而且我也很喜歡他——我真的很難熬。

安德魯・佛洛爾：

聽著，我不會裝得一副我們多親近的模樣，講些傷害她名聲的話。如果她沒失蹤，我恐怕不會在這些年對她有什麼想法。但她是個真實存在的人，失蹤時嚴格說也只是孩子。當然這是悲劇一場。她再也沒有機會放下童年往事和抱負。你也可以這樣想，對於她父親那類人、對於芬坦・墨非和魏琉那些人，把她塑造成這種形象十分有用。在這個時代，受害者顯然是最上等的角色，所以他們就給自己塑造了一個。

這一個永遠完美無瑕的受害者。當他們回想，一定是用這種觀點看她——潔淨無垢，誠實純潔。不幸的是我們之中有人真的認識她，而且可以輕易在其中找出不對勁的地方。這個女孩會吃也會拉，她也要睡覺，也會做夢。她有性生活，也會在不該笑的時候笑出來。她會動不動就講爸媽那套炒冷飯的無趣想法；她找不到自我，她裝出你在她所有照片都看見的痛苦笑容。簡單一句話：她和那個年代的每一個人都一樣。我不是說剛剛講的百分百就是她，也不是說她以後就會那樣。我只是想說，她從來沒有機會掙脫那個框架。她當然不是什麼聖人，可是那樣就等於把她抹消，把柔伊・諾蘭其實過得有多糜爛的真相全都抹消。

我怎麼會講到這兒？

啊對，音樂。就我看來，這個例子是典型過度樂觀的後果。因為呢——我就老實說吧，在唱歌這件事上柔伊實在不算多厲害。太做作、過度練習，沒放一點真感情。她可能有辦法在酒吧裡等你酒過三巡後讓你大哭，可是如果在冷靜清醒的大白天呢？她一點也不特別。她每次都唱〈綠樹成蔭〉（*Ombra mai fu'*）——那是她在音樂放完後的拿手絕活，但我只覺得那令人尷尬到翻。

她甚至不會義大利文，搞不好她根本不曉得那首歌是在講什麼，搞不好是在唱髒兮兮的廢水也說不定。可是她爸讓她深深相信，無論在技術等級或是優雅程度，它都是最頂尖的。也許在特倫特河畔斯多克是這樣吧。但我認為，那聽起來恐怕就像開麥唱他媽的綠洲合唱團〈奇蹟之牆〉（*Wonderwall*）一樣煩死人。

魏琉：

我從沒聽說柔伊有自殺傾向。很顯然我是在那之後才認識她的。雖然這就可以解釋一些事情，而且應該也會讓其他人更難過。不過也能稍微瞭解金的憤怒從何而來。

金柏莉・諾蘭：

魏琉可以直接去死。我沒有氣她，只是覺得我的人生好像被按下了暫停鍵，好像「噢，現在我的人生也要停在十八歲了喔。總之，在柔伊和我分道揚鑣之前都不會開始了喔。」

From: evelynidamitchell@gmail.com

Sent: 17/01/19 10:17

To: 你

> 喬瑟夫・諾克斯<joeknoxxxx@gmail.com>於2019年1月17日 週四 寫道：
>
> 伊芙琳，抱歉我這麼久才回信，還有錯過了妳之前的訊息。我還沒把第一部分全讀完，但有快速看過第一章。
>
> 詭異的電話：打勾
>
> 專橫的父親：打勾
>
> 受挫的夢想：打勾
>
> 「總之分道揚鑣」
>
> **懷有殺意的憤怒姊姊……？**
>
> 喬

證據在信裡。我說過，這就是全部的故事。總之你快點往下看曼徹斯特和接下來的好料。[redacted]

你還感興趣嗎？

伊X

2 關係狀態

在柔伊失蹤案的調查中扮演關鍵角色的人都是新近才加入她的人生，而且大多數人跟她認識的時間都只在不久前，亦即大學的第一個學期。

傑．馬哈茂德：

呃，我甚至不會說我是她朋友，不過也不是我看她不爽。柔伊人很好，我們有些共通點，但我不是那種只因為她出了事就說什麼「對啊我們超熟」的人。不管報紙怎麼講，我比較像是朋友的朋友。如果那些去他的新聞和什麼指控之類的上面沒出現我的臉，你就絕對不會看到我的名字出現在她旁邊。我有一個特點，這讓我和他們那些人格格不入——我的視覺記憶。我這輩子幾乎都在攝影，而且那些肌肉記憶都還在。我能看見畫面，然後保留下來，而且它們就永遠不會變。所以，要是我連個屁事都記不得，我會直接承認。因為我要妳知道，如果我記得，就會是非常非常準確。

也許我保持距離是因為膚色，又或是因為我腦中總是在思考攝影的事，可是我把柔伊看得很清楚。在曼徹斯特，如果你是個深膚色的男孩，難免變成邊緣人，我就是這樣。雖然呢，那些傢伙都不過是小鬼。他們理所當然認為世界就是繞著自己轉。總之我只是要說，他們都有自己的問題，也都用自己的角度來看柔伊，她則這麼回應。他們把她的故事當成自己的故事，而她的故事就像什麼ＨＢＯ超強犯罪影集，也因此讓他們的故事也成了犯罪影集。她的故事令人心碎，這起事件是個悲劇，所以像我前面說的，也讓他們比較沒那麼乏味，還餵養了他們的自負心，一旦失去，他們就活不下去。就是因為這樣，他們才從那時就開始誤會她，才都沒有改變說法，這些人全都卡在了過去啊老兄。如果他們繼續前進，就不得不檢視自己，我可不知道他們能不能承受。

就像在勒戒所，我們會做羅夏克卡片[1]測驗，那個白底上有黑色墨漬的，那就是柔伊。看著她的人看到的東西都不一樣。一些人看見自己想看見的，其他人看見自己最可怕的惡夢。那金怎麼辦？對金來說，柔伊是完全相反的她，是敵手，是負擔。她把自己的妹妹變成一個超巨大的東西，她不得不繞著她打轉。

金柏莉·諾蘭：

家裡書櫃大半的書都在講喪親之痛。失去、哀悼、如何處理悲傷，不太算是度假時可以看的書。假如我真的帶了男人回去，他通常會往書架看一眼，接著就會告訴我他明天早上得早起。總之，這些書反覆在說的都是喪親者如何受到親人的消失所「定義」。我沒辦法告訴妳我是例外，因為我才剛描述完我那個悲慘的書櫃。

1 譯註：Rorschach，一種人格測驗，發明人是赫曼·羅夏克（Hermann Rorschach），共有十張卡片，上面有墨水圖案。受測驗者看到的當下要說出自己認為卡片上的是什麼事物。

我被柔伊的消失定義了，無庸置疑。

我只是覺得，說我一直受到她的存在定義比較準確，即便在她失蹤之前。妳知道的，小孩非常殘忍，因為他們可以毫不猶豫指出你不敢承認的事。我們上中學第一天，十一歲，同年級有個男孩說我是窮人版的柔伊。他才認識我一小時就揭露了我這輩子最深的恐懼。更糟糕的是，柔伊和我從來沒有因為那種事關係緊繃。就我看來，這分感受甚至雲淡風輕地飄過——她根本沒有需要嫉妒我的理由。

我們在曼徹斯特那三個月，是我距離投奔自由、自立更生最近的時刻。我們遠離家園，有更多分隔開的時間，我覺得自己好像找到了立足點。可是她一失蹤，所有努力就付諸流水，每件事情都按下了暫停鍵，因為我們從來沒有得到解答，一切保持原樣。有幾個月，我好像終於有機會搞清楚金柏莉．諾蘭到底是什麼人，又可能變成什麼人，結果卻發生這些事。所以現在我擁有全世界最悲慘的書櫃，現在，我只是柔伊．諾蘭的姊姊。

傑．馬哈茂德：

……然後還有那個安德魯。安德魯一定會說「我和柔伊只是肉體關係，只有上床而已。」那是男性凝視，就這麼簡單。但在當時真的是這樣嗎？還是說在幾年之後形式稍微變了樣？在我看來應該是八九不離十，我告訴妳，因為我看事情觀點不同。我記得安德魯和柔伊之間那些有的沒的和其他人比起來亂上很多，但是我認為現在要他再去回顧太痛苦；他太往心裡去，感覺好像連心都壞掉了，滿口都是雙關語和文字遊戲，他真是世界級的混帳。

安德魯・佛洛爾：

柔伊失蹤時她好像本來想把我們在臉書上的關係改成「一言難盡」，而我可能會把我的改成「單身」。好笑的是，妳上週打來的時候我去上面找了她一下，發現她的個人檔案還寫我們交往中——現在都過去七年了——其實沒有很好笑對吧？其實很可悲——抱歉，有時我分不出差別。和我聊到現在，妳應該可以理解大家為什麼不說我們是「青春戀曲」了吧？不如說「春夢戀曲」還比較接近。

傑・馬哈茂德：

還有那個芬坦。他則是另一回事。基本上，他對柔伊的看法和金正好相反。柔伊害得金無論在什麼方面都更辛苦，變成一種阻礙。但對芬坦來說，柔伊就像什麼光明未來。其他人都是小鬼，可是芬坦似乎很老成，好像已經過完了一生，並且對此有點失望。看他講話的樣子彷彿柔伊改變了一切。因為她，他覺得一切好像都有可能，見到她就像每個十字路口都亮起綠燈。

芬坦・墨非：

我老實說，我好像是在柔伊失蹤後才更瞭解她。我們認識時我才十八歲，她也是。我們只認識了三個月，我甚至沒有我們兩個的合照。妳應該可以說我們是剛認識的朋友，但在那個時候，這份友誼對我意義更為重大。不過我說的不是相互喜歡的那種——我們之間明顯不會有任何可能。我想這大概也有加分作用。不要老是三句不離性其實還滿不錯，尤其是在那個年紀。我不是要天真到犯蠢，但我會用「希望」來形容我們的關係。我們對彼此抱有希望。對我來說，那就等同意識到我們都對世界、對人生抱有希望。我不認為柔伊和別人也有這樣的關係。她父母當然很支持她，認為她一定會成名之類的，可是大多時候只是物質層面的成功，不是真正的希望。我比較像是看到一口裝滿善意且用之不竭的井，而我運氣不錯，這輩子能有機會從中汲取。這世界稍微捉弄了我們兩人，我的狀況又更名符其實了些。所以對我而言，說抱有希望好像在說大話，這就像是我們不敢對彼此訴說的祕密，好像我們之間有一簇搖曳的火焰，得好好保護，讓它生生不息，燃燒更亮。

我一直努力不要太天真……雖然很不幸，我好像從來沒弄懂柔伊抱的是什麼希望。我仍在努力保護這簇火光——用我以她名義創立的慈善機構，諾蘭基金會。基本上我盡力代她把美好事物和意念擴散到世界，因為我覺得如果她還在，一定也會這麼做。就某種程度，妳可以說我和她的關係依舊是希望的一種。

傑．馬哈茂德：

還有那個魏琉……

魏琉：

我大概是把柔伊看成完美無瑕的天使之類的？

傑・馬哈茂德：

……（笑）魏琉把她當偶像。妳想像一下二次大戰時納粹的宣傳海報。老兄，她在柔伊身上看到一些根本不存在的東西，夢寐以求的救世主形象，加上身材比例又那麼超現實——連放屁都光芒萬丈咧。以為是尼采筆下的超級女人[2]是不是？

魏琉：

我可能得聲明一下，當時我和她真的很要好，我們有很多共通點。才住在一起幾個月，卻完全心靈相通。我不是那種有信仰的人。我不迷信，而且無論在哪一方面都不信鬼神，但我確實常常冒出一種感覺：我們好像上輩子就認識了，搞不好甚至認識了好幾輩子？我也很清楚，就算早在都鐸時期，金的人氣恐怕也遠及不上她妹，所以一定深受威脅。

傑・馬哈茂德：

然後還有一件事。就是因為這該死的一點也沒錯才這麼好笑：要是我沒認識柔伊，很可能最後不會流落街頭，搞不好還能繼續和家人、和我姊來往。她幾年前生了孩子，現在甚至不肯讓我見他們。但隨便，那不是柔伊的錯，只是狀況已經很糟，卻又被媒體和這世界搞得更糟而已。

大家都喜歡怪別人，那個別人就是我，媽的。

2 譯註：尼采所著書籍《超人說》書名為Über-mensch。在此傑使用的字為Über-womensch，應是刻意修改、用以嘲弄。

不過說老實話，確實就是我，不是嗎？我把我的人生搞到一團糟，之後再為它找藉口。就算我從來不認識她，我也一樣會找藉口，而且他們可能也一樣。例如金，她可能永遠都會為了在人生中的大好機會面前退縮找藉口？搞不好她覺得自己本來可以很了不起，現在卻沒有，所以找個東西責怪？安德魯也一定會為自己的渣男行為找藉口。他還沒盯上柔伊前我就認識他，相信我，他是天生的。芬坦會找到其他好方法，外加一個可以信仰的目標，因為他需要取代神的東西，不是嗎？魏琉則會去找另一個英雄，和她想要的超人女孩一模一樣——或者隨便看她想要什麼。柔伊的父母會有別的離婚藉口。《每日郵報》的讀者會找到痛恨巴基斯坦佬的藉口，我可以一直講下去。

是，也許我是滿口胡言，其實一切會有所不同；也許我們都可以成為大人物，但我不這麼覺得。反正，我們最後就是活在這種世界。

3 熔爐

柔伊和金搬到曼徹斯特，在那裡認識三位新室友，並且宿命般地遇見了安德魯和傑。

魏琉：

這件事其實發生在我們住在一起的第一週。柔伊走進我房間——她通常不會沒敲門就進來——然後關上門，坐在我床上。我看得出來她好像被什麼事嚇得不輕，所以我就問了：「發生了什麼事？」她看著我說：「好像有人偷了我的衣服。」

金柏莉．諾蘭：

我們在二〇一一年九月中搬到曼徹斯特。當時我們十八歲，從來沒有離家過，所以感覺起來很棒——先不管我們經歷了什麼超扯的事。空氣中瀰漫全新氛圍。那是在柔伊出事六個月後——我指的是她試圖自殺——也是她失蹤前三個月。現在去看那時候的照片，實在很難相信我們看起來那麼快樂，我不敢相信沒有一個人對於將要發生什麼有個底。我們住在**摩天大樓**——那確實是摩天大樓沒錯——這些人幫建築物取名時一定覺得自己很有創意吧——在法爾洛菲德的歐文斯公園，就是她失蹤前離開的地方。

傑・馬哈茂德：

老兄，你可能會說我有虐待狂傾向，但我其實先打了電話過去，提出自己想被分到那棟大樓。先不管原因，可是最後我卻落到了一棟叫作「森庭」的普通樓房去。那不過是一堆醜到爆的粗野主義樓房，一副直接從蘇聯選來、隨便扔進歐文斯公園一樣，有如從電影《一九八四》那種電影剩下來的道具。沒落幾十年，永遠都在拆除邊緣，也總能獲得請願和抗議，最後被救下來。我第一次看到它是在校園參觀日，是在我真的搬進曼徹斯特之前。我研究攝影，此外也因為所有人都像中邪一樣狂拍美照，可是我老想找出能找到最醜的東西。我一開始會去大樓就是因為這樣，它醜得像是命中注定，而且我聽說裡面更糟，所以想進去看想得要命。

安德魯・佛洛爾：

柔伊失蹤前我就認為那棟大樓有那麼一點《黑暗之心》（*Heart of Darkness*）[1]的氛圍，有點洛夫克拉夫特式恐怖[2]或《現代啟示錄》（*Apocalypse Now*）的感覺。傳言說以前有人莫名其妙就在裡面發瘋——是真的發瘋。要不退學，要不消失，成績沒過的比率大概高達百分之四十——遠遠超出平均。我不住那兒，但每次我去那個地方都覺得彷彿什麼新奇體驗。柔伊失蹤之後，媒體一頭熱地說我含著金湯匙出生。如果要我說實話，我覺得我爸捅進湯匙的是完全不一樣的地方，但總之這樣說也沒有算錯……

大樓和我去過的地方都截然不同，它令人難忘。那玩意兒打從六〇年代中期就建好，所以這麼多年來，牆壁上像蜘蛛網一樣布滿那種牢房會有的痕跡。你可以找到刻在愛心裡的字母縮寫，位置隱密，還加上日期（幾十年前的），然後發現自己忍不住猜想：不知道一九九三年的J和M現在是否還沒分？

魏琉：

知道被分發到那棟大樓，我第一個反應就是馬上想辦法轉出去。其實我已經在處理申訴的流程，想要換地方，但當我認識柔伊，我想，也許這地方值得留下。比起其他，我大概更害怕圍繞著這裡的各種傳說吧。例如大家說這裡鬧鬼，或者會對入住的人產生詭異的身心影響，被當掉的比率比天還要高。可是不知道什麼原因，大家莫名對這很驕傲。

我只記得我在那裡異常緊繃。

有很多噪音。誰在走廊上偷偷摸摸走路，陌生人在房與房之間來去。不過還有一些別的。像我說的，我不相信「另一個世界」，但我一直都有一種很難解釋的直覺。像是，假設我的心是永遠指向正北的羅盤，那麼在那個大樓中，它就像龍捲風一樣狂轉不停。反正就是有些地方不對勁。電梯每次都不會把妳帶到要去的樓層，而會隨便挑一層打開，有時打開只見一片黑暗。你會發現自己忍不住脫口而出「媽的，我現在到底在哪？」基本上，先撇開柔伊，我覺得住在大樓裡

1 譯註：喬瑟夫．康拉德（Joseph Conrad, 1857-1924）的小說，以殖民、種族主義的角度探討人類的黑暗面。

2 譯註：Lovecraftian，源自作家H．P．洛夫克拉夫特（Howard Phillips Lovecraft, 1890-1937）。他的風格主要為恐怖、科幻和奇幻，創造克蘇魯神話，其恐怖風格更影響多位當代作家。

的唯一好處就是，當我看出窗外，看不到這棟大樓。

金柏莉・諾蘭：

被當比率之所以像天那麼高，是因為派對開太多；晚上有奇怪的聲音是因為有些男生發明了一個喝酒遊戲，每十八樓就要喝一個shot；電梯會帶你到沒有按的樓層，是因為這玩意兒最遠可以追溯到披頭四爆紅的年代，早該換了。有些樓層確實會連續斷電好幾天，但我不認為那有發生在我們身上。柔伊和我被安排在十五樓，和另外三個女生共用公共空間。妳顯然已經認識魏琉，還有一個人是雅莉絲・威爾森。

魏琉：

我對安樂椅診療法[3]沒興趣，我覺得那根本沒用，而且效果有限，偏見太重，而且很羞辱人。不過如果當時妳拿槍指著我腦袋，那我會說，如果你知道雅莉絲患有嚴重的雙極性心理疾病，就比較可以理解她的狀況。她什麼都要推到最極端，不是最多就是最少，卻永遠沒有算得上「冷靜」的狀態。

該怎麼講她呢……

她瘦到一種……恐怖的程度？有時候她會整天吃垃圾食物，有時候則會……怎麼說呢，四十八小時只喝水。她絕對算是長得漂亮，但是走嬌弱路線，並且會吸引來超級渣男。第一週過完時她已經交了兩個不同的男友，取決於她當下需要應付何種心情狀態，我真是受到震撼教育。其中一個叫山姆，是個體貼好人，總是在她左右。另一個我只見過一次。他是那種只會在夜晚現身、走暗黑路線又醉醺醺的魯蛇。她好像是看當時認為自己是好還是壞，來搭配好男壞男。真是有夠人格分裂。

金柏莉・諾蘭：

可憐的雅莉絲。她比我們大兩歲，下課之後得找工作存錢，因為她媽大概是個控制狂之類的。但我認為雅莉絲心理有狀況，可能和男生有過不好的經驗，還有一些身體焦慮，而且她看不見自身的價值。雖說她滿討人喜歡——我不是放馬後砲，她是我們裡面唯一想把東西收整齊或做點裝飾的人。她幫公共空間買了盆栽，在沒人注意到的時候在牆上掛相片。魏琉馬上受到柔伊吸引，因為她們都有粉紅色的衣服，眼中會閃愛心之類的。而我覺得雅莉絲和我因為這樣最後走比較近。雅莉絲穿黑色，會聽耶穌和瑪莉之鍊合唱團（The Jesus and Mary Chain）的《神經病糖果》（*Psychocandy*），我覺得這音樂很酷，因為它是真的、真——的很酷。我不曉得第二個男友的事，我只見過山姆。但雅莉絲的一舉一動確實非常神祕沒錯。

魏琉：

三樓好像有個傢伙駭進住宿紀錄，可以知道在你之前住過這間房的房客是誰。真的他媽的超

---

3 譯註：armchair diagnosis。通常指間接對從未接觸過的病患給予診斷意見。

像某種巨星地圖——「這間髒兮兮的七乘十呎房間先前住過電臺司令（Radiohead）的成員，整年尿得床鋪溼答答；這邊是化學兄弟（Chemical Brothers）第一場表演前彩排的地方。」所以我就去看我們的房間：沒有任何起眼之處——除了雅莉絲。兩年前有個女生住過雅莉絲那間，在聖誕假期期間自殺，直到一月才被她室友發現。不過我都這樣把話挑明了，她卻好像一點也不在意。

我看不出她到底是不是在開玩笑，但她說她很高興有鬼當室友。這種說法讓我打從脊髓冷上來。像我說的，雅莉絲不是超熱就是超冷，但我記得那時我在想，這個黑暗面、她偶爾會冒出來的第二自我，很可能是被附身之類造成的結果。很顯然，有鑑於我們現在所知的一切，她這個「室友說」令人極度不舒服。

金柏莉．諾蘭：

最後一個是露易絲．貝斯特，而且她很快就意識到自己沒有很想留在這裡。

魏琉：

後來我們都叫她露易絲．爛斯特。我想她只待了不到一週吧？她百分之百在學期開始之前就閃人了。第一晚後，她甚至不肯睡在她房間，連進都不進去。你會在早上走進廚房，卻發現她昏睡在桌前或是躺在沙發上，又或者——睡在她臥室地板，可是門一定要大大地開著。

露易絲・貝斯特，柔伊的室友：

怎說呢，我絕對有想家，但主要是我非常痛恨那棟建築。和其他人相處也不能說沒有壓力。大樓非常老舊，隔音真的超差，所以可以透過牆壁天花板聽到人的聲音，已經到了我沒辦法睡覺的地步。詭異的噪音、奇怪的味道，東西先是不見，然後又再次出現。我的房間鑰匙在第一天就被偷。我們有天晚上在火災警報之後回來，卻發現所有家具都被動過。當時我以為是我們之中的誰在惡作劇，現在卻發現雅莉絲說得沒錯——有些什麼東西在騷擾我們。

芬坦・墨菲：

謝天謝地我不住歐文斯公園，而且是在很後面才真正認識其他人。雖然我之前就認識柔伊——就是合唱與交響社團的第一次見面。我母親信仰虔誠，但歌唱算是天主教裡我唯一真正感興趣的部分，典型的聖靈果實。柔伊看起來有點緊張、有些脆弱，我很可能也一樣。所以也不知道哪來的勇氣，我就直接過去，伸出了手自我介紹。她一定是馬上就知道我是同性戀，因為我剛剛在遠處看到她滿滿防衛心，但此刻就這樣卸下了。這對一個頗有魅力的年輕女子可能是挺陌生的經驗。某種程度，妳被看成商品，身邊圍繞的都是不善言辭又猴急的年輕男性——或說小男生，急匆匆地想把老二從四角內褲伸出去，找人來一發。所以我很確定她一眼就知道我不是用那種眼光看她，也知道她大大鬆了一口氣。唱完之後，我們最後到處散步，聊了一整天。真的太神奇了。

安德魯・佛洛爾：

我想在當時，我父親人生中最大的失望就是我選擇去曼徹斯特念書，之後我又多讓他挫敗了幾次。我甚至可以表示我自願擔綱世上最大挫敗的角色。但那個時間點，我們之間的關係確實緊繃到最高峰。而且——我不是故意提起，但我媽不久前才剛從這一切解脫。總之我只是想講，我晚了一、兩天才加入。那一整段時間我都在住宿辦公室拿我的鑰匙，只能遠遠聽到警報聲好像在幾英里外響起，很像空襲警報之類的。當時是九月中，坐在那塊塑膠隔板後方的女人不斷流出組織液，叫我在這裡簽名，好像什麼事都沒發生。我問了路——「我住的地方在哪？」她只是厭倦地揮手叫我走，意思是「跟著那個聲音。」

金柏莉・諾蘭：

前幾天火災警報常響。即使我們之前有過被疏散又在五分鐘內回去的經驗，也不可能忽視不理。對於住在低樓層的人大概覺得像在玩什麼遊戲吧，他們就從自家前門走去加入聚集的大批人群，但對我們來說——從大樓下來的人——得慢慢走下十五樓，在樓梯上撞來撞去，回去時再重複一樣的行為，只是換成辛苦地往上走。這一切只是讓我意識到，要是真的發生火災，我們疏散的速度會有多慢。

魏琉：

這個狀況很快就成了老套。

安德魯・佛洛爾：

總之，歐文斯公園位於法爾洛菲德，是一塊有大門管制、林木蓊鬱的區域，我想主要的幾棟樓都在那兒。五或六棟房子，每棟住了一百多人，大樓則在中央，住了一千多人。我到的時候，在這快要把人烤焦的大熱天，每個人都被疏散到草坪，整個看起來簡直像是混亂大熔爐，上百個愚蠢小鬼外加包著浴巾的女生，全部愣愣地到處亂晃，表情像是剛發現自己被領養。

傑・馬哈茂德：

沒錯，安德魯大概是在那天第四還第五次火災警報的時候到的。我正站在森庭外面拍照，這個貴族學校男生就開始問我怎麼回事，一臉派丁頓熊的傻樣，兩手還提著行李箱。後來我發現我們住在同一間公寓，就開始跟他說目前情況，基本上就是「誰他媽的知道發生了什麼鬼」，然後有個住宿處的傢伙拿個擴音器直接開始大聲宣布。他說系統出了一點問題，所以只要一塊區域的警報響起，就會誤觸所有警報，他們正在搶修，但同時間還是要提醒「不要再把培根烤焦了」。

芬坦・墨非：

那天陽光燦爛，就曼徹斯特而言十分反常，在我感覺一切都充滿希望和光明，而且我甚至覺得自己交到了個朋友。我覺得和柔伊一起散步的時候知道了很多關於她的事；有些來自她對我說的話，有些則來自她沒對我說的。我開始意識到，在某些話題上你得給她多一點妥協。當她講到雙胞胎姊姊，語氣雖禮貌但是有所保留，讓我滿驚訝的，感覺她們沒有很親近。當然，還有她如何迴避關於她在音樂上的經歷與抱負。我看過她在教堂唱歌，我知道她很認真，但我也感覺到其中存在著某些痛苦。

我們散步的路線正好經過皇家北方音樂學院，她真的整張臉都蒼白了，我從沒見過這種事。我稍微提到之前會考慮要不要去那裡念書，她馬上就改變話題——實際上甚至改變了走路方向，還差點在腳踏車道被撞倒。我注意到了，也記得這件事，因為我看得出我害她心情變差，所以我小心翼翼再也不要提起。

傑．馬哈茂德：

總之，我不知道我們怎麼會講到這個，但我倒是曉得就是那一天沒錯。出人意料的曼徹斯特大太陽，所以警報感覺起來才不算什麼。我猜我一定有告訴安德魯我想進去大樓，他一定也問了我原因。我說原因就是它超醜又超詭異，還散發著一種不屬於這世界的氛圍，他似乎很感興趣。在我們的室友忙著套交情時，我們聊天。他們好像開始玩喝酒遊戲吧。安德魯只是看著我說，「我打賭我現在就可以讓你進大樓。」然後我就說，「好啊，你打算怎麼做？」然後他就站起來，打破我們火災警報器的玻璃（笑），讓整個地方再疏散一次。

安德魯．佛洛爾：

所有人一到外面，傑和我就和住戶一起枯站著，然後在二十分鐘後跟著他們一起進大樓。我們整個晚上都在各個樓層到處晃，跑進別人房間、自我介紹，每到一處都獲得一些跟班。等我們來到十五樓，這群人可能已經有十或十二個了。就是這樣，我們認識了金、雅莉絲和魏琉；就是這樣，我們才差點在第二天早上害自己被抓。

芬坦・墨非：

認方向不是柔伊的拿手強項，她也是初來乍到，所以當她別有深意地避開皇家北方，我提議送她回家。剩下的路上我們幾乎一路沉默。這對我來說有如熟悉又寂寞的舊日時光。我身在英格蘭的同性戀大城，卻因為太害怕而不敢參與任何活動。我不喝酒，也不出去玩。我已經不知道有多少夜晚獨自一人待在房間，柔伊是我這麼久以來交的第一個朋友，我很珍惜，但我很怕我們以後再也不講話，怕可能不知怎麼踩到了她的地雷。所以我陪她走到她住的大樓門口，就是歐文斯公園正中央那棟糟透的建築，但她邀請我時我沒進去。我不想越線。

魏琉：

因為聽到超瘋狂的吵鬧聲，所以我出去公共空間，看到我們的廚房——金和雅莉絲夾在一堆陌生男孩之間，一些男孩喝醉了，但每一個都超怪。我可以確定當時柔伊不在，所以我好像有點超出負荷。我第一個交談的是一個曬得很黑，看起來是上流社會的傢伙，他說他叫安德魯・佛洛爾。我記得自己起先想，哇塞，竟然叫**佛洛爾**（Flowers），這名字也太好笑了吧？他看起來滿聰明的，而且說得一口夢幻口音，我就想，他人一定很不錯。

安德魯・佛洛爾：

我對魏琉的第一印象？她對階級超級憤世嫉俗，卻又抱持著天真的想法。如果你告訴她尿是一種香水，她也會拿來擦在耳朵後。

魏琉：

我當然很快就知道他爛得要死。我對傑倒是印象深刻。他的好看是老子才懶得管你的那種，然後他脖子上還掛著相機，這讓他看起來介於藝術家和戰地記者之間。我們發生了點誤會，而且所有人都覺得這誤會荒唐到不行……

金柏莉・諾蘭：

我好像有印象。魏琉好像以為傑是出庭律師之類的？

魏琉：

此外他看起來年紀很小，穿得很街頭，而且有點無法融入，我就想，哇塞。

傑・馬哈茂德：

我跟魏琉說我是咖啡師[4]，她就開始問一堆問題，例如我在哪裡拿到法律學位，我辦公室在哪裡之類的。

魏琉：

我那時候就說，「噢，我表親是法庭記錄員，」然後我們周圍所有人就開始笑，最後我假裝手機響，從對話中逃走。好像過了兩、三天吧，我看到他在牛津路上的尼祿咖啡工作才恍然大悟。最近我在人資上班，我想情商應該有大幅改進吧？但當時我確實有點天真愚蠢。

金柏莉・諾蘭：

我總是覺得同年紀的每個人都遙遙領先我，他們都知道一些我不知道的事，我得付出兩倍的努力，才有辦法至少原地踏步。但那天晚上，我覺得自己終於——終於追上了。人生就在大門口等著展開，那裡的每一個人都很新，所有人從同一條起跑線開始。

我就想，我做得到。

然後我得承認，當時柔伊不在也有點幫助。她出去唱歌了。我有發簡訊問她一切都還好嗎，然後收到回覆說她很好，和個朋友在一起，正在回家路上。所以我抓緊機會，現在不抓好以後就再也沒可能了。我看到我喜歡的菜，就走過去，拍拍他肩膀，露出微笑，直接望著他的眼睛說，「大手男孩，我知道你就是我要找的人[5]。」

---

4 譯註：咖啡師原文為barista，魏琉誤以為是出庭律師（barrister）。

5 譯註：出自暴力妖姬合唱團（Violent Femmes）歌曲〈被太陽曬起泡〉（*Blister in the Sun*）的歌詞：Big Hands, I know you're the one。

安德魯．佛洛爾：

我喜歡那首歌。我想我應該是笑著回答，「我叫安德魯．佛洛爾，妳叫什麼名字呢？」她正要告訴我，火災警報就又響起。我們都忍不住翻白眼，然後朝門走去。有那麼一秒，她的手拂過我的，我們就差那麼一點點勾到了小指頭。我們之間有些來電，有點火花。我不太知道怎麼形容，因為我從來沒感覺過，這麼多年後一次也沒有。然後我們就被從樓梯井下來的人群衝散，到了樓下我也找不到她。無所謂。反正我已經知道她住在哪裡，也記得她的臉。我知道我會找到她，再次獲得那個笑容，然後從上回中斷的地方接著開始。

很不幸，這件事至今都沒發生……

傑．馬哈茂德：

總之警報又響起，大概是那天的第七還第八次，我知道這和操他的火警沒個屁關係。我們都還在大樓裡，所以我和其他人一起去樓梯井，不過我走另一個方向——往上——我去了上一層。我帶著相機，而且突然想趁著警報響時到處晃晃，拍些空房間。這裡還散發著其他感覺，老兄，就那種車諾比的氛圍。但是當我來到頂樓，有扇開著的門，通往屋頂——我甚至不知道還可以上到那兒去。然後突然之間，我發現自己走了過去，走進一片絕美的電光藍傍晚天空。

我舉起相機拍照，才注意到那裡還有別人，那個女孩就站在大樓邊邊。我一動也不敢動，什麼也不敢說，只怕會害她跳下去。她離地抬起一腳，懸在空無一物之處，好像要踏上那片空氣。她一再重複這個動作，我則一直憋著呼吸，直到她從邊邊退下。她下來時，我看見她在微笑，她很開心。我當時算是靠在其中一座空調機組上，她又走回大樓，下了樓梯。所以我覺得她沒看見我，但那是我第一次看見柔伊，我現在仍用同樣方式看她：一腳踩地，另一腳抬起，就像從深淵上方探出去。

魏琉：

我們二十分鐘後又回到裡面，那是那天晚上最後一次警報。我很高興這個警報似乎讓我們擺脫了那些到處亂轉的男生，雖說後來我覺得這是一大巧合。這是所有惡名昭彰的角色第一次齊聚在我們的住處，緊接著第二天早上柔伊就來我房間，告訴我她的內褲和帶來的每條襯底褲幾乎都被偷了。當時我覺得那是我想像得到最黑暗的事件。

現在我底下管理大概七個下屬，所以妳可以放心，我的想像力變得比較豐富。但是在當時，就像我說的，我還有點天真。

From: evelynidamitchell@gmail.com
Sent: 19/01/19 18:27
To: 你

嘿

不知道你看到那裡了沒——不過快速補充一下摩天大樓的事。建築工程在一九六四年開始，同年英國執行了最後一次死刑（!）*，大樓在一九六六年落成完工。原先只有十五樓，所以柔伊和金的房間本來會在最上層。一九七四到七五年間又多**增加**了四層樓，因為要增加住房數。這也許能幫你理解後面的某些不合理之處……

我正在拚命往前衝，還在進行第二部分的訪問、謄寫和組織。後面可是越來越黑暗了。我想我一開始可能就像魏琉，天真爛漫地摻進去攪和。再也不是了。

PS—[redacted]

伊X

*令人意外的是，死刑執行地點位於從大樓開車約二十分鐘車程，奇異路監獄[1]。那名遭到絞刑的犯人是個病態的騙子，名叫格

1　譯註：Strangeways Prison，現名曼徹斯特監獄（HM Prison Manchester）。

溫．伊凡斯，他好像毫無說實話的能力，並且殺了一個可能與他有染的對象。他說的大部分謊言都是所謂「維護名聲」的謊，只為增加他在他人眼中的名望，全都非常容易被發現、被揭穿。若在現今，他其實可以提出減輕責任為抗辯，並獲得減刑，因為他確實沒辦法控制自己。雖說這著實讓我感到不安。

我坐下來和金、魏琉、安德魯、傑、芬坦、羅伯、莎莉這些人談話，有時一次好幾小時，將他們說的一切都錄下來，之後謄寫成文字，再印出來，努力讓它得以出版。可是，要是有一天它真的上市，我卻發現他們之中有個格溫．伊凡斯，那怎麼辦？

要是柔伊的人生中真的出現了像他一樣的人呢？一個沒辦法控制自己的人？那就表示他也出現在我的人生……

總之，我岔題了，讀剩下的email吧。

4 黑暗的房間

調查柔伊的內衣失竊事件使得幾人更為親近，其他人隔閡更深。

金柏莉．諾蘭：

我早早醒來，幫盆栽「千尋」澆水，她好比我的驕傲、我的喜悅。她三歲大，我是用軟木插枝的方式種植，如字面所說：兩片葉子插在某個類似樹的東西上。我是在十五歲得到她的——就是爸對我說我再也不用去上他的歌唱課那時——基本上，那就表示我再也不用上他任何課。除了柔伊之外，我沒什麼別的朋友，所以我很寂寞。有一件我很喜歡的事：有些有生命的事物必須經過多年成長才會顯露真正的自我。重點在於耐心，我猜我也是那樣看待自己。像一朵晚開的花，又或者只是需要很多照料。在這麼做的時候，我也領悟其實也不全然是耐心的問題，更像是深思熟慮、努力付出、心靈手巧。我用最喜歡的電影裡的勇敢女生替她命名，這樣一來，她就像是成為我的靈魂嚮導。我發現自己常會在照料她時思考人生，在這樣的早上，通常我都會感覺不錯。前一天晚上我踏出了一步——試著去交個……就算不是朋友，至少是可能成為朋友的人。

我的房間就在露易絲旁邊，聽得到她也很早起來，透過牆壁傳來她呢喃著什麼的聲音。

魏琉：

我算是代柔伊覺得遭到侵犯？如果你把偷竊看成一種嫉妒的形式，那偷竊某人最私密的個人物品，就好像大聲宣布你真正想從他們那兒偷走的是什麼。我只是覺得這種舉動根本有病。不是裝酷，也不是開玩笑。柔伊那時候好像沒事，可能只是有點嚇到。我說了一些話，像是「這問題可能很蠢，不過妳應該沒有和金共穿衣服吧？」她搖頭，好像因為一些事情有點恍神，我敢說她沒跟金提起這件事。我記得自己疑惑，她怎麼沒找雙胞胎姊姊吐露，卻跑來找我？好怪。但當然我立刻想到，前一晚就是金讓那些傢伙進我們宿舍的……

傑．馬哈茂德：

老子才懶得管，當時我是真心要沖我自己的照片。簡簡單單，八乘十黑白照片之類的，但是充滿魔力，像是從一片空無中生出黃金。我們那地方超級完美。我告訴你，浴室裡面沒有自然光，根本不用關燈，而且還有很強的通風設備，什麼氣體都可以抽掉。我只要把電燈泡換成紅色，把其他東西載過來就好。因為沒有空間放工作桌，所以我就弄了個木頭夾板底座，擱在浴缸邊緣，然後把我的放大機擺上去——那是一臺古老的貝斯勒23c。只要把顯影盤丟進浴缸，整個就完美得要飛起來。我第一天晚上找到了恰好可以把所有東西放上去的廚房推車，所以我擺上去和卸下來大約十分鐘整。不過我可沒忘記自己是和四個男生一起住。所以我很早起，才不會礙到其他人。前晚我就在沖照片。每次只要我開始工作，第二天的一切對我來說往往變得更真實，因為我又一次看見那些事物浮現在眼前。

金柏莉・諾蘭：

我不記得我在幹麼——修剪、澆水吧——但露易絲的音量開始變大。我好像有對著牆壁喊說「妳沒事吧？」

露易絲・貝斯特：

我聽見有人在我房間，而且可不是透過牆壁或地板那種普通的地方。當我躺在床上，好像有人用傳聲筒在我耳邊低喃。我知道那很可能只是別層的某個十八歲男生，完全不曉得他的聲音會傳那麼遠，但我大半晚上都醒著，覺得自己快崩潰。

金柏莉・諾蘭：

我敲了幾下，但沒回應。那時我們已經在那裡住了幾天，露易絲真的非常閉俗。我想我是在猜她會不會也不好受。回想以前，我似乎很能意識到誰在社交上比我更笨拙，而且會像保護盆栽那樣本能地保護他們。所以我打開門，發現她似乎瞪著衣櫃。

我問她怎麼了，她說她覺得有人在裡面，在她房間，所以醒了過來。我們互看一秒，我就開始笑。我不曉得她是認真的——我是要說我其實和她也不太熟——但她也對我笑了，然後我好像提議要不要吃早餐，用這個藉口讓她離開房間。說老實話，我根本沒想到要打開衣櫃或看一看裡面。

魏琉：

身為一個親眼看過自己母親恐慌發作的人——例如，前一秒完全正常，下一刻就在貴婦超市的香料走道大崩潰，要我放手不管，我好像怎麼樣都覺得不太自在？所以我泡了咖啡、讓柔伊坐上沙發，然後報警告知她衣服被偷的事。他們很顯然沒興趣，所以我努力說服他們這件事非常嚴重。這時露易絲和金就進來了。

金柏莉．諾蘭：

安德魯告訴妳有些人在柔伊失蹤後把她看作受害者，但那可能是因為他和柔伊沒那麼熟。大家一直都把她看作受害者，她自己也曉得，而且有辦法在適當時機擁抱這個過於纖瘦、過於安靜又過於嬌弱的形象。所以我想，包裹在魏琉對柔伊的崇拜裡面的，是一種不顧一切保護著她的詭異需求。

基本上，當我走進去，魏琉正在報警說什麼衣服弄丟，語調卻活像是持槍搶劫外加性侵，還小聲用氣音講話，要求他們派「最精良的」警員過來做筆錄。那整段時間柔伊就是一直用蚊子叫的音量說，「不，不，不用，沒事的，不是什麼大事」然後聲音就被壓過去。可是我完全沒聽說，所以我好像就問了：「怎麼回事？妳沒事吧？」

我們前晚沒說到話，因為她很晚才回來。我那時想，媽的，我真的不能讓她離開我的視線範圍。我完全沒想到，魏琉竟然會叫警察來抓前晚才在我們廚房待十分鐘的那些根本無害的聚會者。接著她就滔滔不絕背出記得的每個名字，包括傑．馬哈茂德和安德魯．佛洛爾——還用一種眼神看我——一副我在eBay上把我妹的貞操賣給他們的模樣。

珍寧・莫理斯，前學生事務組組員：

嗯，那天早上有執法機關聯絡我。如果你負責處理學生住宿，應該可以想像我通常會接到哪種電話。（笑）我當時三十歲中段，卻早就沒了受到驚嚇的能力——髮色也沒了，不如這樣說。

雖說這件事讓我一直很難忘。

警察說收到摩天大樓來的舉報，說有「性欲型衝動竊盜」，需要幫忙找出可能的犯人。我不想知道「性欲型衝動竊盜」是什麼玩意兒，所以當他們給我一張名單，我直接一個個去查。因為全都是我們的學生，所以沒花多久時間。緊接著警察立刻來到現場，我帶他們到處去敲門。有兩個男孩，佛洛爾和馬哈茂德，他們一起住在森庭，所以我們最先去哪裡。

我也通報過我遇到的強盜事件給大曼徹斯特警察局，可是從沒見過那麼快的回應速度。我記得我想，下次如果房子再被人闖入，我一定也要告訴他們有青少女的內褲抽屜被翻了[1]。

傑・馬哈茂德：

我聽到門鈴響，但我還在沖照片，所以就丟著讓別人去開。我其實什麼也沒注意，直到幾分鐘後，哈利——和我們一起住的人——開始敲門，說有人想找我談談。我走到大廳時手上還拿著滴水的照片。

安德魯·佛洛爾：

我走進公共空間，發現警察正在偵訊我的室友——在一個有四個白人男孩、一個棕膚男孩的空間，這些警官竟然窮盡推理能力死命想猜出誰才是傑·馬哈茂德。所以當他們問誰是安德魯·佛洛爾，我想我就自動舉手，幫他們省了這道難題。聽好，我是真心覺得這是一場鬧劇，以為他們是脫衣舞男之類的。我看了他們的證件，以為會看到上面寫小齷齪警員和超敏感警官。正當我以為他們隨時會脫掉上衣、開始放渾合唱團（Wham!）的歌，他們卻要其他人離開，然後我和傑就看著彼此，一副「你幹了什麼事」的模樣。

請別忘記我們當時才剛認識，對彼此都不熟。他們開始對我們說出來這裡的原因，我整個不敢相信。他們說，由於我們前一天晚上的行為，他們接到了「嚴重申訴」。問我們有沒有事情想告訴他們？

傑·馬哈茂德：

所以呢，當佛洛爾——這個活跳跳的具體白人特權代表——證明他有多麼愚蠢，我非常乖，只管好我自己的事。我看得出那些傢伙不喜歡我的長相，也在腦中聽到我老媽的聲音，碎念著我是家中第一個念到高等教育的人，她是怎樣拚死拚活才讓我來到這裡。所以我嘴巴閉緊。可是這大概是你能做出最糟的反應。安德魯的蠢蛋行為反而讓他一派無辜。條子很懂什麼是敵意，而且

---

1 作者註：該訪問由喬瑟夫·諾克斯進行，並於二〇一九年加入伊芙琳的書稿。

常遭人臭罵，可是他們不知道什麼是恐懼，所以我看起來只會像是藏了祕密，整個人超級可疑。

同時間，我絞盡腦汁思考我們到底幹了什麼好事。妳懂的，這是因為我們跑進大樓嗎？是因為我上了屋頂嗎？還是因為那個女生認為我是操他的律師？但很顯然其實是更嚴重的狀況。接著他們就告訴我們，前晚我們去那棟建築的時候有「私人物品」從那裡被拿走，說我們擅自闖入摩天大樓，現在最好的方法就是坦白交代。我坐在那裡怕到要死，瞪著地板猛看著我那雙該死的Converse鞋上每個細節，然後他們就說「給我聽好，我們知道你有竊盜前科。」老兄，這也太莫名其妙了，因為我根本沒有。然後——沒錯，我一抬頭才發現，他們是在跟佛洛爾說話。

安德魯・佛洛爾：

情況有點複雜，不過很無聊。不怎麼好玩，也沒什麼意思。我只是在成長過程中和其他家人都很疏遠，感情不好。我小時候住在薩里郡，身邊會跟著個保母，叫惠瑟斯太太，當我年紀一到就打包收收去上寄宿學校。妳知道我父親是誰嗎？對，沒錯，就是那些坐擁一切的傢伙之一。不只是避險基金或議會關係，所謂一切，就是不管什麼時候、不管他手上在處理的什麼、任何落在他視線的事物——都是他的。任何人、任何地方，隨便你說。所以那不是偷，不管警察想怎麼稱呼。他拿走屬於我的東西，所以我也拿走屬於他的東西。就我看來，那應該算是他媽的一物換一物。

案件編號：VT 08/03/11/3462
負責警官：警員　愛麗絲・哈迪
報告日期：二〇一一年三月八日

二〇一一年三月八日下午五點五十五分，我與理查・佛洛爾先生於基督城路的亞斯文大宅就車輛遭竊的相關事件進行討論。佛洛爾先生表示，下午四點左右，在他家中發生相當激烈的爭吵，隨後，他的兒子安德魯・佛洛爾先生便偷走了他的一輛車，型號為古董捷豹。佛洛爾先生擔憂其子開走車輛時可能處於酒精和／或藥物的影響之下。

佛洛爾先生對車的外型描述為：酒紅色，一九五二年出廠，C-Type捷豹，登記為英國車牌。該車輛號碼FLW3RS。他估計該車市價超過四十五萬英鎊，再加上那是「難得一見」的收藏家珍品，而且已訂於四月初在蘇富比拍賣會上出售。他表示，該車並無明顯汙痕或其他狀況。

佛洛爾先生強調他並未同意其子取走該車，並且十分憂慮其子會刻意損害車輛，以報復他們的意見不合。他進一步聲明，其子向來熱愛散布抹黑父親之言論，諸如其商業行為、人際關係、道德品行與性生活[2]。

2 作者註：該警方報告由喬瑟夫・諾克斯於二〇一九年增補至伊芙琳的書稿中。

安德魯・佛洛爾：

你聽著，簡短版本是：我外公查爾斯・巴克萊經營商船運輸事業，卻破產了，他應該算是名符其實地把他女兒——就是我媽——以結婚的方式便宜出售。她什麼地方都去過，但是因為當時其餘一切都屬於我外公，所以她嚴格來說不過是個瑕疵商品。先是背負著不幸的婚姻，前方還有加速失控的癮頭。我總是覺得她讓人丟臉，眼線像是用奇異筆亂畫，口紅塗得偏離嘴巴好幾公釐。每次都不付錢就離開店家，老是把車撞壞，常常在洗澡的時候大哭。反正大多時間我都遠在學校，回家則多半和鄰居的女兒在一起。她十七歲，是個有一半巴黎血統的小公主，名叫艾洛蒂。

反正，學期某天，我從媽那邊接到一通讓人很擔憂的電話，這很少見。然後我找不到我爸，這倒正常。我趕路回家，發現他兩週前沒有告訴任何人就硬把她送去瘋人院。我得說，她以前也不是沒去過，她整個人瘋得像是沒藥救的神經病，但那個混帳甚至沒去探望她一眼——事實上，我發現他正忙著搞我女友艾洛蒂——就是那個住在隔壁、有一半巴黎血統的小公主——她操他的比他小四十三歲。所以，我也不曉得，大概是因為過了幾天後媽割腕自殺，爸和艾洛蒂私奔，之類之類之類，我就開走他價值五十萬英鎊的復古龐斯跑車。我沒打算把車搞壞，我想只是希望一切可以停下，全部給我停下。而那個混帳提出了告訴。

來自理查・佛洛爾（CBE）辦公室

日期：08/09/19

目前，佛洛爾先生不願對他已斷絕往來的兒子安德魯做出任何評論。此外，佛洛爾先生對柔伊・諾蘭失蹤之事也沒有相關消息，同時，僅對該案抱持著一般市民對正義能夠彰顯的期望。他不會再對此事，以及他過世妻子、目前的妻子或他的另外三名兒女做出進一步評論。他期望讀者能將注意力轉到安德魯的犯罪紀錄，切勿理會未經證實且過度情緒性的「事實」。最後，佛洛爾先生懇請媒體尊重他個人及他新家人的隱私。[3]

安德魯・佛洛爾：

這顯然是放馬後砲，但是我不應該在那些事情發生幾個月後去上大學，當然不應該和任何年輕女性交往，更千不該、萬不該和柔伊這種身上一堆麻煩的人在一起。我應該不得接近任何人方圓五十英尺。一想到在我所有聲明中柔伊和我根本毫無共通之處，我就想笑，我竟然忽略了我們

3　作者註：該聲明由喬瑟夫・諾克斯於二〇一九年加入伊芙琳的書稿。

最近發生的兩次自殺未遂。啊，這大概不太好笑吧，哈哈……

傑・馬哈茂德：

我從沒看過有人翻臉可以翻那麼快，媽的根本是變身怪醫[4]。安德魯本來神氣得要命、自以為是危險人物的模樣，突然之間卻變成冷酷的精神變態，基本上他一聽到那些告訴的事就變成這樣。他慢慢站起來，好像隨時都會出手揍人，接著像暴風一樣衝過大廳、回他房間，碰一聲打開門。他強烈要求他們去搜，他們也搜了，但接下來他們就開始改問我的房間。

不過我沒有爆怒失控，只是說「一定要嗎？」我沒有很在意，但沒有任何根據就任憑條子翻遍我的東西，感覺很怪。接著他們看到我貼在浴室的「請勿進入」標誌，也想進那裡看看。我就擋住門，露出「如果可以我希望你不要進去」的態度。我跟他們說那是暗房。所以他們就一臉「為什麼？所以你到底是在拍什麼照片？」我聳了聳肩，其中一人就把我手上的照片搶過去。那是前晚在屋頂上拍的其中一張，是柔伊一腳跨過屋頂邊緣的照片。當時我不知道這件事和她有關——我是說，前晚我們去了那麼多房間——但是他們的眼睛馬上瞪大，一副「孩子，你真沒有什麼事要告訴我們嗎？」

金柏莉・諾蘭：

對我來說，魏琉竟然打給警察，感覺反應過度。雖然這麼做好像才是正確的……假如你對人生的理解全來自教科書。可是這麼做沒有考慮到受害者或我們這件事的來龍去脈，而且去他的絕對不會讓柔伊更安全——有個來做筆錄的警察根本只是想泡她。他給她電話，說「如果妳有什麼需要，無論白天晚上，就算只是想找人聊聊也好」，然後我就插嘴「老兄，你就是這樣執法的嗎？」

魏琉：

聽我說，在一方面，我是可以輕鬆看待、慢慢分析；但是另一方面，如果事態緊迫，那抱歉，我的處女座人格就會跑出來。妳知道的，如果真有需要，我可以很吹毛求疵、科學客觀又非常精準。我不是要說什麼激進的話，但是女人實在不應該隱忍這種爛事。

露易絲・貝斯特：

金和魏琉吵架，柔伊縮在那兒，那情景實在很詭異。雙胞胎、失蹤的內衣褲、警察、大家都在吵架。感覺就像是才認識三、四天，大家最糟的人格特質就一口氣衝了出來。我的也是。當時我們全是孩子，努力想要適應環境，只是這環境似乎對我們抱有敵意。住在那裡的時候我好像連一天正常日子都沒過過，老是覺得不像自己，我覺得大家都是這個感覺。

---

4 譯註：Jekyll and Hyde。音樂劇，改編自羅伯特・史蒂文森（Robert Lewis Stevenson，1850-1894）作品《化身博士》（*Strange Case of Dr Jekyll and Mr Hyde*），是描述雙重人格的故事。

安德魯．佛洛爾：

警察對傑稍稍施壓，要看他房間還有其他的相片。他們從他手上拿走一張女孩的照片，開始問問題，「這是誰？這照的是誰？」傑就一副「我不知道，我不曉得她名字。」因此，他們說，「喔？所以你喜歡不經女生同意就拍她們嗎？是不是？」差不多等於說他是個變態了。我後來才意識到，大概是我情緒失控才引發這一切，所以我尖起聲音，叫他們先帶搜索狀回來再說。這實在有點好笑，因為我甚至不知道搜索狀是什麼鬼。他們露出能力所及最兇狠的眼神瞪我們，說一切還沒完，然後拿著傑剛沖的照片走出去，我覺得他們這動作真他媽的欠揍。我想道歉，但他只是聳聳肩，好像早就覺得我就是會搞死別人。他回浴室，當著我的面把門關上，繼續做事。

金柏莉．諾蘭：

那是十分高壓的一天——小偷事件、警察、我們大吵架——然後過午夜不久我們被吵醒。尖叫聲從其中一個房間傳來。我突然領悟應該是露易絲在夢遊，又發生夜驚症狀。所以我起床跑進大廳，看見魏琉、雅莉絲和柔伊，然後去開露易絲的房門，把燈打開。她穿著睡衣站在那裡，一手抓著一只玻璃瓶的瓶頸，另一手用力壓住衣櫃門。她應該是在喊人來幫忙，說聽到有人在裡面。我好像說了一些話，像是「裡面沒人」，接著我們其他人就聽到了聲音。

露易絲．貝斯特：

我不想打開也不想看裡面，或做什麼其他動作；我想跑出去叫警察。但是金想要我放心，裝出其實不太怕的樣子——這只是讓狀況變得更糟。所以我移動了一下，在她看的時候後退站到門口。

她打開衣櫃，裡面沒有任何人，也沒有任何東西。我也不希望我說對了，所以鬆了一口氣——我們都一樣。然後她把我的衣服推到一邊，我們就看見正後方牆壁裡有一副維修設備還是配電箱之類的。如果沒有打開衣櫃仔細看，是不會看到的。但所有怪聲音都是從那個地方發出來。金基本上只是碰了那東西一下，它就掉到她手上，毫無阻力。我們全靠過去，發現從那個開口看得到管線，可以從那邊進行修繕。那是一個能讓人爬進去、跟著管線進行修理的空間。有人——很可能是魏琉——說了一些什麼，像是「我敢打賭這可以通到我們這層每一間公寓」，只有這樣。那是我住在那裡的最後一晚。我睡在沙發上，第二天早上就把所有東西打包。

金柏莉・諾蘭：

露易絲第二天離開時抱了我一下。她擁抱我，看著我，握住我的雙臂，非常認真地說「好好照顧自己」。一開始我以為她看出了我心裡的一些什麼，例如軟弱，或其他東西。我以為她要說我就和她一樣，過於脆弱，無法承受這世界之類的。我記得當時我火大得要死。但我在那裡待得越久，越能理解她對這棟大樓和這個地方的看法。這裡真的有些不對勁。

露易絲・貝斯特：

離開那裡的時候我真心替她們所有人難過，彷彿我早就知道會有悲劇發生。如果能讓我來決定，我一定會讓她們都搬走。但我又能怎樣？我什麼也不知道，只有一個預感。當柔伊的新聞爆出來，我連續哭了一個禮拜。

金柏莉．諾蘭：

我們期待露易絲的房間會被分給其他學生，但是沒有。到最後我們把它拿來當儲藏空間，當成多出一張床。唯一真的住過那裡的人是雅莉絲的一個朋友，基本上她也說了一樣的事：好像有人和她一起在房間裡。我不覺得我們之中有誰對此好奇。那只是個會發出噪音、恐怖黑暗又狹窄的空間。我知道我有點事後諸葛，但我只是要說，柔伊痛恨那一切，她甚至不肯看裡面一眼。不管過幾萬年，她都絕對不會進去。

安德魯．佛洛爾：

我整個晚上都心情爆爛，走來走去，想著過去和現在。只有在你意識到再也見不到母親時，才會想念起她。當時我不和父親來往，還害得傑——我最像是朋友的人——惹上這起大爛事。特別是在這種夜晚，你會覺得面前好像無路可走。然後我不知怎麼就來到了大樓，很可能身上帶了半瓶波本。當時很晚，但我就想，管他去死，然後按了我猜是前晚去的公寓的門鈴。當之前和我交談過的女生真的接起來，我真是不敢相信。我好像說了「嗨，昨天晚上我和一些朋友去過妳家廚房，我知道後來狀況有點糟，但是我想，有沒有可能再見妳一面？我在想，我們能不能聊聊？」我只是想解釋一下，跟她說偷走她衣服的不是我們，並且看看她還好嗎。沒錯，我承認我想見她，想看我能不能再次感受到那簇火花。

金柏莉．諾蘭：

媽的，我都忘了。沒錯，露易絲那一嚇之後我們都醒了，一起在大半夜喝了熱巧克力加蘭姆酒之類的東西，然後門鈴響起，我去應門。時間很晚，但我想都沒想過竟然會是安德魯，就是前一天晚上遇到的那個超帥的公子哥兒。我想再見他一面。但是我回過頭，看見大家頭一次親密地心連心，只好對他說抱歉，我在忙。我好像說了也許我們改天見。

安德魯．佛洛爾：

我說「沒問題。」然後祝她晚安，就走了。妳知道，有些慈善商店轉角超暗，可以讓你說服自己並不存在，所以我去了那邊，站在一個轉角好一陣子，喝完我的東西（我忘了是什麼），看著不時有人走過，沒有一個人知道我在那兒。

我只是想要說，在我心裡，從來沒有柔伊．諾蘭。

第一晚我遇到的是金，我和她講過話，所以當警察從傑手上拿走一張看起來像金的照片，我就以為被偷的是她的衣服，我以為一定是她報的警。我還不知道她的名字，但我腦中就是那樣想。然後莫名其妙的——這一個誤解、這個大雜燴——或多或少改變了我整個人生方向。總是會有一些時刻，當你回頭看，會突然釐清影響了你整個存在的決定性弱點是什麼。妳也可以說我被逮捕是其中之一——在那之後，我和家人的關係或多或少再也無法挽回。而柔伊的失蹤無庸置疑是另一個決定我未來的警示牌。但是，我遇見金柏莉時沒問到她的名字，那件事才真正他媽的讓我困擾至今。

傑·馬哈茂德：

我一整天斷斷續續地在沖照片。可是很明顯，我不可能在不被打斷的狀況下使用浴室。但所有人一開始都沒意見。當我重新再把柔伊那張照片沖出來，它甚至比第一次更棒。她在大樓突出去的地方，與其說思考自殺，不如說更像在思考人生。因為是黑白照片，所以陰影更加突出，帶有些許邪惡氛圍，純然的黑色電影風格。然後我注意到一個不該在的影子，形狀看起來像個男人。

有人站在屋頂另一邊我看不見的地方，彷彿在她把一腳懸在邊邊的時候注視著她。柔伊失蹤之後，我告訴警察，但在那個時候相片和負片都已經不在了，全從我房間被拿走，所以這要不是我想像出來的，就是有人真心不希望照片被發現。

From: evelynidamitchell@gmail.com

Sent: 22/01/19 23:33

To: 你

JK，你還在讀那些章節嗎？我覺得自己好像在對黑洞說話。

《海妖》上市後，你覺得自己成為更有自信的作家了嗎？我不知道我竟然還可以覺得**更**挫折、**更**困惑，但我真的有這種感覺。第二本書應該要像旅館的第十三樓，完全跳過這個混蛋才是對的。

我有告訴過你克提斯布朗出版社試圖叫我寫一本癌症書嗎？媽死於乳癌，所以他們覺得把我生病的過程拿來和她比較，說不定會「很有趣」，一副覺得我們鐵定會想被記得的模樣。當時我甚至還沒做完化療，情況也不知道會變好還變壞。我用以下主旨回覆他們的提議：*快控制不住的女孩，無限之驗，不可能的癌症*。他們完全沒回信。

[redacted]

總之，我之所以寫這封信，是因為某天早上有人打家用電話給我，凌晨**三點鐘**。我甚至不知道我家用電話還能用。很不幸，沒有粗重呼吸，所以我嗨不起來，只有一片安靜，接著就是撥號音。

雖然希望渺茫，但會不會是你打過幾次尷尬電話後努力想忘記我號碼呢？

但願是囉。

伊X

5 邪惡之眼

柔伊和安德魯在某次夜晚出遊時認識，同時，有個邪惡的存在主動出沒在柔伊的生活、社交圈和臥室中。

魏琉：

我個人從那時起就沒有感到安全過。我知道有人曾進柔伊房間偷她東西，覺得我們好像處於某種監視下。有人還弄了一個粉絲頁，請大家提供她內衣下落的資訊，邀了大半學生加入，好像有上百個吧。當時那感覺起來很幼稚。而今——和所有人一樣——那只是讓人覺得很惡毒。我們一直沒找到是誰幹的，但不如這樣說，當時我便特別仔細觀察了身邊的人。

芬坦．墨非：

我猜柔伊和我在那個時期應該只見過兩、三次面。在聖克里斯托姆教堂有過幾次合唱練習，每一次結束後我們會散很久的步，邊走邊聊。但沒有，關於小偷的事她恐怕沒告訴我太多。我和她的關係十分純潔，甚至到有點滑稽的程度，幾乎稱得上老派。不開黃腔，差不多都專注在音樂上，非常正向。

我想我們大概都有點需要這樣。

我在老派鄉下長大，在老派家庭成長，在某個層面，我自己也可能有點老派作風。很不幸，我確實沒有經過柔伊同意就發現了那件事。我收到一個加入邀請，那是一個叫做「別惹我內褲」的臉書社團。這個社團建立的原因是要請大家提供柔伊失蹤內衣褲的資訊。我拒絕了，順帶封鎖頁面。對我來說那實在幼稚到不行。我真心無法想像她會有什麼感受。

金柏莉・諾蘭：

大家會推推擠擠，朝她的方向偷看。八卦當然傳很快，確實可能令人痛苦，但我想她好像有點享受。幾天之內大家都認識她了——十八歲的時候誰不想成為眾人目光焦點？這不就是爸灌輸她一輩子的東西嗎？突然之間，在門廳會有人對她笑，男孩買飲料請她……

就是這樣我們才發現傑可能是最大嫌犯。

在友情小棧，有兩個男孩請我們一瓶酒，其中一人說他聽說「頭巾男」從柔伊房間拿了她的內褲。除了那晚在我們公寓看見傑，我完全不曉得他這個人，而且就我所知，柔伊也從沒見過他。但我猜想他就是他們說的那個人。我們沒喝完就匆匆離開。

魏琉：

所以，不管創那個頁面的人是誰，都是從柔伊本人的臉書拿照片，從臉書留言牆複製個人資訊之類的。所以我們意識到，那一定是她在臉書上實際的朋友，或者有辦法看到她帳號的人，而我認為這更令人不安了。柔伊超愛臉書，總是同時和大概十個人聊天，貼些照片，回些留言。所以突然之間發現有人在監視她實在很恐怖。

金柏莉．諾蘭：

我認為，和專頁比起來更讓我不安的是——那只不過是蠢而已。我們這群人都沒把東西被偷的事情講出去。我、柔伊、魏琉、雅莉絲和露易絲全都曉得。好吧，我沒告訴任何人，柔伊說她也沒有。我覺得芬坦可以證實這件事，因為她對他也沒有說。然後就是魏琉，她忠心到嚇死人；雅莉絲，她忙著過自己的生活；露易絲在那之後立刻離開。我就是覺得不可能是我們之中的任何人洩漏。所以，對我來說最可能創立那個頁面的人，就是偷走她內褲的真凶，或者也可能是警察面談過的人。根本不可能有其他人知道。

安德魯．佛洛爾：

我個人從沒看過那個粉絲專頁，但你可以從整體氛圍嗅到不對勁。誰會曉得什麼和什麼有牽連，但我記得歐文斯公園出現一些海報，警告大家有獵豔攝影師。就我印象，他們特別警告女孩「要小心」。我是說，這只可能是在說傑。真是荒謬。不過他好像馬上開始遇到各種爛事。

傑．馬哈茂德：

我告訴你，我根本也不愛拍人的照片，每次都會有怪事跟著來。如果他們沒面對鏡頭倒是可以，可能像火災警報疏散的那種超大人群，或是距離比較遠的，但我真的沒很喜歡拍人臉。雖說歐文斯公園醜得要命——真的。那時你會很常看到我帶著相機走來走去，總是想要上屋頂、去走廊、從窗戶探出去，你知道的，想要找到些新角度。而且我開始遇到麻煩。有人對我大吼大叫，或叫我性侵犯什麼的。沒錯，我記得那些海報。

哈利・福爾斯，安德魯和傑的室友：

我想我們那時只住了幾個禮拜，可是之間已經有了裂痕。例如安德魯會和傑一夥，其他人——我、克里斯和李——則是另一夥。其一是安德魯每次都說我們是偶像團體一世代（One Direction），而且語氣超輕蔑。更重要的是，我們沒有一個人和警方往來過，所以當警察冒出來質問他們兩個我們在第一週發生的某些事，感覺太真實。我還看到安德魯幾乎朝他們破口大罵、傑拒絕合作，還被指控一些很可怕的事。

好像有點超出負荷。

可是真的讓我耳朵豎起來的，是他們提到了偷東西，有東西不見。因為其實一開始是我們的東西先被偷。起先很節制，接著有點像滾雪球那樣大失控。你只要留東西在冰箱，一定不見。要是把皮夾攤開來放那裡一天，晚點去拿，一定會發現自己忍不住說「我的二十塊去哪兒了？」我的大門鑰匙、錶鍊、房間鑰匙和所有東西毫無緣由在第一週離家出走。

是到後來、非常後來的後來，我才把事情拼湊在一起。

柔伊・諾蘭失蹤後，新聞報得到處都是，我才意識到警察去找安德魯和傑講的是她住處有東西不見。我想對我來說這些證據很像是雷劈下來。東西從我們住處消失，也從她們那邊消失。誰會在這兩棟建築間往來呢？安德魯和傑。我們也出手阻止傑繼續在浴室搞科學實驗。有人不顧女生的意願到處拍她們的照，所以他三不五時偷偷摸摸沖洗東西，感覺真的很詭異。

金柏莉．諾蘭：

我看了臉書專頁一、兩次，只是要找看有沒有線索查出是誰在經營。可是大家開始貼一些亂七八糟的東西時我就不再看了——那臉書牆根本像公共廁所。大家說有個變態在亂跑，一定要阻止他，然後附上一些照片，正是貼得歐文斯公園到處都是的海報，每張上面都警告說有個會跟蹤女性的攝影師。

魏琉：

也許那是臉書造成的沒錯，可是有人老是來敲我們的門惡作劇。他們會在一樓入口按門鈴，當你應門，卻沒人開口說一句話。有的時候大家會玩敲門落跑的遊戲，可是你難以分辨哪個帶有惡意，哪個則是身邊都是屁孩的結果。我最大的問題在於公寓裡面，就是那種「到底是誰在這裡進進出出？」的感覺。聽起來像是放馬後砲，可是我告訴妳，我真的感覺得到。我過敏非常嚴重，有些東西真的害我發作了。每次我把頭探到柔伊的房間，出來都會狂打噴嚏。

金柏莉・諾蘭：

我沒和魏琉住多久，但即便只是那三個月，她也對環境相當敏感，老是在留意通風啊灰塵的，三不五時咳嗽生病。

安德魯・佛洛爾：

就算有人在澳洲打噴嚏，魏琉在曼徹斯特都會患感冒。

魏琉：

我想那是因為我在只有我和媽媽的環境下長大。可是對我來說，男人的鬍後水大概就是特別刺鼻，老是讓我鼻子癢。我從柔伊房間聞到的就是那個。而且就我所知，當時她身邊沒有任何男生。我對她提起時，她說她沒聞到，但那個味道絕對、絕對在。現在我真想回去對她和我自己大吼說「快逃！」我忍不住要想，會不會那個偷了她內衣褲的人又回到犯罪現場之類的。

當時我沒注意到的另一件事情就是：我每次進去那間一整天沒人在的公寓，卻總是發現自己喃喃說道，「等一下，露易絲的門為什麼是開的？」那房間不是應該是空的嗎？

傑・馬哈茂德：

安德魯見到柔伊那晚，我一直沒能赴約。如果我能，可能會比他先意識到整個狀況，然後這一切的發展就會不同。

安德魯．佛洛爾：

聽著，如果現在我在告解室五體投地跪下，那我得坦白：沒有，我沒辦法記得見到柔伊那晚的一切。如果我當時曉得我這輩子必須不斷重複討論這件事，我可能會改成只喝水就好。雖說我是可以告訴妳我做了什麼，講講接下來情況的大致輪廓。

傑．馬哈茂德：

我本來要在他出去前先在我們那兒和他碰面，但我一直沒能過去。當時我在進行一個計畫，記錄曼徹斯特的多層停車場，全用黑白的方式，親自沖洗照片。我從離我們最近的那些著手，沒錯——牛津路、索爾福德、衛星城鎮，然後想說可以一路拍，甚至直到機場。這是來自我讀過的一個報導，在說這城市的人口增長規模非常大。人口調查顯示，大約在十年內成長了百分之二十之類的，我覺得超難理解。大家都去哪兒了？他們的房子、住處和車子呢？我想要做一本專輯，裡面都是多層停車場、公寓大樓和租屋等等，各式各樣。我的想法是要打造某種聖經，記錄邊緣的事物，以及我們都把不想看到的東西塞到哪裡去。很可能最後會是違法入住和遊民收容所吧。現在想想還真諷刺，因為我從沒完成計畫，最後自己卻住到了那些地方。

總之，我正在葛拉夫頓街的停車場，基本上拍完收工，只是走上屋頂看看有沒有什麼景色。我很希望可以說我看到了什麼，或感覺將有意外發生，但我滿腦子都在想我正在做的事。我用到最後一卷膠片，還留著幾張的額度，以防萬一。我的ＳＬＲ捲片調節桿老是卡住，我應該是停下來打算撬開時聽到腳步聲，我想轉過來，後腦杓卻被狠狠打了一下。我倒在地上，有個人說，

「你很愛偷白人小妞的內褲是嗎？啊？阿拉伯佬？」我努力想說點什麼，但他又打我，把相機從我手中搶走、砸在地上。然後他開始狂踢我：踢我的臉、身體和背後，直到我昏過去。

魏琉：

我個人無論在什麼情況下都不贊同暴力，我認為該行為強調出的是攻擊者的品行，而非被攻擊者。就我意見，辯論的時候任何訴諸肢體的人就直接算輸。但我也觀察到，有些時候那些人成也暴力，敗也暴力。

傑・馬哈茂德：

肋骨多處骨折，兩眼瘀青，一腳扭傷，膝蓋錯位，外加血淋淋的鼻子，但他唯一弄壞的是我的相機。要是他打破我腦袋，搞不好我還比較無所謂，因為相機真的讓我氣壞了。也許所謂我被找麻煩就是這個，我只要一拍照，在校園就到處被人瞪，但我想最主要的是因為這次挨揍。之後我再也沒擁有過相機。我看世界的觀點再也不一樣了。打電話叫救護車的女人甚至得把一條沾滿了尿的四角褲從我嘴裡扯出來。

安德魯・佛洛爾：

我一直在等傑，他卻沒出現。所以最後，在這個沒什麼計畫的夜晚，我是和其他室友一起出去——也就是那幾個一世代。沒錯，我就是在那晚遇到柔伊的。

金柏莉・諾蘭：

那天是十月十五日——我能說得出日期，是因為那是我和柔伊的生日。我們想晚上出去瘋一瘋，但日期越近，魏琉計劃得越來越多，我就突然害怕起來。又要變成那樣了，四兩撥千斤地回答那些男生不經大腦的雙胞胎問題——「妳妹受傷妳也會有感覺嗎？」——或者眼睜睜看他們跳過我去和柔伊說話。

有的時候我會突然這樣，會有一股想急忙逃走的衝動。所以我編出一個神祕疾病，留下來和千尋待在一起。我常會想，要是我有去，一切會不會不一樣。

魏琉：

金甚至連她們同一天過的生日都不想在一起，這應該可以清楚闡述她們之間的關係。說真的，這樣算什麼雙胞胎？

安德魯・佛洛爾：

我們去了大中央站、震耳欲聾還有聖水盤，感覺就是會讓人回味好幾天的那種夜晚。最後我們到了一家叫天堂的夜店。不算世上最糟的地方，不過如果你被迫要在那裡度過永生，恐怕很快會失去信仰。我們本來是想聽些Drum & Bass電音舞曲把腦袋轟到空掉，可是在那些一身螢光的蠢蛋和牛仔吊帶褲之間，我看見一張熟悉面孔，想說，欸，那不是我第一天晚上遇到的那個女孩嗎？

魏琉：

柔伊和我最後到了這個叫天堂的超棒夜店，我在吧檯那裡撞見安德魯。那是幾個禮拜前他在我們廚房滔滔不絕後我第一次看見他。我開始找他講話，但他沒在聽，甚至沒在聊。他醉得要命，不斷瞇著眼睛打量舞池裡的柔伊。

安德魯・佛洛爾：

沒錯，我本來以為——那就是我去她公寓時，內褲離家出走的女生，她就是你按門鈴，她說也許下次再聊的女生。反正，我本來以為，這次就是那個「下次」。我應該過去請她喝杯酒，跟她講和。然後我猜我的動作一定奏效，因為下一刻，我只知道我們進了舞池，吻得好像世界就要末日。

魏琉：

那天晚上的收尾真的令人非常失望。安德魯去和柔伊跳舞，試圖在她耳邊拔高音量、壓過音樂講話，但是實在太吵。她只是一直笑、一直點頭——是說，反正在那個地方你也不可能聽到她講什麼。不如說他們在理智層面根本沒接上線。

安德魯・佛洛爾：

我知道，那天晚上我竟然沒注意到柔伊和金的差別，算是所有渣男特質的大集合。我是有在想、在我腦袋某個深處——我想這感覺怎麼不太像我之前碰到的那個有趣又有些自貶的女孩？我感覺不到第一次那幾乎讓我飄飄然的火花。但誰知道她們會是雙胞胎？除了偵探白羅之外，誰他媽的會想到是雙胞胎？我和金第一次見面時沒問到她的名字，但我看過同樣一個老在冷笑的亞洲女生和她在一起；她也在舞池另一邊，對我露出不爽的表情。所以在我腦中、在那個時刻，全都對上了。當和我跳舞的那個女孩告訴我她叫柔伊，我就想，太讚了，這一定就是她的名字。

金柏莉・諾蘭：

我好像有努力醒著不睡等她們，只是想親眼確認柔伊平安。可是大概過午夜左右我就開始打瞌睡。她們回來的時候我應該已經回房間睡覺了。

安德魯・佛洛爾：

柔伊和我回到她住處——不是要晾她的髒衣服。她知道自己在幹麼。我會這樣說只是因為我看過網路上一些說法，表示我是她的「第一次」什麼的。我想我們可以說謎團已經解開了。早上，她還沒醒時，我猜我才終於有機會好好看看她。此時各種疑問就開始不斷冒出，因為我記得自己百分之百有這麼想：等一下，我先前碰到的真的是這個女生嗎？那個引用了《被太陽曬起泡》的女生？我在房間怎麼也看不到任何可以證實此事的物品，可是看到的東西卻只讓我湧上超級糟糕的預感。我們聊到紅髮艾德的海報、哈利波特周邊商品、《暮光之城》的小說。所以我走到大廳，想說我再確認一下這真的是我之前來的地方……

金柏莉・諾蘭：

一如往常，我第一個起床，幫千尋澆水。當安德魯基本上什麼都沒穿、只帶了一臉蠢樣進來，我正走進廚房想弄點吐司。我們就這樣看著對方，安安靜靜揣度眼前情況，然後他點點頭，嘆口氣，回去柔伊房間。我坐在那裡整整五分鐘，手上拿著吐司。然後我好像把它留在那裡，自己回到床上。那是我十九歲的第一天。

安德魯・佛洛爾：

我覺得恐怕不會有任何人相信，但當時我真的很心碎。在那之前——即使我經歷過那麼多爛事——例如艾洛蒂和我爸——其實還不懂得心碎是什麼意思。之後，我不相信有誰可以不需接受心理治療、像沒事人一樣到處走。

我第一次遇見金，那感覺就是不一樣。至少我覺得不一樣。就像變成另一個人，或者變回原來的自己。當我看到她坐在廚房，意識到我是和她妹妹上了床，所有感覺就此蒸發。我穿好衣服，與柔伊吻別，然後打算離開。她問我們之後還可不可以見面，我想我大概說了可以吧。

金柏莉・諾蘭：

那不是什麼世界末日。男人每次都跳過我找柔伊。（笑）反正我擁有自己的小植物和其他一切。我只是很困惑。難道我是因為自己喜歡的男孩和別人睡了才難過嗎？還是因為他睡的是我妹妹？當時我確實喜歡安德魯。我在想，如果他搞的是雅莉絲或魏琉，會不會感覺不一樣，也許我會說些什麼，可能會去爭取。但我努力想做自己，不和柔伊起衝突。所以我完全沒對她提起，把整件事情吞到肚子裡。

安德魯．佛洛爾：

我早上回去時當然看到了傑——他整個人被揍得超慘。鼻子上有膏藥，眼睛黑青，肉眼可見一堆繃帶。有人徒手扯掉他好幾撮頭髮。所以我直接進我房間，找了那兩個警察給我們的名片打電話。他們花了三天才挪出時間過來做筆錄。

他媽的整整三天。

然後我就曉得，這些破事根本是他們搞出來的。他們從他那邊拿走柔伊的照片——我很確定。在校園貼得到處都是的海報、那些關於變態的謠言，都和他們脫不了關係。他們知道自己抓不到他，就用別的方法。我坐在那裡看他們聽傑描述事發狀況，什麼也沒講。那個做筆錄的混帳只是在塗鴉，甚至藏都沒打算藏。

傑．馬哈茂德：

老兄，讓我偏離正軌的不是暴力。那事確實沒幫上什麼忙，但說到底我很清楚最終是為了什麼。有些雞巴混帳打我是因為對深膚色男生和白膚色女生有那麼一點情結，妳說是吧？海報不會改變他的想法，或強迫他那樣去想，那不過是給了他一個許可，讓他能照腦中想法去做。這種爛事很常見，不常見的是，第二天我回到房間，發現裡面被翻了遍，好像有人闖進去偷東西。我告訴安德魯，沒告訴其他人，也沒告訴警察。當時我以為可能是他們其中之一，我很害怕。

我到這裡之後拍的每一張照片——有沖好的，也有在膠卷上的；有印出來的，或裱框的——都被拿走了。房裡所有東西都不在本來位置上，雖說沒有被扔掉——比較像是照片從不存在。老兄，我全身血液都冰冷了。

6　影子人

金柏莉・諾蘭：

有人站在我們大樓外面，每天晚上按我們公寓門鈴，越晚他越開心。那個刺耳的機械音每次都在兩、三點甚至早上四點響起，至少搞了整個十月。你去應門，問是誰，然後完全沒人說話。可能會停個幾秒，或幾分鐘，接著又開始。

現在回想，我們真的忽視了一堆警示跡象。例如柔伊老是說她多喜歡去上課，為了那些課堂花了多少課餘時間——她會在上完後說要去研討會、去表演、去試鏡、去上額外課程，應有盡有。投入的程度比我們所有人加起來都高。然後還有，她和她指導老師漢娜・多徹蒂有多親密。我從沒聽過哪個老師對學生那麼感興趣，搞不好她還真的很特別？她恐怕一直都身懷了不起的天賦，我只是太嫉妒，才無法看清。我很擔心這些。多年來我們都不打交道，但無可否認，我總覺得她的失蹤好像是這一切總結之後獲得的合理結局。

此外還有安德魯。

我們從沒真正談過他，可是她一定有注意到一件事：他們兩個一在一起，我立刻從她身邊消失。我擔心自己對他的感受，不希望說出或做出任何蠢事——我不想毀了一切。此外，我也很忙。我不像柔伊，可以出去玩整晚還能從老師那裡得到稱讚及各種關愛，我非得全心投入才能把事情做好。

總之，要講那件事得講上很久，如果要當事後諸葛、整個篩選一遍，回顧起來就只剩一件事，只有這件事我一直很確定：會在晚上響起的門鈴。這是在柔伊和安德魯開始出去之後才發生，雖然現在想想，只要他人在，這件事就不會發生。

那是十月最後一個星期日，我之所以記得，是因為我週一早上——就是萬聖節那天——要早起，而門鈴已經響到我煩得不想去應的程度。它一直響不停，我下床，去開前門，直接到電梯那裡按按鈕、下去地面層。當時已過午夜，而且就那麼一次，整個大廳、電梯——所有一切，都空蕩無人。我發著抖，不停猜想抵達地面層後一打開門不知道會看到什麼，但是門廳什麼也沒有。燈都關著——雖然向來如此，但是外面還有路燈，所以我看得到灑在塑膠地板的亮光。我走到門口，打開門，看見有人離開——一個影子人。我在他後面大喊，於是他停步，轉過來望著我，我只看見一道形體，卻非常確定他直直盯著我看。由於先前下雨，我也沒穿鞋，所以沒出去。幾秒之後，他只是退進黑暗、消失蹤影。

我一直深信，如果當時我往亮光裡多走個四、五步，就能看見他，也就是後來抓走柔伊的人。我也深信我惹火了他，因為那天晚上我跑了下去，讓他不爽。因為在那之後，整個狀況急轉直下，變得超級嚴重。

From: evelynidamitchell@gmail.com

Sent: 23/01/19 10:19

To: 你

> 喬瑟夫・諾克斯<joeknoxxxx@gmail.com>於2019年1月 日 週二 寫道：
>
> 嘿，沒錯，我還在看，但凌晨三點打給妳的人絕對不是我（不管我打過多少次尷尬電話）。現在我白天真的沒有太多時間，我真心抱歉。
>
> 此外，我想很多人對於寫第二本書都會產生那種感覺。第一本之後，你的天賦就只是傳說，到第二本你就得找出方法、努力證實傳說是真的。從我目前讀到的內容，妳**就是在**這麼做，所以就繼續寫吧。
>
> 我正在讀和大樓有關的資料，莫名覺得這些房間有點怪怪的感覺。有趣的地方在於，露易絲**和**哈利都提到先前鑰匙被偷走。我剛讀到影子人那章，這章讓人超毛。妳知道那個人是誰嗎？她知道嗎？
>
> 也許我們今晚都該拔掉電話線？
>
> 喬X

嘿，超級謝謝你小諾諾——有時我會想，關於我天賦的傳說好像有點誇大了。

Re：影子人，不，我不知道那是誰。金說她也不知道，但我會等你看到那個瘋子神經病接下來幹了什麼。

伊X

7 高音

以下是二〇一一年十月三十一日在柔伊・諾蘭筆電裡找到且遭竄改的未完成作業：

我從很小的時候就熱愛流行音樂及其文化。雖然我希望說自己的興趣是與生俱來，但確實，我受到家中熱愛音樂的成員鼓勵。給我最多鼓勵的是父親，他本身多年來是專業音樂人，我從小就向他學習基礎鋼琴，並特別偏愛歌唱。我開始在家族聚會的時候自彈自唱，而且意識到自己也十分享受表演的感覺，因為我相信音樂是一種為了讓大家感受而存在的「語言」。我也喜歡在表演時見證這樣的感覺。

雖然我在大學念音樂，並以B⁺成績及格，可是比起理論，我對實際演奏更有興趣。我的歌唱在大約八級程度，現也正在增進鋼琴技巧，目前是五級。然而，我的主要焦點仍在表演上。我曾加入合唱團、樂團以及搖滾團體進行表演，在我的故鄉也收到許多付費演唱的工作邀請，我感到這讓我深刻理解做為音樂人的生涯，此外……

此外……？

此外什麼？柔伊？妳一直沒好好把這個想法講完。

妳用太多代名詞了，親愛的——我這樣、我那樣，我什麼什麼——雖然我可以理解這種衝動，畢竟妳可是柔伊・諾蘭啊。我忍不住想，妳到底知不知道那讓妳感覺起來多幸運？長成妳這個模樣，還擁有妳的這些才能。我寫這些的時候我人就在妳房間裡，但我還想要更靠近，因為我恐怕永遠——永遠——都會覺得不夠近。如果我可以，我會鑽進妳腦中、我會進入妳身體。我想看妳張大了嘴巴、把頭仰起，我想聽到妳真的唱上去那些高音音符。因為，如果能由我決定，親愛的，我會讓妳筋疲力盡。我會從頭到腳用刀剝了妳的皮，再把自己縫進妳的皮膚。我會在將妳的臉戴在自己臉上，走到外面世界。我想從妳的頭顱裡看出去。雖然還有更多更多，但我想妳可能要來了。好吧，應該說是妳和我，親愛的;) xx

金柏莉・諾蘭：

魏琉突然來我房間，坐在我身旁，垂下眼神，好像要聽我告解一樣，超級刻意的自言自語咕噥，「我想告訴妳，我知道活在別人的陰影下有多麼辛苦，但妳嚇到妳妹妹了，我要給妳一個解釋的機會。」所以我直接站起來走出去，去找柔伊問到底怎麼回事。

她給我看她的筆電。

她出去的時候筆電打開放在房間，寫個人自傳寫到一半，回來就發現冒出這個變態發瘋的東西。我讀著那篇文章，讀著讀著對講機就響起，我們都嚇得跳起來，跑去接，問到底是誰，可是沒人回答。我把門上兩道鎖都鎖上。之後我們都會這樣鎖。

魏琉：

讀了那篇文章，我自然而然認為：一定是金寫的吧？在我看來，似乎很明顯是她，因為她顯然對柔伊抱有那種感覺。其實也沒有多少嫌疑犯人選。我們公寓裡只有我、金、柔伊和雅莉絲。很明顯不是我寫的，我那天大多時間都和柔伊在一起——我最後一堂課後和她碰面，去城裡買萬聖節要穿的服裝。等我們回來，我靠著她桌子，一邊講話一邊注意到她筆電有多燙，好像開了整天一樣。她打開來看，突然有點臉色蒼白。所以很顯然那也不是她寫的——她總不可能跟蹤她自己吧。那就剩下雅莉絲，可是她大半天都和其中一個男友出去了。然後是金。喔還有，那年的三十一號會是星期一也並非巧合。

星期一是公寓唯一確定不會有人的時候。大家都有課。我想，除了我們之中的人還有誰知道這件事？我去叫警察，金卻一把搶走我手機，那時我的懷疑只是變得更深。

金柏莉．諾蘭：

我要強調的是我們也許應該先和柔伊談，看她打算怎麼做？也許，既然上次類似事件發生時魏琉害她成為笑柄，這次的事怎麼處理，她應該有資格發表意見……

魏琉：

金整個大發火。是說，我雖然和大家一樣熱愛德瑞克的音樂，但我想在藝術領域之外，你恐怕沒有別的方式可以美化那種語言。我深信就是因為那天叫了警察，金就欺負柔伊，這不是很值得深思嗎？我也不願意這樣講，但我認為，如果我叫了警察，現在柔伊就還會在這裡。

金柏莉・諾蘭：

她講的可能沒錯。

芬坦・墨非：

第二天我和柔伊碰面喝咖啡。我跟妳說白了，我想她只是樂得能稍微離開那棟瘋人院——那棟大樓不是人住的。她常會在金和魏琉吵得太兇、或是她和安德魯氣氛很差時來找我。總之，她因為整件事有點滿身瘡痍。我一直說她應該找警察，去跟執法機關講。如果自己公寓就連空著沒人幾小時都不安全，你還能怎麼辦？可是她只把一切輕描淡寫。如今，我至少知道一部分原因：她上次經歷了那些莫名其妙的事，警察卻只讓一切變得更糟。但是另一部分的我忍不住想，她怕的會不會是做出這件事的人……

當時我非常確定柔伊喜歡上往來於那間公寓的人。當我親眼看見那篇文章，我有點難以想像安德魯・佛洛爾能清楚地用文字表達出這個驚悚可怖的換身場景。不管寫這篇文章的人是誰，都讓人湧上深深的不安。我和安德魯幾次往來，只覺得他是個拚命想裝世故的簡單頭腦。如果他真的在她房裡嗨到高潮，大概只幹得出射進桌上小盆栽這種事。

進公寓的是和柔伊關係更複雜的人。雖然，當時主修英文的某人大概會針對她的寫作風格進行批評指教。事實上，因為柔伊告訴了我，所以我知道金柏莉那天是第一個回公寓。我們兩個都不是會脫口說出腦中想法的人，可是當柔伊說她「不能」打給警察，我覺得她好像在告訴我她心中最可能的犯人是誰；我覺得她像在告訴我她得保護金柏莉。

金柏莉．諾蘭：

我真的很努力對我和柔伊的疙瘩誠實。不是因為我因此自豪，而是因為我並不自豪，而且如果真能把這個從身體上切掉，我一定切。我之所以坦承，是因為我知道會發生什麼事，我知道大家都怎麼想。我知道我得努力讓大家理解，我並不想成為她，不想進入她的腦中，或她身體、或她心裡或隨便哪個地方。我要大家理解，不管他們看到或聽到什麼與此相反的狀況，都是別人在做白日夢，不是我。

安德魯．佛洛爾：

沒錯，我有鑰匙；沒錯，那個時候有不少女孩都會認真打量我。我知道有些人覺得是我在柔伊電腦上寫了那些話。我去那邊太多次了，可以輕易溜進去。所以他們想說什麼？我熱愛——什麼？色欲嗎？我想要——想要幹嘛？用蠻力硬上一個原本願意和我上床的女生？都已經是男友了，還有強暴幻想？太詭異了吧？妳知道，我不是故意要講這種下流話，可是如果你早就知道保險箱密碼，就根本不用硬撬開吧？反正也不可能叫柔伊來證實什麼，因為我們的關係連一點都沒變，即使我很確定她周圍應該有人希望這樣。她在萬聖節發現一篇文章，我們那天晚上在一起，甚至還扮裝出門。我是《驚聲尖叫》裡的變態殺手，她則是渾身是血的茱兒．芭莉摩，我的第一個受害人，所以她在我身邊顯然根本不害怕。

我叫那些還心存懷疑的人細看文章裡的用字，我個人覺得算是能輕易免除我的罪名。「畢竟妳是柔伊．諾蘭」——嗯，恐怕那對我來說沒有多大意義。我不認為柔伊擁有才能或天賦，在任何層面都一樣。我不是說相較之下我有多麼炙手可熱。我只是覺得，整體來說大家都沒那麼特別。如果你這輩子遇到特別的人——就算只有一個——就算很走運了。你應該去找那些把她當偶像、認為她簡直是基督再世的傢伙。那才是那篇文章的本質。我呢，會去找那個把耳朵貼上隔開兩人臥室的牆壁、只為了聽柔伊一舉一動、咳嗽放屁的傢伙。

魏琉：

安德魯百思不解的困惑大概是我很愛柔伊？妳也許可以幫他在書裡找個地方，解釋一下那個字的定義？

哈利．福爾斯：

那是在我們第一次也是最後一次的公寓會議。我之所以記得是十一月一日，是因為安德魯還在宿醉，穿著他萬聖節扮裝那件黑色長袍，讓我們都曉得他對這件事多麼認真。我們都沒有叫警察，可是物品一直不見——反正啦。然後也不只是冰箱或廚房。有人進我們房間，從頭到腳洗劫一遍。最詭異的是，你都沒聽安德魯或傑吭一聲。我們沒有要怪任何人，只是想至少對話一下。

傑．馬哈茂德：

沒錯，我手頭很緊。其他人有富爸媽，但我爸媽沒辦法那樣幫我，我總是得去工作。我一開始搬到曼徹斯特，從本來在伯明罕的尼祿咖啡調過去，可是幾個禮拜就被開除。我從來當不上本月最佳員工，可是最後一根稻草是個來要廁所密碼的毒蟲。向來都會有人利用廁所打毒品，我曾花了整個早上把拉肚子拉成現代藝術裝置的廁所掃乾淨。所以我說，「抱歉老兄，只能給有消費的顧客。」我跟下一個排隊客人講話時，那傢伙拿了張椅子，爬上櫃檯，直接在上面拉屎。那天他們就把我炒了。

哈利．福爾斯：

和安德魯談錢根本不可能。他太典型了——就是那種真心相信一品脫牛奶賣十英鎊的傢伙。他戴著一副 Dolce & Gabbana 的太陽眼鏡參加我們公寓會議，而且死不肯拿掉。傑還滿身是血、滿身瘀青。打從他被揍就一直防著我們，一副打他的就是我們的模樣。他把臥室門鎖起來，封閉自己。但反正，安德魯某一刻突然問說現在幾點，發現到處都找不到他那支可笑的黃金勞力士。有那麼一瞬間，你意識到他想問傑有沒有看到，明明上一刻還在跟我們說教，說東西丟了全是我們在幻想，結果他也懷疑傑拿了他手錶。可是他媽的誰會在十八歲擁有黃金勞力士？到最後他只是碎碎念著說，「我一定是留在柔伊家了」然後就溜出去。他還穿著道具服，然後戴回面具，就這樣走去那裡。

安德魯・佛洛爾：

如果他們的東西不見，那我很確定我也有一些東西消失。我只是不常待在那裡，我猜我其實也沒有太在意我的物品。唯一對我有價值的是那條破爛的黃金勞力士——只有這個而已。因為那是我外公的，是我母親給我的。我盡心盡力守護那隻錶，就像是守護著她，那可以說是我慷慨的外公留下的最後遺物。傑雖不是最後碰到它的人，但他從一開始就對它表現得興趣盎然，還短暫拿走了一陣子，一小時左右，拿去拍照。

傑・馬哈茂德：

老兄，我覺得那塊錶醜到不行，毫無品味，俗不可耐，資產階級的珠光寶氣。一切只因為它和我的醜物作品集很搭。我當然會說那看起來很讚，我幹嘛跟他說真話？

安德魯・佛洛爾：

我有點摸不著頭緒，只是覺得傑的興趣有點怪。每次拿了錶，他臉上就會冒出那種要笑不笑的表情。總之，我問他有沒有看到，他說沒有，我就離開去柔伊那邊找了。

傑・馬哈茂德：

對，和我們住在一起的男孩團體深信要不是我偷的，就是安德魯偷的。或者是我和安德魯他媽的在偷東西。我不能代他發言，不過在我最谷底的時候，確實會從冰箱幹東西。我要強調：最谷底的時候。而且當時我身上有錢，只是嚴格來說不算合法的。

我被開除接著又被揍之後，真的開始擔心房租問題，所以一跛一跛地去了大中央，就是法爾洛菲德那家威斯朋的酒吧。我一直到處找酒吧和咖啡店遞履歷，拚命想找到工作。所以我到了那裡，發現有個他媽的大個子俄羅斯人站在外面抽菸，他看起來比死神還恐怖。他先對我開了一些阿拉丁神燈玩笑，說我一定是飛到一半從魔毯掉下來，所以我就抓狂了——先說，那傢伙的狀態比我慘很多。有人割開他兩個鼻孔，可能是用剪刀或刀子之類。雖然癒合了，但是看得出先前發生什麼事。他人生過得這麼爛，卻來找我麻煩，所以我就說，「吸我屌啊怪咖，希望那些萬寶路讓你肺黑掉。」他體型絕對有我的三倍，卻沒宰了我，反而笑到彎腰。等他發現我很認真後——認真火大、認真氣爆——竟然說要請我喝杯酒。我想那恐怕是我一整天唯一的營養來源了，所以我就說，「好啊。」

他自我介紹叫弗拉迪米爾（Vladimir），又說那不是他真正的名字。大家那樣叫他，只是因為他見到什麼都用鼻子哼氣，所以是弗拉迪氣喘人（Vlad the Inhaler）。他問我到底怎麼回事，我就告訴他，他就問我瘀青還痛不痛，我也都說了。接著他在口袋裡到處翻，找到一小瓶藥丸，叫阿普唑侖，說可以幫助我。我覺得阿普唑侖聽起來超像哈利波特會講的話，就跟他說謝了，不過我不吃名字這麼難念的藥，而且反正我也沒辦法付他錢，口袋空空。他問我念不念得出贊安諾，這是牌子名稱，我說可以。當時那還沒有那麼流通，但我確實聽過。然後他問我住在哪兒。當我告訴他我就住在路另一邊的歐文斯公園，他提供我一份差事，說他在校園賣藥的事業蒸蒸日上。這不是壞東西，不過是讓學生熬夜苦讀時能有點提神的，讓無法放鬆的人放鬆點，也幫我這樣的人稍微止痛。他就是這樣形容贊安諾的——止痛藥。說那可以解決我所有的問題。他本人沒辦法在校園裡晃，畢竟他看起來活像更高更胖更墮落的史達林——但我可以。他說我只要送一些貨，也許幫忙接些電話就好。這酬勞比尼祿咖啡多，還有現金在手。我的手機不常有差事進來，所以我就答應了。

安德魯．佛洛爾：

我開始花更多時間待在大樓，只是想逃避我們家的狀況。柔伊筆電上那篇文章造成出乎意料的結果：我覺得自己沒辦法和她分手。我知道要是我分了，大家會認為我就是一直以來騷擾她的人，所以，這整件事莫名其妙讓我們更親近——至少生理層面。當我無能愛自己的時候，她能愛我，這是很令人感動的。可是其中並沒有真正的情感連結。

那個時候已經到了十一月，所以我的計畫是拖到假期來臨，然後一放假回來就和她分，讓她過個快樂的聖誕，再以全新狀態開始新的一年。只是我再也沒有機會了。嚴格說來，我們現在應該還算在一起。

魏琉：

我一直在想妳說安德魯對妳表示他們「嚴格說來」還算一對。我忍不住想到他那些詭異的被拋棄情結。像是他媽、他爸、他那個法國前女友之類的。不管怎樣，他和柔伊的關係如今變成永久狀態，沒有任何東西能斬斷。如果這樣去想，不覺得讓人有點膽戰心驚嗎？

From: evelynidamitchell@gmail.com
Sent: 24/01/19 20:56
To: 你

來自安德魯的臉書。

供你參考：他說他和室友走散了之後穿著這件服裝回柔伊公寓，然後就失去記憶。很不幸，在我第二部分的一篇訪談逐字稿中，它以滿糟糕的方式再度出現……

伊（!）

8 自殘

柔伊失蹤前一個月，她與安德魯的關係出現嚴重裂痕。柔伊和金柏莉都開始做出與她們個性不符的瘋狂行為。

魏琉：

我發現，從第一次約會到第二次約會間，男人的特性會產生某種如洪水般的半衰期，接著第二到第三次，然後——我坦白說，之後就有點煞不住。你第一次和他們見面時，他們總會給出最佳表現，之後就慢慢現出原形。柔伊筆電出現那篇文章後，我覺得每個人都變得陰陽怪氣。但是我現在回想，總會思考他們是否只是露出真面目？我漸漸難以理解雅莉絲。她一夜之間從原本的正向路線變成超級負面，不太搭理山姆，更常和她另外交的一個一心想當詩人的爛傢伙在一起。那個人跟她是她在國際刑警樂團（Interpol）的演唱會認識，知道這樣大概也足夠了。那個樂團的主唱唱起歌，無論何時都有如打電話來請病假，所以可以確定他的粉絲都非常假惺惺。我想不起那男孩叫什麼，但我唯一見到他的一次，他那件貼腿牛仔褲的後面口袋冒出一本二手的《異鄉人》……

柔伊很像蹺蹺板，時起時落，難以預測又容易受驚，和以前截然不同。我無論如何不會以貌取人，但是金酗酒酗到有點失控，好像她比柔伊本人更被筆電上的文章困擾。

金柏莉・諾蘭：

我十一月過得很不好，我也有我自己的狀況。沒錯，柔伊和安德魯的事讓我很沮喪；沒錯，因為有人跟蹤我妹，我很緊繃。可是不只這樣。有一次我晚上出門——但我還沒有說出口的心理準備——可是如果我告訴妳狀況很慘，相信我就是了。那之後，每次我關燈都會恐慌症發作。在那種爛爆的夜晚和爛爆的感覺來襲的時候，喝醉酒大大概是最簡單的解決方式。如果這讓魏琉不開心，那我很抱歉[1]。

芬坦・墨非：

柔伊和我約喝咖啡，來的時候腋下夾了一架卡西歐的鍵盤。她跟我說她很擔心金柏莉。不只是因為她悶頭自己喝酒，也因為伴隨這行為而來的一切。她開始灌酒灌個沒完，有時還在陌生男人陪伴下。柔伊說她們已經不知道怎麼跟彼此溝通。這在雙胞胎姊妹來說似乎非常詭異。

還有一件事我不得不提……

有一次，我們整個談完後，她想把她一起帶過來的鍵盤給我。我一定是某次聊天時對她說，我恨不得能在房間有個東西彈，而她知道我身無分文，所以希望我收下。我說我不能收，但她堅

1 作者註：該訪談於二〇一八年初由伊芙琳進行謄寫。在金柏莉公開講述她在第五大道夜店外遭綁架一事之前。——JK

持。她說她看見金柏莉過著便宜享樂又無愛的生活，很害怕自己也會變成這樣。我說，「噢，柔伊，妳沒有必要花錢買我的友誼，妳永遠不用。」她突然一個情緒上來——我們可能都是——最後我好像還是同意收下——用租的方式。我說只要一存夠錢買，就會立刻還她。

當然，我再也沒有這個機會了。

安德魯・佛洛爾：

金有酗酒問題嗎？大多人去上大學的第一個願望不就是這個？我覺得那向來是在之後才被眾人誇大，但也許吧，誰曉得？就我看來，她灑出來的比喝進去的多。她當然不是媒體塑造出來的那種生活糜爛、吵鬧邋遢的形象，她其實有點孤僻自閉——很不幸往往看起來比真正的狀態還要醉。她只要喝個一小口，整個身體就會軟綿綿。我個人覺得十分迷人。

魏琉：

我記得我們有一次去一家夜店，第五大道。那天是星期二，學生之夜，可能六、七點，我想我們都在自己房間裡準備，一場火力全開的情侶爭吵就此拉開序幕。我就在隔壁，無可奈何一定會聽到安德魯和柔伊這場彷彿天啟的爭執。

不過就等級而言其實很普通？往往會是安德魯起頭。他先醞釀，接著再拉起怒火，他一旦火力全開，就會無差別對著正好出現在面前的人事物開砲。很不幸，通常那會是柔伊。我想他要是霸凌起人也是可以非常過分。要是她不知道某個國家在哪裡，或把字的發音念錯，他就會嘲笑她。但是這回奇怪的是，大吼大叫的人竟然是她。我甚至不知道她有辦法大吼。

安德魯．佛洛爾：

噢，當然，魏琉當然忍不住要偷聽。隔壁房間的對話當然很難忽略啊，如果你老是把腦袋貼在他媽的牆壁偷聽的話。聽好，你知道我當時正在經歷什麼事：我媽自我了結、我爸上我前女友，我則差點因為刮花他的車吃牢飯。

無論從哪個方面，當時的我都不是我自己。

我坦白承認，我那時確實不該跟別人出去，不該接近任何人，句點。他們應該把我綁在船桅杆，開船出海整整六個月，這樣我叫破喉嚨都不會有人聽見。但我不接受有人說我搞霸凌，我除了對自己不好，對其他人可沒有。誰曉得我們為什麼吵架。如果是在我們要去第五大道的時候，那很可能是因為，我明明覺得應該只有我和她共度一夜，她卻邀了魏琉——事實上就是這樣沒錯。我一聽到她朋友也要來，就堅持也要帶上我的朋友。

傑．馬哈茂德：

沒錯，老兄，他想要表態，結果沒有一個朋友可以叫來，所以他打給我。因為他害我和警察惹上麻煩，我氣他氣得要死——而且他還間接讓每個人以為我是個性變態，被人痛揍一頓，相機也被砸了。而他也對我很火大，因為他以為我偷了他的勞力士。有的時候我們是好朋友，但有的時候好像互不相識。

安德魯．佛洛爾：

那塊勞力士是傳家寶，我母親在我滿十六歲的時候給我的。這錶的精確度大概和抬頭看天空猜時間差不多，但我很愛。媽的，這東西被我外公戴在手腕上跑了全世界，零件齒輪裡可能還塞著從一千個不同海岸來的沙子。它不太能用，市值也降得很快，所以某方面它相當完美地代表了我的家人。當它完全消失在我生命中，便真正成為他們的一員。去他的我根本不知道它是在哪裡不見，是我房間還是柔伊房間。當時我沒有怪任何人，只是忍不住會一直猜測。

魏琉：

安德魯說他和柔伊吵架是因為她邀了我？有意思。現在我很確定他是怎麼編故事的，可是他們絕對不是為了邀請名單在吵架。聽好，柔伊大吼大叫是一回事，可是讓這件事感覺不尋常的，是她一直重複著一句話，語氣有點我真不敢相信的意味。而更加前所未見的是安德魯沒有任何回應，好像完全沒話可說，這可是前所未聞。柔伊一直說的是「金？」我在這邊要一再強調這句話中夾帶的疑問語氣……

安德魯．佛洛爾：

好啊，我們當然要相信最棒、最好的魏琉的記憶力，是吧？不是嗎？

魏琉：

這也不是什麼祕密。聽好，我對那個操他的安德魯．佛洛爾沒有任何忠誠度，我只對柔伊忠誠。對於可能和她失蹤脫不了關係的人，我為什麼要保護他們的心情和名聲。她對他發脾氣是因為他在兩人親熱時喊了金的名字——就是在做的時候。他很顯然馬上就發現，真的倒抽了一口氣。我想她震驚到一開始甚至什麼都講不出來，然後就徹底對他抓狂。這是在我們預定一起出發去市區大概一小時前。

所以……

反正不要忘了這一切。當他狂講他女友多無趣、多愚蠢、多不如他的時候，至少她一直都有把他的蠢名字講對。

安德魯．佛洛爾：

隨便，我記憶中好像不是那樣，但隨便。

金柏莉．諾蘭：

什麼？不對，柔伊從來沒跟我說過那種事。雖然我會記得那晚是有我倒了八輩子楣的原因。她抱著一種敵意，好像不想要我在場。我們到第五大道的時候我根本無法和她獨處，她要不在一個角落和魏琉講話，就是在別處和安德魯吵架，然後我就和其他人分了開來，出了點麻煩，最後很晚才回去。我一直猜想柔伊為什麼第二天都沒有來看看我怎麼了，她從來沒問我發生什麼事，或者我為什麼搞消失。在她失蹤之前，那是我這輩子最糟糕的一晚，最後我得獨自一人去消化。

我猜，終於知道原因也好。安德魯從來沒辦法在正確時機說出正確的話。

傑・馬哈茂德：

那天晚上我整個爛醉。我還因為在停車場遭到痛揍而一團糟，不過我其實開始吃那些我應該幫弗拉迪賣的藥。所以沒錯，安德魯邀我出去，可是在某種程度我的心神不在。

魏琉：

安德魯那天晚上沒和我們一起回去，傑在舞池跟人打起來，所以他們一起走，金直接消失不見人影。所以只有我和柔伊坐上計程車回去。她穿了件亮紅色夾克出門，衣服卻在我們去舞池的時候從我們那桌被偷走，但她對此非常冷靜，只是聳聳肩說她再買一件就好。我試著跟她聊，嘗試討論我先前聽到的爭吵，就是在那時，她告訴我安德魯做了什麼事——在他們上床的時候喊了金的名字。她似乎都調適好了，說「安德魯的問題」可能很快就會自動解決。我聽到真是太高興，就問她是不是有看上了什麼人。她笑了笑說，「等著看吧。」

然後她改變話題，提議明天去逛個街，我跟她說我恐怕沒辦法負擔，但就精神層面我會支持。她說沒關係，她請客。我稍微笑一下說，「欸！」不過在她第二天挖我起床準備以前，我沒有多想。我們坐計程車去特拉福德購物中心，她買了件超漂亮的泰德・貝克名牌洋裝給我，也付了我們兩人的午餐。而這還只是開胃菜。當天結束時她的信用卡刷到都要冒煙了。我對她的背景、家庭狀況不怎麼清楚，但我是在單親家庭長大，腦中只是想，我猜其他的人大概就是這樣生活的吧？

山姆・利蒙德，雅莉絲・威爾森前男友**：**

沒錯，基本上我第一學期的第一週就開始和雅莉絲約會。我們的關係不總是一對一，但是真的有在交往——至少對我是這樣。我只見過柔伊一次，因為我們比較喜歡在我這邊睡。小雅說她那裡老是一堆鄉土劇，我只在那裡過夜一次，就是這樣沒錯。我們就坐在沙發上講話，柔伊和她們的室友魏琉拿著一大堆購物袋進來。我想我們是覺得滿有意思。沒有冒犯意味，不過雅莉絲和我是聽九吋釘樂團的人，身上有刺青，喝伏特加不摻水，結果突然之間，這個彷彿時尚雜誌走出來的女生突然出現在我們眼前。魏琉和我們隨意小聊時柔伊先是不見，接著就拿著所有衣服再冒出來，攤在雅莉絲腳邊，告訴她如果她想要，這些就是她的。小雅溫和表示這風格和她不太一樣，可是柔伊一直想說服她，直到小雅有點強硬地說不要，她不想要這些衣服。然後，柔伊好像要強調什麼似的轉向魏琉，「好，那我希望妳收下我的筆電。」

魏琉：

我的老蘋果電腦快解體了，燙到可以拿來當整個屋子的暖氣，我全心全意詛咒那玩意兒。柔伊說她要我收下她的電腦。我說「不用，真的，我承受不起，」但她堅持。她在發現那文章之後覺得感覺起來再也不一樣了，我收下算是幫她一個大忙。

山姆・利蒙德：

當她進房間拿電腦，雅莉絲靠過來，冷靜地對魏琉說她應該禮貌拒絕，魏琉只是聳聳肩說，你們不是看到我努力禮貌拒絕了嗎？小雅堅持魏琉要真的拒絕，魏琉就開始說這恐怕不干我們的事，可是我們只是想指出一點：「妳難道不覺得柔伊這樣很怪嗎？」在我們眼中，她很顯然是躁症發作。我們——雅莉絲和我——早就經歷過這些狀態，而且未來也還會有幾次。我們很熟這種狀況，我也確定魏琉曉得。她這樣像在占便宜。當柔伊回來，魏琉毫無抵抗地收下了電腦。

所以沒錯，柔伊失蹤並沒讓人感到多麼震驚。這確實令人悲傷，可是她也確實對自己做了些什麼，而且萬事萬物都有另外一面。雅莉絲後來告訴我她想讓魏琉拒收電腦的真正原因。小雅有時非常衝動。她會猶豫不決好長一段時間，然後突然又堅定果斷——她臨陣脫逃很多次。所以她那天一定是用斬釘截鐵的態度公告她要離開公寓，一小時後又老樣子改變心意、轉頭回去。只不過，她不小心撞見一個讓她相當不舒服的場景。她進門、大聲打招呼然後走上通往廚房的走廊，發現安德魯和柔伊正在把衣服穿回去，兩個人都喘吁吁，強自鎮定。

不甘我們的事，對吧？

只是，當他們躲進臥室，小雅說她看見柔伊的電腦擺在面對沙發的書架上，在錄影。沒人說些什麼或解釋什麼，但她說柔伊舉動很奇怪。她說她臉色蒼白、不舒服，好像害怕著什麼。雅莉絲馬上就想到他們在拍性愛影片。可是主要的問題在於，柔伊怕安德魯。你知道的，不管他們在做什麼，他都不想要她說出來。

安德魯・佛洛爾：

很抱歉，妳剛問我的是什麼？我和女友睡的時候說錯名字？我他媽的在鏡頭前面做愛？我常常惹柔伊不開心？還是妳是在問我其他事？妳是不是想問我和她的失蹤有沒有關係？

山姆・利蒙德：

總之，雅莉絲知道筆電上可能有影片——柔伊也許不想流出去的影片。她之所以擔心，是因為柔伊剛把它給了魏琉，一個很可能超熱愛市井八卦的人。

魏琉：

妳知道嗎？第五大道那晚，某種程度很像一個轉捩點。很顯然安德魯和柔伊因為金的關係鬧翻，柔伊告訴我她要和安德魯分手，而金經歷某種磨難，讓她低潮陰鬱好幾天。接著她突然形象大變，走哥德路線——就那麼一夜之間。她原本和柔伊一樣有一頭漂亮金髮，到聖誕節她越來越瘦，突然間頭髮就這樣沒了，削短到類似軍人的超短平頭。她把剩下一點頭髮染黑，真心開始做龐克打扮。安德魯叫她「沒有龍紋身的女孩」，我得承認，還真是滿好笑的。

金柏莉・諾蘭：

我不敢相信之前都沒想到。柔伊和我的造型、頭髮向來不同，我不認為我們有那麼像，但學校裡的人每次都把我們搞混，或者暗示我打扮起來就是沒那麼好看。我在當自己的時候從來無法自在，但是當我剃掉頭髮，卻覺得我好像更靠近了什麼，例如真正的我。

魏琉：

嗯，這也是一種觀點。另一種則是她妹妹就是這麼漂亮、這麼純潔。當金改變形象，就等於某種自殘？好像否定了柔伊的一切、有所批判。然後接下來就是柔伊消失得無影無蹤，再也沒有人看過她。後面的我就讓讀者自己做結論吧。

From: evelynidamitchell@gmail.com
Sent: 28/01/19 19:27
To: 你

喬瑟夫・諾克斯 <joeknoxxxx@gmail.com> 於 2019 年 1 月 27 日 週日 寫道：

是——我終於有點空閒一路讀到第八章。這是我的結論：

1. 金在柔伊筆電寫下訊息，但沒打算做得那麼過分。

2. 晚上按門鈴的傢伙是安德魯，他想再引起金的注意，重燃他在她去應門那晚同樣的「火花」。這也能解釋那個盯著金看的「影子人」。

3. 我也認為芬坦非常需要上個床，魏琉則實為保護過度之典範。她是真的愛柔伊，或者只是愛她在她身上花大錢？？還有，為什麼我覺得筆電突然變得超級重要？

4. 雅莉絲認為柔伊怕安德魯也相當有趣。很希望我們可以和她談談，弄清楚她說那句話到底什麼意思。我不喜歡聽那個叫山姆的傢伙說的二手資訊。

5. 說到山姆的手，他提到喜歡刺青——他皮膚上該不會正好刺了個食屍鬼笑臉吧？他也提到了伏特加，我認為那就是在金遇到廂型車之劫後淋在她身上的。這裡有點奇怪。關於雅莉絲目擊的事件，我們只有**他的**一面之詞。

喬

怎說呢，你才是專家，但我覺得你對金、芬坦和魏琉有點太快下結論。Re：山姆，這個我還真的從來沒想過。他是我必須透過電話溝通的少數幾人，因為他現在住在法國，此外他涉入的程度非常低。我在臉書上搜找照片，但沒辦法得到他雙手的特寫。雖然確實**有很多**刺青……

你像蜘蛛人一樣敏銳注意到筆電真是非常精準，它又出場了。而且柔伊把自己**所有**東西給出去的衝動讓人覺得很有事。我警察那邊的聯絡人說他們後來確實把焦點放在那上面（此外還有她花的那麼多錢），因為要自殺的人常會這樣做。這可以當成**一大**警訊。

她的精神問題確實在整起案件中反覆出現。失蹤的一開始，我覺得執法機關只是認為她症狀「發作」之類。但同時也因此在媒體投注的注意力上加了片玻璃天花板。她是瑕疵品——太工人階級，若要符合失蹤金髮女孩的樣版，年齡太老。（也才十九歲！）

我知道這樣很憤世嫉俗，但當你去檢視在我們這輩子所見、轟動一時的類似報導，會產生一種大家更偏好這些失蹤女孩是處女的感覺，而這真的爛透了、可悲透了。沒錯，在你說出口之前，我知道那表示沒人會來找我。[redacted]

下一章來到柔伊真正失蹤。把你的想法告訴我。我接受了你的建議，晚上拔掉電話線——所以如果你打算打給我，那麼算你逃過一劫。

伊X

9 遍尋不著的女孩

聖誕假期前，他們待在曼徹斯特的最後一夜，十五樓的住戶辦了一場注定無法擺脫臭名的派對。然而，一卷非法影片的流出，外加牽涉整棟大樓的疏散，只是一切問題的開端。

安德魯．佛洛爾：

那不是我最好的一面。

傑．馬哈茂德：

可以算是我這輩子最糟的一夜，老兄，而基於我這輩子經歷過的那些，我想狀況如何應該不會太難理解。

魏琉：

我不知道那派對是基於什麼概念，但沒能阻止顯然是我這輩子最後悔的事情之一。雖然我很確定所有人感覺應該都差不多。想像一個平凡的蠢學生之夜，只是蓋上了便宜金箔。所有人都過度放鬆，音樂太大。女生穿得超漂亮，男生也穿著他們最體面的《蓋酷家庭》T恤。

金柏莉・諾蘭：

這樣說吧，十五樓有另外六間公寓，我們的想法是其間所有的門都要打開，派對就可以延伸到整個樓層。我不能說這是我想度過最後一晚的方式，但也無處可跑。聖誕歌和穿得像是淫蕩妖精的女生，爛音樂加爛人再加一連串爛活動，此外，那是我看見我妹的最後一晚。

芬坦・墨菲：

我想在這例子裡我一定就是她口中的「爛人」。那是我第一次看見他們大多數人——不算是多好的狀況。我想，基於柔伊和我互動的方式——我們討論了一些如今可能有點中二的東西——像是很緊張害怕、無法融入之類的感覺，我待在她冷漠無禮的男友及狂喝酒的姊姊旁邊，她似乎有點尷尬。她當然知道我完全不喝酒，所以當她帶我到那兒，我看得出她有所猶豫。我記得自己說，「嘿，我和我家人不一樣，妳也不等於妳的朋友。」

我們幾乎立刻就分開，也就是在那時，我看到金柏莉。在她一身黑衣和那些化妝之下，我大概看到一些她和柔伊的相似之處，但她似乎在很多層面上都與她相反。當時她行為失控，讓我有點嚇到，我不能說有多喜歡她的形象。我現在在同志團體裡面待得比較久——瞭解了最近的舞孃系、亮晶晶系、龐克和皮革系——但我想在當時我可能帶了點偏見。那時我只是想，妳本來長得像柔伊，為什麼要對外表做出這種事？這就好像在蒙娜麗莎臉上畫小鬍子一樣。

金柏莉・諾蘭：

我和芬坦從來無法相處融洽。我覺得他是過來找我聊柔伊。說她聲音多美妙、舞臺存在感多強。我覺得他很怪，一副精瘦蒼白的樣子。而且因為柔伊沒幫我們介紹，我也很受傷。就好像又回到我們小孩子的時候。她很顯然擁有我完全不知道的生活，而我可以從他說的話中隱約感到藏在底下的評論姿態。他表現得很清楚：他愛死了那些我沒有的特質，而且對我的外貌非常不認同。他可能是醉了吧，我聞得到他身上噴發出的酒味。

芬坦・墨非：

對於我看金的眼神，還有我聞起來的味道，金可能記錯了一個關鍵細節。她不偏不倚、不小心把整杯酒倒到我身上。當時她要轉身，我覺得她甚至沒有注意。我想找她講話，但是音樂太吵，她則醉到快翻過去。

安德魯・佛洛爾：

那天晚上我得幫傑滅火——真心是拿水澆他。他實在嗑得太昏，不斷把點燃的香菸放到口袋。所有人都把外套在樓梯平臺扔成一大疊，他的外套丟下去時，我看見它在悶燒。

傑・馬哈茂德：

呃，誰敢說安德魯・佛洛爾不是世界級討厭鬼我就跟他拚命，但和他差不多神志不清的我也一樣欠罵。我像吞口水一樣吞下一堆羥考酮，正從贊安諾飛速往上升級——那不過是苯二氮平罷了——鎮定效果超快。所以有時他跟我講話，同時問我靈魂根本已經飄到太空。當我們到派對那邊，發生了一些爭執——我在夾克還什麼裡面忘了一根點燃的大麻菸。對，我整個人一團糟，我同意，但其實不只這樣。他恨不得找人打一場架。

安德魯・佛洛爾：

聽著，我們吵了架，都說了些不該說的話。我們是小鬼，而且都喝醉了。老天才知道傑到底吃了什麼下去。在其他情況下，我們可能第二天就會和好，然後再也不記得這件事。我們只是擔不起這種機會——我們沒有人能回到現實生活，甚至在之後像一般人一樣繼續前進。你可以說我到處睡，說我種族歧視、性別歧視，隨便。可是不准在書裡說我不在乎朋友，因為我在乎。而且儘管我做出那些行為，我還是會這麼說；不管他怎麼回過頭講我，我還是會這麼說。

傑・馬哈茂德：

突然我們就又因為他那該死的爛錶吵了起來。安德魯看到我吃了顆藥，我猜他記得我應該是一毛錢都沒有，就開始算數學。之所以會爆炸是因為他說了一些話，像是「如果是你拿的，我不會介意。」然後他整個脾氣上來，問我是不是賣掉了，然後大吼「你他媽的快還給我！」接下來我只知道他掐住我脖子、把我壓到牆上。

安德魯・佛洛爾：

他否認錶在他手上，所以我說，「那不如就來看看你身上有什麼？」很顯然我現在很後悔。我放開他，看見自己撕破了他衣領。本來該到此為止，那是我失去所有判斷力的警示，但那個時候我想要表態，所以繼續追打。如果我能先跟他談談，或告訴他我親眼看著我媽用藥摧毀自己……

大半層樓都盯著我們看。

突然之間音樂中斷，戴著聖誕帽的女孩把我們兩個拉開，整個好比《東區人》（*EastEnders*）電視劇。傑像卡通角色一樣翻出口袋——當然空蕩蕩。而他看起來超級無辜又乖巧，我非加碼不可。我告訴妳，我在家裡討教的對象比誰都厲害。就算無辜也不能阻止你，乖巧或無心作惡也不能慢下你的動作。你要做的是用更大的力量擊破那份無辜。因為接下來另一方可能會攤牌，對你來個回馬槍，外加一點爸媽的作用，然後誰對誰錯的就再也無所謂。你們一起掉進髒水，渾身是屎，再也沒人能確定第一個扔泥巴的是誰。

傑・馬哈茂德：

對，他臉上掛著一副高高在上的表情，一臉得意又扭曲的笑容，說，「那你的夾克呢？」我馬上知道他想暗示什麼。他認為因為那些藥丸，我不會翻出口袋，然後他就可以露出他從一開始就是沒有錯的模樣大步走掉。我們被人群包圍，位在樓梯平臺邊邊，就在那些看他表演的觀眾面前。所以我走向那疊外套，在層層衣服中把我的挖出來。我不在乎被人看到我口袋裡那幾顆藥——反正當時派對上一半的人都和我有交易，老兄，我他媽的非常確定裡面沒有金勞力士。所以我舉起外套，把所有東西翻給整間的人看，甚至瞄都不瞄一眼，直到聽見尖銳的倒抽一口氣。

魏琉：

我看見柔伊倒抽一口氣，雙手摀住嘴巴。就是我的天啊的那種。她的內褲，三個月前被偷走的那些，全散落在走廊上。

安德魯．佛洛爾：

所有人——他媽的所有人——都開始歡呼。一副，「沒錯，傑，我們都知道你的真面目。」所有人都認為這等同他承認偷走柔伊的內衣褲。大家開始湊近他，粗魯弄亂他頭髮和全身。他看著我，希望我幫他說點話；我們都很清楚他和那件事毫無關係，他真的是用眼神懇求我，說點什麼。不過我沒種認錯，所以我把自己鎖進浴室。

傑．馬哈茂德：

有人動粗，有人說垃圾話，然後有人抓住我雙手雙腳，把我扔下階梯。在撞到牆壁前我絕對滾下了一整道樓梯。我可能停了個幾秒，我記得自己努力專注在呼吸上——吸氣、吐氣，吸氣、吐氣，只是想看我是否還能呼吸。然後他們全撲過來壓在我身上，踢個不停。我很走運，因為吃下太多羥考酮，所以根本感覺不到。

芬坦・墨菲：

我懷著越來越深的不敢置信跟著他們下樓梯。我不知道安德魯和傑的問題是關於彼此，但我認為安德魯的舉止令人反感，他一副超級混帳的模樣。把傑仍下樓梯那些小鬼則更糟。如果這就是派對，那我還是待在家，謝了。

金柏莉・諾蘭：

我看到安德魯沒打算說什麼或做什麼——甚至沒打算站在傑這邊——覺得看清了他有多卑怯、多雙面人。我就去外面呼吸空氣。

如我所說，芬坦和我合不來，但至少他有為自己的信念而戰的力量。他朝那些傢伙撲過去，叫他們散了。我真不敢相信——這個乾巴巴的愛爾蘭白人小鬼——他們還真的就退開。這些人真的爛透了，他們開始笑他，滿口調侃，但他們退開了。

魏琉：

青春期男生嘛？對不對？結束後大家鳥獸散，我想柔伊是想再把音樂開起來。然後我接下來只知道那些小鬼在看自己的手機，對柔伊指指點點。這次和內衣褲被偷的時候不太一樣，這次她成了某種受害者，深深牽扯其中。那很殘忍——他們全都在笑她。其中一人拿著手機過來，給我們看他們到底在爆笑什麼。我下巴快掉下來，不知道該說什麼話。

山姆・利蒙德：
派對前我就已經離開，回家過聖誕，但是雅莉絲打來告訴我發生什麼事。她說，「他媽的爛女人，他媽的爛筆電。」她喝醉了，怒氣沖沖。我就說，「什麼女人？」她告訴我，當時她撞見柔伊和安德魯拍的性愛影片流出，一定是來自柔伊給魏琉的筆電。

魏琉：
聽好，柔伊很顯然並不認為我會把影片放上網路。當安德魯終於從浴室出來，她完全對他氣到發瘋。我一次都沒看過她情緒這麼失控，她竟然抓花了他的臉——我說抓花不是開玩笑撓撓而已。她打他巴掌、踢他、用髒話罵他、撕破他衣服。他就只是站在那裡承受一切，非常不像安德魯，簡直像個有罪之人，他也確實是。最後我抓住她的手——純粹是為了她好，我怕她搞不好會殺了他。

安德魯・佛洛爾：
妳說如果我沒流出影片，為什麼要站在那裡任她打？那不然我要怎麼辦？打回去嗎？

魏琉：
我說，「柔伊，我們去別的地方好好談談。」她回過頭，有些暈眩，好像不記得自己人在哪裡，然後說她需要喘口氣。這裡到處都是人，我們整個公寓都是，每個人都在看她，都在笑。她說，「五分鐘後我們屋頂見。」我本來說可以和她一起去，但她只說「五分鐘後。」就走上階梯。那是我最後一次看到她。

芬坦．墨非：

我猜這一切發生的時候我正在扶傑下樓。他住在歐文斯公園，但我住在更遠的地方，在威姆斯洛路。他很沮喪，對安德魯很火大，堅持不會留在他們公寓，所以在他帶上東西去和朋友住一晚時，請我等他一會兒。他再出來時似乎被什麼事情嚇到，差點忘了我還在這裡。我們出去，一起走在路上。但是當我問「怎麼了嘛」，他有點避重就輕。我到家時覺得我們好像連晚安都沒說，他就這樣繼續走。

傑．馬哈茂德：

老兄，我整個昏了，根本沒注意到芬坦。我去房間拿我唯一值得留的東西，沒錯，就是我的藏貨，藏在床底下。是一個裝滿贊安諾和苯二氮平的空冰淇淋桶——可是它不見了。所以就這樣，老兄，我欠了弗拉迪氣喘人一千塊，我根本沒這錢。他對我大半很好，可是身材還是活像結實壯漢。他們說他當過銀行搶匪，在故鄉撬過保險箱之類的，如果你親眼看過他鐵定會信。如果芬坦說我們一起走，我不信也不行。我只記得回頭看了大樓，那些個亮燈的窗戶，窗後那些活生生的人，有一種被驅逐的感覺——不只離開那建築，老兄，而是離開一些更重要的事物。那晚對我像是某個故事走到盡頭。

金柏莉・諾蘭：

我回到十五樓的時候一切感覺都變了。聖誕音樂停下，人們離開，雖仍吵鬧，但慢慢在離開。一些男生看著我，所以我看得出情況有些不對。他們團團聚集在電梯，打算出去，或是碰碰碰走下樓梯。幾乎所有人都看著手機，在笑上面的什麼。有些人朝我走來，一副「妳看到妳妹做了什麼嗎？」就是那時，我看到了影片。

魏琉：

我只看過一次，就是站在柔伊旁邊的時候。就算只是那樣都有種背叛的感覺。

山姆・利蒙德：

我問雅莉絲影片裡有些什麼，她說大約五秒長度——大約——只看到安德魯和柔伊在沙發上做愛。他一直喊她名字：「柔伊、柔伊、柔伊」然後很顯然所有男生都在模仿他。

金柏莉・諾蘭：

我看的時候不斷試圖理解自己到底看了什麼，然後火災警報響起，分秒不差。我不知道該怎麼辦，所以跟著其他人去了樓梯井，有點處於震驚狀態。那裡擠滿了人，男生全晃來晃去、相互推擠；女生則用手指堵住耳朵，試圖阻擋警報聲。我們花了超久，大概十分鐘才下去，所以一直到我們全到外面，我才真能開始找柔伊。魏琉站在門旁和一群女生八卦。當我走過，她們全在瞬間安靜。

魏琉：

呃，我是在等柔伊啊？我是說，我搞不好是在問大家有沒有看到她。我是希望她在屋頂聽到警報，就和其他人一起下來了。

金柏莉．諾蘭：

我找過人群，喊了她幾次，我問大家有沒有看到她。所有人只是笑，在我都快吐的時候拿那支操他的影片給我看。到最後我回去找魏琉，她還站在門旁邊。和她聊天的女生這時候已經開始喝伏特加shot。我問她有沒有看到柔伊？她有出來嗎？然後她告訴我她在那裡站了二十五分鐘，就她所知，柔伊還沒離開。

那時大樓基本上已經淨空，我只是在想，裡面不曉得怎麼了？我又在那裡張望了五分鐘，和魏琉一起，然後她才終於——終於——告訴我柔伊「可能」在屋頂。那已經是該死的火災警報響起四十五分鐘後。

魏琉：

我告訴金說柔伊上了屋頂，她就完全嚇瘋。所有人那時都疏散出去了，我們開始看見煙從大樓飄出來。在學生公寓，你三不五時就會因為壞掉的火災警報被疏散，所以看見這回是來真的，實在讓人嚇了一跳。突然之間所有人都清醒了過來。

金柏莉・諾蘭：

我不知道在屋頂上能不能聽見警報，所以我跑回去。大家想阻止我，但我只是扯開他們抓住我手臂的手，推擠過去，高喊我還在裡面的妹妹的名字。我嘗試電梯——這麼做可能很蠢，但也沒差。因為警報的關係它自己關掉了，所以我改成從樓梯井往上跑。我沒看到任何人下來。

爬到頂樓花了大約十分鐘，整整十八樓，整段時間還伴隨著震耳欲聾的警報聲。等我出去到屋頂，已經滿身大汗、頭昏腦脹，耳朵嗡嗡響，而且上面真的有夠黑。感覺好像走進外太空一樣。我以為能看見柔伊，因為我在屋頂邊緣看見她手機的亮光，但是當我喊出聲，她沒回答。我靠近時才發現她不在那兒——只有手機在。我撿起來，看見她正在打一段文字給人。要不是她刪掉收件人，就是從來沒打上去。文字只說：

你怎麼可以這樣對我？

就是那樣。就所有人所知，她從沒走出那棟大樓，大家也從沒在裡面找到她。她從一個我人生中每天都會交談的人，變成一個遍尋不著的女生。從那以後，我們再也沒有她任何消息。

From: evelynidamitchell@gmail.com
Sent: 31/01/19 05:11
To: 你

伊芙・米契 <evelynidamitchell@gmail.com> 於 2019 年 1 月 30 日 週三 寫道：

嘿，JK——在嗎？

伊芙・米契 <evelynidamitchell@gmail.com> 於 2019 年 1 月 30 日 週三 寫道：

你醒著嗎？需要聊聊。不用擔心時間，反正我絕對是睡不著了。

可不可以打個電話給我？

我在拼湊這些章節時是一次謄寫一個人的訪談，然後慢慢釐清應該怎麼接合、又該在哪裡接合才能完美。如有重疊，我會加入能夠回應或評論這件事的人物，讓文章能順暢。

我正朝著第二部分的結尾前進，所以幾乎花了一整天在咖啡店進行編輯。大約晚餐時間，我突然意識到自己完全搞錯了魏琉說的某件事，所以記下來要在回家時回去確認。我一個小時前繼續處理錄音，試著確認我到底是哪裡弄錯，可是它一片空白。我想我一定是放錯了帶子。可是我嘗試另一卷，再換一卷，又換一卷，試了兩臺錄音機和所有的帶子。

我錄的每一段錄音都是空白的。全部**操他媽的沒了**。
我操他媽的快崩潰了，你可以打來嗎？電話是[redacted]。

這裡寄給你真犯的第二部分，這樣至少我可以確定它安全地放在某處。

[redacted]

伊

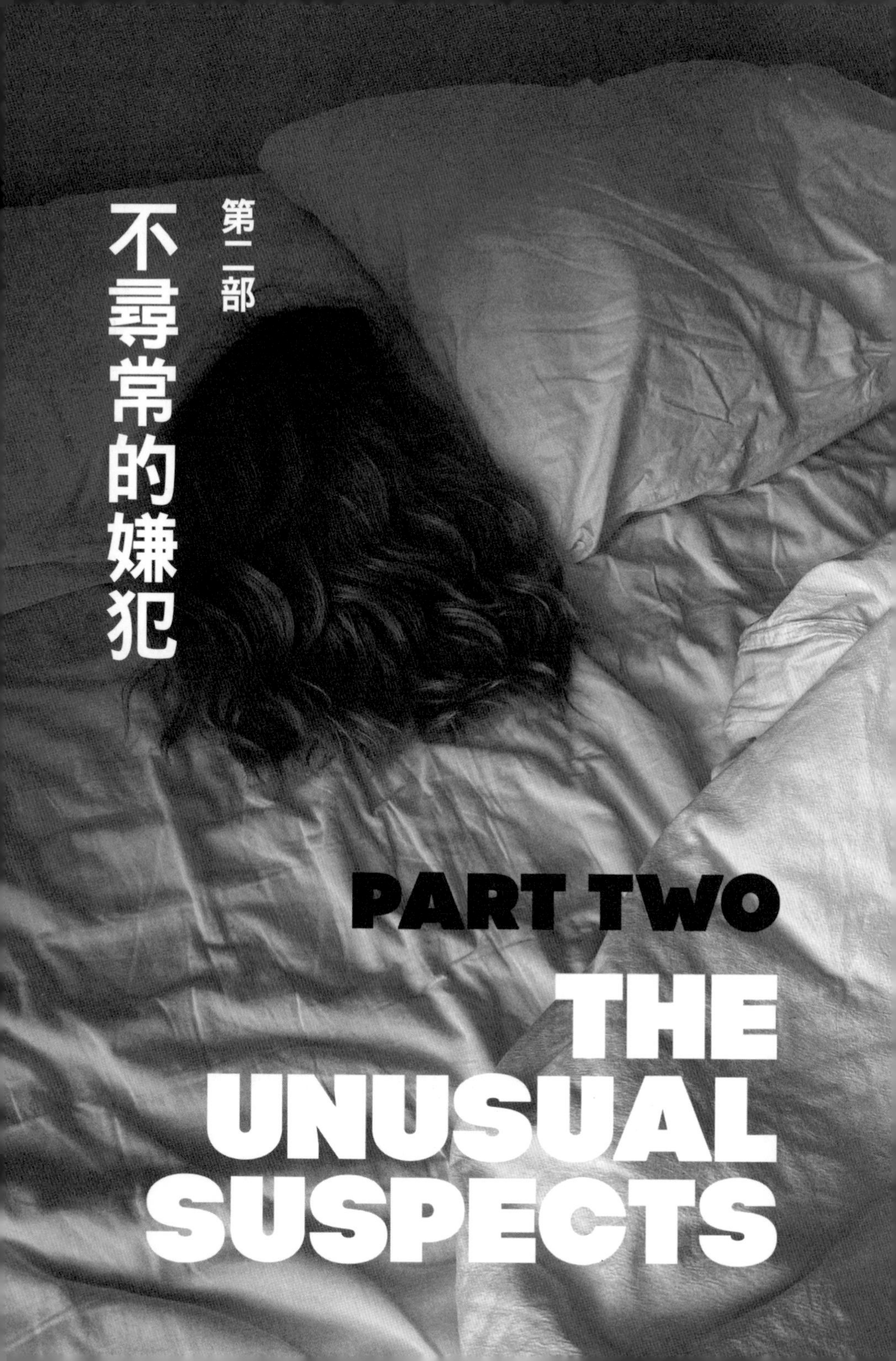

第二部

不尋常的嫌犯

PART TWO

THE UNUSUAL SUSPECTS

10 夜半三更

在柔伊失蹤的後續餘波中，無論多難回答的問題都非答不可，但是在警方和她父母抵達現場時，安德魯、金柏莉和傑卻不見人影。

莎拉・曼寧，前大曼徹斯特警察局警員：

十二月十七日星期六，我被指派為諾蘭家的FLO——家庭聯絡官[1]。當時是柔伊失蹤當天，我們對此真的所知不多。大眾對於家庭聯絡官普遍抱有錯誤印象，認為他們是在警察影集中站在背景泡茶的人。但說真話，如果要發揮最大作用，這個角色應該是要能進行調查的。確實，你是接觸家庭成員的重要關鍵，必須讓他們保持在狀況內，並回答問題，以釐清調查時發生的一切，並在所需的時機提供幫助。

雖說，最重要的是，妳是去那裡收集證據的。

在這種案件裡，再也沒有什麼比讓失蹤者回家更重要。當時我二十六歲，那是我被派到的第一個受害者家庭。

莎莉・諾蘭：

我們本來星期六要去接她們，計劃帶她們回家、整理行李、吃晚餐，也許在我們裝飾聖誕樹時看個佳節電影。羅伯進城剪頭髮，所以我接到電話時是自己一人。我還以為是在開玩笑，覺得一定是玩笑吧，直到我打給羅伯，努力把他們告訴我的消息告訴他。

羅伯・諾蘭：

我好像沒理第一通電話，就讓它震。我想等我在理髮店結束後再打回去，但它響了又響，等我看見是莎莉，就接起來。我一點也搞不懂她到底在跟我說什麼。到最後我吼了一些話，例如「直接告訴我妳到底要說什麼！」

說真話，後來我就不知道了。我想我應該是離開了椅子，開車回家。小莎過來車旁時我圍布都還在身上。直到我們抵達曼徹斯特，她才發現我頭髮只剪了一半。我用那個樣子過了整整三天。

魏琉：

在早上十一點這種時間，我可能不是最適合和他們講話的人，但是感覺好像所有人都跑走了。安德魯、金和傑，全部大概和柔伊同個時間消失。我打電話找不到金，也沒有安德魯的號

1　譯註：Family Liaison Officer。專門負責與家屬交涉的警員，並受過此方面的專業訓練。

碼。我很慌，跟諾蘭夫婦講話速度太快，一堆咖啡因和恐懼滿到溢出來。我幾乎沒睡，聽見自己說話秒速簡直百萬英里卻慢不下來。他們不斷問我他們的女兒在哪，我只能一直說我不知道。

芬坦・墨非：

這是我第一次見到柔伊的父母，我想我比可憐的魏琉神智狀態稍微好一點。她算是柔伊失蹤的第一時間就知道，她當然應該去屋頂和她碰面，我不覺得她在這中間有睡多少。安德魯和傑吵架之後我就回了家，直到第二天早上都沒再聽到柔伊的消息。

我室友康納把一些音響出借給大樓那場派對，我和他一起去歐文斯公園幫忙把音響載上車。搬東西的時候，我一聽到裡面發生什麼事，就丟下他向警察報到，這樣才能加入第一批搜索隊。我努力想堅強一點，對羅伯和莎莉有話直說，可是收到的好像都是壞消息。那個時候柔伊已經消失了大約十一小時，最後的下落是在一棟起火建築高聳的屋頂，而且還喝得醉醺醺。

讓整件事更糟的是，金柏莉一對警方講完口供就跑不見了，沒人知道她在哪裡，沒人能聯絡到她，無論是那晚之後還是第二天早上，讓我們擔心到要死。當我們聽說她正和警察一起回到歐文斯公園甚至更加擔心，還以為她被逮捕了。

金柏莉・諾蘭：

我覺得柔伊從大樓突出處墜樓，可能是掉下去，或者是跳下去。上頭的一切都好黑，我自己走到邊緣時都差點意外踏出去。我能看到在牛津路上來來去去的汽車和公車，方圓好幾英里亮燈的窗戶，可是看不到柔伊，到處都看不到。我喊她名字，跪在地上身體探過大樓側邊，能探多出去就多出去。地面上，在大樓的底部，我看到大批人潮，一個個在燈下移動的人影。我以為她一定在那下面，以為她一定是死了，我腦袋裡的聲音叫我學她那麼做，只要再探出去一點點，然後下去。

有一瞬間我以為我真的做了。

接著一切排山倒海襲來，一起擊中我——從大樓翻騰而出的黑煙、那些氣味、火災警報的聲音、此刻我在多高的地方。我一吋一吋移回來，直到安全的地方，然後脫掉靴子，回到裡頭。我下樓，和上來的時候一樣能多快就多快。這感覺很不真實。整整十八層樓卻連一個人都沒有。

我抵達底部時從玻璃門看出去，以為會有人尖叫或聚集，很害怕，或很驚嚇，但他們全都一派正常，和我剛離開時一樣。仍在喝酒，仍在哈哈大笑；在抽菸，在耍幼稚，什麼都不放在心上。我一面走出去一面猜想我是不是搞錯了，就好像夢到你親愛的人死去，然後從夢中醒來。

魏琉：

金去確認屋頂時我正在人群中穿梭，尋找柔伊，問有沒有人看見她。雅莉絲留在門口，以防她出來——但她當然沒有。大樓的火仍在悶燒，所以在消防隊抵達之前，我們全都有點無能為力。只能安安靜靜，手勾著手，眼睜睜看著。我想合理假設就是柔伊可能和這場火有點關係？她一定是被困在裡面，或受了傷之類的。

約翰·馬伯，大曼徹斯特消防局小隊長：

十月十七日早上兩支小隊被派到曼徹斯特市中心，回應歐文斯公園校園中的自動警報器。目測火勢相當嚴峻，即便造成損傷很小。七樓公共沙發上未熄的一根香菸正是起火原因，火擴散到整個廚房，最後整棟公寓。雖說無人傷亡，我們也及時抵達並控制火勢。所幸並未造成結構損壞，讓這一大批孩子還在聖誕假前最後一晚在那過夜。

上述空間一旦恢復安全，我們就發現一名十五樓的住戶行蹤不明。我們同意在執行房宅安全性搜索的同時搜尋她的行蹤。六名消防隊員加上——我想有四名大學學生服務處職員——從地面層往上地毯式搜索。對我們來說，在讓大家回到申報建築裡面之前，進行這樣的搜索是相當標準的程序。我們沒有見到任何人，也沒有任何異常之處。最後我想，我們的結論是，如果搜索過程未尋獲柔伊，那麼一小時過後學生再度回來，一定會看到她。我告訴妳的話和我寫在出勤日誌的一樣。無論是哪個房間，裡面都沒有人，而且屋頂上也是一樣[2]。

金柏莉·諾蘭：

搜索行動沒找到柔伊，當我告訴住宿處的人，她最後被目擊是往屋頂走去，他們就打給警察。我得把每件事再重複一遍給他們，於是事態開始變得嚴重。同時間，我能想到的只有運河街附近的建築工地，就是我在第五大道外面被那些傢伙抓走後丟包的地方。我突然冒出個念頭，想說搞不好他們想抓的其實是柔伊。我是說，他們抓我的時候我正穿著她的夾克。我覺得他們一定有折回來抓她。大家已經在搜索歐文斯公園，魏琉嘴巴都停不下來，在某個瞬間，我悄悄退後，離開燈照處。我聽見有人在我背後大吼，可是因為太暗，那人也可能看不到我。我不由自主朝市中心去，連想都沒想。我大概走到了牛津街一四二號，發現自己就站在那個建築工地外面。那時我不知道幾點了。如果柔伊在大約距離午夜半小時的時候失蹤，那我猜當時應該是凌晨三點，也許更晚。

我爬過圍籬到另一邊，背靠著上頭幾秒鐘，只是一個勁兒發抖，純粹是因為恐懼。然後我想起了逼我朝地基走去、逼著我一步一步往前走的那些人。我直接走到那個大坑邊邊，在那裡躊躇猶豫。因為我沒手電筒，所以那看起來只是個又大又黑又像血盆大口的洞。我感到一股吸力，裡面彷彿有東西拉我向下，好像那就是我該安身的地方。我大吼著她的名字，沿著邊緣移動、聆聽，但只聽見自己的回音。然後我看見她，從地基裡面回望著我，那張鬼魅一般的蒼白臉龐。她看起來好可怕、好慘、好痛苦。當我喊她，突然意識到那只是大坑邊邊的一灘水窪，我是在跟自己講話。但總之我還是滑下到水邊，用四肢爬到裡面，雨水高到我的腰部。我好像只是一直哭著說我很抱歉，對著我的倒影，或對柔伊——或可能兩個都是——然後突然冒出聲音和手電筒光。我不記得找到我的是警察還是保全人員還是別人。那個晚上就很像我小時候被車撞到，或者在第五大道外面被抓走。好像全在同一時間發生的一樣。

2 作者註：該訪問由喬瑟夫·諾克斯進行，並於二〇一九年加入伊芙琳的書稿。

安德魯・佛洛爾：

我和朋友吵了那麼大的架、我約會的女生對我大吼大叫，然後——我不曉得。感覺像是突然在鏡中看見自己倒影，卻不太喜歡看到的景象。這不但是一種比喻，也是實際狀況——因為被柔伊打，到第二天我的臉還在猛流血。所以我猜我決定自我放逐一個晚上，散散步解氣之類的。我好像記得聖誕燈等等玩意兒，但是聽著，我後來跟警察重複了好幾百遍，說，「沒有，我完全沒看到任何能證明我行蹤的人；沒有，我實在沒有特別記我去了哪裡。沒錯，我知道這聽起來像是怎樣。」

傑・馬哈茂德：

我一確定那些東西從我床底下消失，老兄，我就他媽的知道我一定得逃。怎麼逃、為什麼逃之後再說。我在停車場被揍的縫針都還在，所以滾下樓梯並且在底部被踢的時候都裂開了。我超級顯眼，渾身是傷——而且我得說我心裡和身體一樣傷。沒錯，我也產生了罪惡感，即便那些事我根本沒做。我全身上下只有口袋裡的藥丸，所以我打算讓自己能神智不清多久就多久，如果善用，它們應該可以讓我放空幾天。我朋友塔力克住在牛津街上一個公寓，已經回家過聖誕。我知道他把備用鑰匙放在哪，所以就去那裡暫住。我想可以睡幾個小時，想嚮我能去哪裡弄到一千塊還給弗拉迪。

我開了一、兩次手機，看到安德魯來的一千零一通未接來電，但我想去他的。一部分的我在想他會不會幹走藥丸當作手錶的報復。所有人都回家過聖誕，而我家不過這個節，所以我想我就不要輕舉妄動，直到確定其他人都離開歐文斯公園，就讓他們擔心我一個禮拜，然後在新年讓一切自然消散。老兄，我根本不知道柔伊失蹤。

莎莉．諾蘭：

當那天早上他們把金帶回歐文斯公園，我完全認不出她。她瘦得像竹竿，一場糊塗，衣服只有黑和白，這個全身溼透的鬼魂從警車上下來，妝全花了，雙眼無神，我覺得她看起來像是謀殺案死者。

魏琉：

言而總之我沒意識到諾蘭夫婦還沒看過金的新造型，也沒讓他們做好心理準備。她父親——我認為他應該有點老派保守——看著她說，「妳他媽的對自己做了什麼？」我分辨不出他的意思是她的打扮還是她被逮捕。不過好像有點兩者皆是。

莎拉．曼寧：

我在當天九點報到，並在十點獲派任務。他們告訴我父母已在現場，並且十分痛苦（這可以理解）。所以我大約和金柏莉同個時間到，中午左右抵達歐文斯公園。說實話，我認為她看起來是受到了驚嚇。也許大家認為是化妝的關係才讓她這麼慘白，但她瞳孔放得很大，呼吸不穩，嘴脣發青。我不敢相信負責逮捕的警官帶她到警局記錄在案後就直接帶她到現場。她應該去醫院才對。她沒穿鞋，身上流血，喘不過氣，渾身顫抖。那可是曼徹斯特的十二月，凍到要死。

雖然我記得好像覺得有哪裡不對勁。

家庭成員失蹤一定會帶來極大的創傷，我會特別這麼說，是因為對雙胞胎創傷尤其大。但我覺得金扛在肩上的好像不只這樣——而我自然把這個意見表達給詹姆斯探長，當天他負責現場，也接手後續調查的進行。那裡沒有屍體，沒有勒贖信，沒有威脅。她失蹤也才幾小時，沒有理由懷疑案件真實度。所以為什麼金這麼激動？她為什麼這麼忿忿不平？感覺她沒把所有事情告訴我們。

還有，那個現場也不對勁。我不能指責誰，因為當時現場警員就那麼一丁點。誰曉得情況會如何發展？但是大樓的環境對我們來說十分不利。我們有目擊者說柔伊從沒離開建築物，但話說回來，一直到過了十二小時才全面封鎖。因為聖誕假期，那天有大概上千名學生由父母接走，全在同時間離開，都拿著大大的行李箱、旅行袋、背包。根本是一場災難。

葛雷格・詹姆斯探長拒絕接受本書訪問，反覆重申大曼徹斯特警察局的說法，並堅持這麼做將危害柔伊失蹤案正在進行的調查。

芬坦・墨非：

金柏莉出現時看起來快凍死，我想她身上好像披了其中一名警官的UV夾克。莎拉・曼寧警官，負責聯繫的警員，我們最常接觸的人。她說他們和找到她的工地那裡的保全人員談過，基於目前狀況，大家都認為可以放過金柏莉這起不幸的擅闖事件。不知怎麼，當我懷著柔伊失蹤產生的嚴肅心情開車回家，這件事帶來某種奇異的效應。在我長大的地方，小孩可不會像坐計程車一樣上警車，輕輕警告一下就放人。

莎拉・曼寧：

我表示想幫助金，讓她進屋一下，也許也給她一杯熱飲，洗個熱水澡。我剛向她父母自我介紹，不過可能就是這樣，他們才會拒絕我的提議。他們仍在聽簡報，畢竟他們那天已經失去了一個女兒。另一方面，我覺得他們似乎擔心，不曉得如果金和警察講話會造成什麼後果。我記得莎莉立刻把那件顯眼的外套脫了，換成她自己的夾克包在金身上。我並不覺得金和她妹妹的失蹤有什麼關連，我比較在意的是她父母到底怎麼想。

他們一副不認識她的模樣。

也就是說，他們和柔伊的朋友相處還更加自在。芬坦、魏琉，那些他們從沒見過的人。只要我在他們身旁，那種感覺就揮之不去。家人之間的活絡氣氛——尤其是柔伊和金的關係——淡薄到不行。

芬坦・墨非：

曼寧警官將我們都帶到一邊——也就是我、魏琉、莎莉和羅伯——問我們曉不曉得金跑去那裡——跑到市中心的建築工地——可能在那裡做什麼。我們都一頭霧水，而且我得老實說，其實我們還一心擔憂著柔伊。然後我看見金柏莉對著什麼在笑，在我們講話時往旁歪倒，恍若一縷渾身暗黑、化妝花掉從臉流下的鬼魂。在這可怕的一天，她卻那個樣子，微笑站在那裡。她沒穿鞋，兩腳好像被碎片割破，所以我表示，至少在她一頭倒地之前帶她上去公寓。

我主要是想讓她獨處。

和她一起走向大樓時我說，「有什麼好笑的？」她對著我皺眉，然後回過頭朝羅伯點頭，「我爸的頭髮。」當時他的頭髮才剪到一半。在那個當下，我真的笑不出來，但我想她是痛苦的。我忍不住想，要是警察和她爸媽都不在，這些詭異情況也沒有迎面而來，她可能會跟我吐露。很顯然她知道點什麼，曉得出了什麼事。在上去的電梯裡她甚至不肯看我，只是一個勁兒傳簡訊給某人，而且是非常非常憤怒地在傳。整個十五樓被破壞得亂七八糟，彷彿聖誕市集被丟了炸彈。我們一到金柏莉的房間，我就問她有沒有需要什麼，妳知道，就是有點刻意提起，「妳到底為什麼會跑到那個工地？發生什麼事了？」她看著我——看了很久很久。我想她是希望我離開，但我哪裡也不打算去。所以她開始在我面前脫衣服，我稍微轉過頭，但仍在等。最後她說，「我遇到個傢伙，只是得找個地方和他打炮。」所以我對著牆點點頭，走了出去。

金柏莉．諾蘭：

不管那時我說了或沒說什麼，都很顯然不是那樣。如果我無法對妹妹啟齒廂型車的事，無法告訴我的朋友，那我怎麼可能告訴一個昨天晚上才認識的男生？我想芬坦大概是同性戀，所以就開始在他面前脫衣服，想讓他不自在。我以為他會走掉，或至少轉過身，我就不用當著他的面撒謊。我覺得我說的是碰到某個人，可能還說了我們開始聊天之類的。但我絕對不會說我和某個傢伙「打炮」。

芬坦・墨非：

聽好，我來自一個誠實得幾乎暴力的家庭——我要強調的是暴力。所以我想，當我來到英格蘭、來到曼徹斯特，就某種程度可以說天真又愚蠢。我以為成年人能說出不加遮掩的真相——大人本來就是這樣。從來沒人這麼厚顏無恥地對我撒謊，至少這麼嚴肅的事情沒有。就某種程度，我一直認為金柏莉——這個說法可能不太公平——是撒謊大師、謊言製造機。

魏琉：

芬坦和金在一起的時候，安德魯・佛洛爾正可憐兮兮爬回來認錯，我們都站在外頭，警方正在組織歐文斯公園的第二次搜索——第一次他們什麼也沒找到。我們大概位於主要入口，他搖搖晃晃進來，頭上還戴著聖誕老人帽，衣服髒兮兮，襯衫撕得破爛，臉上被抓的痕跡觸目驚心。我對諾蘭夫婦還有警察提過這件事，也說到起了點爭執。是說派對上每個人都看見了，這不是祕密。

但就算是這樣……

親眼看到他的臉也是另一回事。只要看他一眼，絕對會認為他殺了她，操他的，他真的殺了她。我是說柔伊的父母這時甚至還沒見過這個人，根本不知道有他存在，可是我看得出他們都在想同一件事。諾蘭太太倒抽了一口氣，癱倒在她先生身上。

莎拉・曼寧：

當安德魯・佛洛爾回到歐文斯公園，我本人和兩名警官不得不壓制住羅伯・諾蘭。他不斷揮動雙臂，大吼大叫說「我女兒在哪兒？」由於我仍在瞭解最新狀況，還得別人來告訴我，我才知道安德魯是柔伊的男友。他的情緒無庸置疑十分低落，甚至令人擔憂。我們詢問是否能去隱密一點的地方和他談談，他只聳了聳肩說，「我也被逮捕了嗎？」我覺得這樣問很怪，但是我之後才突然想到，其實這滿不合理。他說「也」，暗示他知道金早先遭到逮捕，可是他們都否認和其他人說過話。

莎莉・諾蘭：

一看到那個男孩，我的心就像被撕成兩半。我知道發生了一些不祥的事情，我還記得這個感覺深入骨髓。我這樣想：我再也見不到我們的柔伊了。

魏琉：

在這一刻之前，芬坦都還十分堅強。我們當天早上才第一次見面，不過他顯然長了一顆聰明的腦袋瓜。雖然他再度從大樓下來時好像有點煩亂，似乎被什麼東西嚇了一跳。我很遲才開始擔心金——先前的一切都太混亂——所以我問他怎麼了。芬坦好像說了些什麼，可是當時我實在聽不太懂。他遠遠望向草皮，看著一片空無說，「大家每撒一次謊，就該給她一次版權金。」

11 抓痕

莎拉・曼寧：

這起行動在一開始只是簡單的失蹤人口協尋，卻在當天快速升級。柔伊失蹤案周圍產生各種詭異情況，外加金被逮捕、安德魯身上的傷，此外還有兩人一齊表現出的異常舉止。再者，柔伊的幾名朋友都無法解釋他們當晚的行蹤。另外，基本上完全聯絡不到傑・馬哈茂德。我們在柔伊房間搜索指紋，得到的結果並未顯示她有事先計畫——她沒拿皮包、手機，也沒換衣服就離開——屋頂和整棟建築裡什麼都沒找到，就連再擴大範圍到歐文斯公園也一無所獲——除了她的手機。這則沒寄出的訊息明顯是要傳給傷害她的那個人。

上面說你怎麼可以這樣對我？

詹姆斯探長和她父母談話時就知道此事，他問他們對於這個訊息的含意有無頭緒，柔伊過去有沒有類似的事情發生。諾蘭先生斷然表示沒有，不斷強調柔伊「徹頭徹尾是個正常人」，一定是有人抓走了她。

莎莉・諾蘭：

我讓羅伯去告訴他們所有細節，因為我根本無力開口或思考。但是，當他們問柔伊最近有沒有奇怪舉動，承受什麼壓力，他搖頭時我非得插話不可——「那個，稍等一下。她六個月前自殘，最近非常沮喪。」於是羅伯看著我，一副我在侮辱她的模樣。

魏琉：

警察偵訊我的時候不斷提到柔伊手機上的訊息。你怎麼可以這樣對我？我明白告訴他們派對上發生的事情、那場爭吵、柔伊要我到屋頂上找她。可是我立刻後悔，因為他們馬上下了結論，「所以那個訊息一定是寄給妳的。」

山姆・利蒙德：

那天我和雅莉絲講電話，聽起來好像早上就開始進行全面性搜索。她說她和警察談過，告訴他們她很擔心柔伊的舊筆電，並且認為那就是拍攝性愛影片的電腦，還強調魏琉最近成了那臺筆電的主人。

我也想同意小雅的觀點，我真的想。可是她當時非常躁動，也許還嗑了什麼。我不曉得警察會信她多少。小雅吃的處方中有抗憂鬱的克憂果，可是有時如果我不在，她就會和其他東西混著吃。

魏琉：

我對雅莉絲從來不抱任何惡意，因為她很顯然經歷過一些事，精神狀態不佳。我對警察只說，「先把性愛影片放一邊——柔伊為什麼要寫訊息給我？如果她分明知道我要上樓找她？柔伊雖然安靜，但她不是啞巴。她不需要走到哪裡都隨身攜帶小黑板，不用像維多利亞時代的啞巴那樣，把想說的話一個字母、一個字母拼出來。」

所以我告訴他們我的想法。

你發簡訊——會發給當時沒和你在一起的人。例如你姊姊。也許包括搶在你那支萬惡影片洩漏給全世界的幾秒前離開建築物的人。誰會寫沒有收件地址的訊息？很顯然有人把收件人刪掉了……

金柏莉．諾蘭：

警察再次傳喚我時我已經洗了個澡，可能還睡了一小時。他們想知道我在柔伊手機上找到的簡訊有沒有可能是給我的？還有我們有沒有吵架，有沒有發生什麼問題。我問他們為什麼這樣想，他們直接了當表示「有些人」提及我們之間的緊張狀態。他們不肯吐露是誰，可是那是她失蹤當天，要讓我們起內訌根本不用花多少時間。

魏琉：

我個人從來不懂，為什麼唱那些歌的饒舌歌手會那麼不爽有人和警察咬耳朵。如果你沒做錯事，應該沒什麼好怕不是嗎？所以我樂於告訴他們我看到什麼、又聽到什麼。還有，坦白說，金在柔伊身邊已經忍了好一段時間。誰都會這樣講。她不喜歡柔伊的裝扮、她聽的音樂，或她的朋友。然而不知何故，她卻老是對我們跟前跟後……

金柏莉・諾蘭：

我必須為自己辯白，可是這麼做往往會讓人覺得你有做錯事，尤其你也確實產生罪惡感，而且剛剛被逮捕。我就說隨便你們怎麼想，可是我從來沒亂改柔伊的簡訊。如果我想避免被懷疑，直接刪了整個訊息就好。我覺得留下簡訊是為了盡可能引發質疑。然後，我猜柔伊從大樓失蹤和我在工地被逮捕之間大概有個幾小時間隔，他們對這段空白非常執著，可是我真的說不出口我為什麼在那裡，或者在做什麼。我記憶一團模糊。此外，警察怎麼也無法理解的還有我和柔伊——我們這對雙胞胎——本來就是獨立的兩個人。有些探長還真的問了我們誰是壞雙胞胎。雖然我知道他在開玩笑，但真的是，夠了。

我必須解釋我們是獨立個體，對他們解釋柔伊的音樂嗜好、她的自殺傾向，一開始我們為什麼住在一起。我必須解釋自己為什麼覺得不能讓她離開我視線，還有——沒錯，以及為什麼這會讓我們的關係變得更棘手。接著我見到他們看我的眼神亮了起來，「等等，所以她不是自己想這麼做，之前那是一種求救訊號？」負責的警官詹姆斯只是看著我說，「好，很合理，所以她為什麼要求救？家裡發生了什麼事嗎？」

莎莉・諾蘭：

我想我大概跟他們講了整整五分鐘才暫停，「等一下，你為什麼要問我羅伯的行蹤？」

羅伯・諾蘭：

我在斯托克波特的酒吧表演，那是一場聖誕派對，距離法爾洛菲德大約開車十五分鐘，距離家裡四十五分鐘。我大約一點回去，清晨一點半，很顯然有充足時間在她失蹤當晚來回法爾洛菲德。我不確定我到底是能對她怎樣，又為什麼要這麼做。這太冒犯人了。我睡眼惺忪，帶著剪了一半的頭跟他們講話，所以忍不住大發火。即便到現在我還是很生氣。他們浪費時間跟我講一堆有的沒的，我女兒卻已經失蹤十二個小時？我說，「那個臉上被我女兒抓花的臭小子在哪裡？你們為什麼不去找他談？」

魏琉：

安德魯生了個典型上流社會英國人的大鼻子，讓人覺得他鐵定有辦法聞到轉角的氣味。他也老是看不起柔伊，覺得她什麼都不夠好。他會糾正她，嘲笑她的品味，之類之類。有時你會覺得他根本不喜歡她。既然這樣，為什麼還要常常和我們混在一起？我就說，「他就在那個愚蠢的性愛影片裡面，與其說我，他流出去還比較有可能，比起任何人可能性都高。柔伊搞不好是傳簡訊給他，問他怎麼能這樣對她。」

莎拉・曼寧：

我們是在當天下午得知性愛影片的事，是雅莉絲・威爾森告訴我的。可是她顯然處於某種藥物的影響下，到底想表達什麼，我有些難以理解。當我找魏琉談話，她證實了事件的大致輪廓。

當我發現大樓門廳有兩個學生邊竊笑邊看手機，我親眼看到了影片。很短，只是一個片段，但是目擊它被流出公開，對柔伊來說一定非常崩潰。其中一個小鬼還模仿安德魯，一遍又一遍說著「噢柔伊、柔伊」。

安德魯・佛洛爾：

我想，就是因為這樣我才流落到這個臭得要命的破警局，「據說」我隨時可以自由離開，只不過我和門中間隔了三、四個野蠻人，並得在宿醉又沒睡覺的情況下解釋我的性生活。更重要的是，我在魏琉也在場之下說的每一句話，在我面前被一字不差地朗誦出來，卻巧妙地遭到去脈絡，所以我變成有種族歧視、性別歧視、他媽的痛恨柔伊的傢伙，之類之類。魏琉會記得我在她旁邊說的每一個字我一點都不意外，因為她對柔伊的心結就和所有人一樣深。她沒有自己的生活，沒有社交技能，唯一的樂趣必須透過他人才能獲得。無論那時還是現在，她都和水蛭沒兩樣。而在我看來，比起滿腦子只有一件事的男友，她的毀滅性更強烈。最重要的是——讓我們回到主題——柔伊打我的時候從來沒提到和那支該死影片有關的事，而且有一整屋的人可以作證。

魏琉：

我認為柔伊對影片的反應算是相當明白了。

安德魯・佛洛爾：

真相是，不只我沒見過那段操他的影片，我手上甚至也沒有。我沒檔案，什麼都沒。手機上沒有，筆電上沒有，哪裡都沒有。

魏琉：

我們就稍微遷就安德魯的說法，假設他沒把影片漏出去，是別人做的。但仍是有一堆人看見柔伊一見影片立刻抓花他的臉。他以為我們會相信這兩件事沒有關連嗎？她沒那麼強壯，不管安德魯・佛洛爾想怎麼強調她很壯都沒有用。

安德魯・佛洛爾：

我根本沒有說過柔伊腦袋比我差，也絕對沒說她很壯。硬把那些帽子扣到我頭上也太扯了吧。我油嘴滑舌嗎？沒錯。憤世嫉俗？算我一份。大家爭先恐後加入這種假哀悼的過時習俗，可是我拒絕加入，而且你們沒有資格說我是他媽的傲慢鬼。我們的反應——思考和感受都不一樣。不管魏琉想用什麼方式哀悼——去他的焚香、燈籠那些鬼還是凱蒂貓棺材，隨便都好——我也不會將她的行為去正當化。但不管她那詭異的柔伊聖人信仰多讓她自覺在道德層面高人一等，科學都證明這麼做沒辦法讓人起死回生。

噢，我講到哪了？

總之，我推測警察認為那則簡訊很重要，因為他們在性愛影片和簡訊感應到某種因果關係，認為不管流出影片的是誰，都是柔伊簡訊要寄的收件者。我一同意交出手機、筆電、學校的登入資訊給鑑識組——這裡補充，回來的所有結果都清白無瑕——他們應該都對我是真凶的想法稍有動搖。不過他們的下一個問題當然是——「好，那你覺得是誰流出影片？你認為簡訊可能要寄給誰？」

金柏莉・諾蘭：

大概在我覺得偵訊告一段落的時候，他們將重點轉到我身上，想問我經歷了什麼。我以為他們同情我。他們說背負必須照顧妹妹的重責大任，對我這個年紀的人來說相當沉重，我也同意。然後他們突然畫風一轉，「妳說不定寧可在聖誕節做些自己想做的事，也不想當妹妹的保母，」聽到這句話，我抬起頭。詹姆斯靠了過來，一手蓋住我的手，「如果沒有柔伊，妳的人生是不是會更輕鬆？」

哈利・福爾斯：

她失蹤那天早上，當警察挨家挨戶問問題，我們都坦白說出安德魯怎麼講柔伊。基本上他沒有很喜歡她。好比他會說「有人看見我的耳塞嗎？我要去大樓那邊了。」有一次，我們有人問，既然他那麼不滿，為什麼還要和她在一起？他就說——我發誓句句屬實——他說，「相信我，我不會和她在一起太久了。」

安德魯・佛洛爾：

沒有錯，哈利，我的室友，他告訴他們我不喜歡柔伊，說我一個月前就想和她分手，但沒種實踐諾言。他們開始試探，問說如果她某天就這麼出去，再也沒回來，我的人生是否會輕鬆一點？我就想，對，確實合理——不是嗎？因為和一個被人跟蹤的女孩分手，我會產生社交恐懼，很顯然最簡單的解法就是打爛她腦袋然後燒了她屍體。所以我就說：「那就希望我不會被這些問題無聊死吧，不然我可能會殺死我本人，好藉此逃離警局。畢竟我都是用殺人來解決我他媽的所有問題嘛。」

莎拉・曼寧：

安德魯完全不打算討好負責調查的警官。

魏琉：

我當然提出了九月柔伊的內衣褲被偷時有打電話找警察，後來也在派對發現內衣一直在傑口袋裡。所以他們開始問我，柔伊的簡訊會不會是要寄給傑的？說不定是因為那些事，說不定柔伊認為流出影片的就是他。

安德魯・佛洛爾：

他們接著談到傑時我鬆了一口氣，「那你其他室友呢？那個一直偷她內褲的？可能是要寄給他嗎？」

魏琉：傑？這好像也不是多瘋狂的想法。他對她似乎有種單方面的執迷，而我覺得他搞不好用了什麼方法從安德魯那裡拿到影片。畢竟他顯然很愛從柔伊那裡偷東西。

安德魯・佛洛爾：我想了想，稍微解釋了一下傑和柔伊其實互不相識。

魏琉：是說——不對，說實話，先等一下——柔伊和傑是沒有那麼熟，你怎麼可以這樣對我？我覺得那是你會對在自己生活中的人說的話。

金柏莉・諾蘭：是說——不對——傑之於柔伊更像是朋友的朋友。我甚至不確定他們有沒有講過話。

魏琉：是說我們不過和傑出去一晚，他就喝到那麼醉，還被踢出夜店。警察對這件事很感興趣，

「他為什麼會被踢出去？」所以我說，「噢，就是──就是他跟人打起來了。」然後他們又再次表現出超高興趣，我就說，「可是不是他挑起的。」「噢，那是誰？」我就說，「其實是這樣，傑在舞池和某人的女友調情。」「那個人就生氣了？」我告訴他們事實上傑對著那人的臉吐煙，他們眼睛就瞪得越來越大，我默默想要倒退，反覆重申傑和柔伊其實互不認識。就我所知，他們從沒正式講過什麼話。

那個時候，他們說：「那麼，她手機裡存了他的號碼會是因為什麼理由？」

金柏莉．諾蘭：

「柔伊昨晚打了三次電話給他，會是因為什麼理由？」

安德魯．佛洛爾：

「那麼，你的女友怎麼會一週兩、三次和這個人私下見面？」基於警方有他們之間的簡訊和電話作證據，這是我難得被嗆得無言以對的時刻。

From: evelynidamitchell@gmail.com

Sent: 05/02/19 17:18

To: 你

喬瑟夫・諾克斯 <joeknoxxxx@gmail.com> 於 2019 年 2 月 4 日 週六 寫道：

這真是太開心了。真的非常、非常、非常高興見到妳，我們應該更常見面。[redacted]再次謝謝妳寄給我第二部分，現在沒有太多時間讀，不過放心，它很安全。

我剛看完第十一章。

妳有發現魏琉說安德魯曾經挑剔柔伊的英文嗎？如果我記得沒錯，亂搞柔伊文章的人也說了同樣的話。對我來說，羅伯・諾蘭抵達歐文斯公園的早上剪了頭髮也滿詭異⋯⋯

如果可以有個備忘，用以參考柔伊失蹤當晚每個人的行蹤，應該會有不少幫助。妳有這樣的東西嗎？

保重。

喬 X

嘿，他[redacted]

這個觀點很有意思re：安德魯糾正柔伊的英文。文章裡說：「用太多代名詞……」

<u>不在場證明的備忘如下：</u>

安德魯・佛洛爾：無不在場證明（他說他在聖誕燈飾那兒晃來晃去）

芬坦・墨非：和傑一起離開大樓（傑醉到不記得了）。那晚他住在室友康納・蘇利文那裡，然後十七日早上回到歐文斯公園，回去拿派對用完的音響。（康納確認了芬坦當時的不在場證明，但如果能和他談談會更好。）

傑・馬哈茂德：無不在場證明（說他待在回家的朋友塔力克住處）

金柏莉・諾蘭：無不在場證明（她說她在安德魯和傑吵架後就離開派對，接著在大樓裡找柔伊——很明顯獨自一人，然後在她於工地被逮捕之前，有幾小時行蹤不明）。

魏琉：在大樓外面的人群裡。

羅伯・諾蘭：無不在場證明（在斯托克波特做聖誕音樂表演。莎莉睡下後回到家，所以很可能比他供稱在外面的時間更久）。你對他剪頭髮這件事的看法滿有意思……

莎莉・諾蘭：我猜，畢竟羅伯不在，我們也得將她視為無不在場證明？

我正馬不停蹄地進行下一部分，不過和你見面好像給我打了一劑強心針。[redacted]我們再約。

伊X

12 特殊關係

當調查進入第二天，浮上檯面的證據顯示，柔伊人生中的祕密關係不只一個。

芬坦・墨非：

那天驅使我前往校園最主要的原因是：我無法面對歐文斯公園又一次一無所獲的搜索行動。在我看來，我們已經知道柔伊不在什麼地方。我那天晚上本來應該回家過聖誕，亟需見我媽一面，只是沒辦法接受毫無貢獻地離開。那天是週日，十二月十八，我不確定馬丁・哈里斯大樓——就是音樂和戲劇系所在的大樓會不會開，看到柔伊的指導老師漢娜・多徹蒂坐在桌前的機率也小之又小。當我看到她，感覺就像千載難逢的好運，我甚至以為走進去時也會看到柔伊。不過這當然只是一連串事件的結束、另一連串事件的開始罷了。

金柏莉・諾蘭：

柔伊和我去曼徹斯特後其中一部分的墮落在於學習層面。基本上我會去上課——皺著眉頭、硬著頭皮讀書，絞盡腦汁想辦法聽懂。我是喜歡讀書，可是我從來不屬於課堂。我混在裡頭——我都忍不住懷疑那些老師有沒有辦法說出我叫什麼名字。但柔伊的指導老師好像真的從她身上看見某些才能，尤其是其中一名老師。柔伊說她們無時無刻不在互通email，上課之外的時間也見面，打電話聊天，之類的。

安德魯．佛洛爾：

沒錯，多徹蒂小姐——事實上，柔伊不只一次取消我們預定的行程配合她：晚餐、喝酒、就連演唱會和表演都是。我的老師只會叫我閉嘴。

莎莉．諾蘭：

柔伊打回家時總是在聊多徹蒂小姐。羅伯在網路上查過她，確認過她的資格證明。我想他是覺得她對柔伊抱持的特別興趣，有如他在她身上看到潛力的鐵證。

芬坦．墨非：

我發現她不但年輕，人也十分友善。事實上，她和我聽到的描述完全符合。當我提到柔伊，她的表情真的亮了起來，並且說，「噢，我一直在等這個呢。」

漢娜．多徹蒂教授，柔伊的指導老師：

噢，柔伊．諾蘭在我看來有著某種魅力。通常每年會碰到兩、三個這樣的學生，他們就是很突出。只是，很不幸，就柔伊的狀況，她的突出並非是正常理由。她完全沒和我聯絡，也沒出席應該參與的每週會談。所以當這位瘦弱的愛爾蘭男孩在聖誕假期前夕踮著腳尖走進我辦公室，我就想，啊，所以這就是柔伊．諾蘭的男友，她本人大概正站在外面走廊，太害怕不敢進來。只是到最後真實情況有點落差[1]。

羅伯．諾蘭：

當他們告訴我這件事，我說「她撒謊」。我一說完她撒謊後就離開房間。我還記得那股高聳入天的巨大恐懼感矗立在面前，因為我怎麼也想不通怎麼會有人——尤其是一個老師——會對這種事情撒謊。

芬坦．墨非：

我想我應該跟她說她一定是誤會了。我拿出手機，給她看臉書上的照片，問，「妳不認識這個女生？」

漢娜．多徹蒂教授：

於是我向他保證，我這輩子從來沒見過她。我解釋自己之所以認得她的名字，只是因為她在我黑名單上——就我所知，她從沒出席過任何一次課堂、講座、或工作坊——都沒有。我不斷地

1 作者註：漢娜．多徹蒂教授的訪問由喬瑟夫．諾克斯進行，並於二〇一九年加入伊芙琳的書稿。

寄各種email和信件，想確定她到底有沒有來大學。當然，從住宿組那裡我得知她有來。她的朋友墨非先生相當震驚。他在另一個層面上令人印象深刻，他似乎比這個年紀一般的人成熟許多。他十分積極替柔伊說話，也很討人喜歡。

他對我解釋她失蹤了，然後希望我提供出席紀錄、往來信件──隨便妳說。我印象中他甚至問了那堂課其他學生的email，想證實柔伊真的沒去上課。但是我好聲好氣地解釋這牽涉到私人資訊，我可能和警察談會比較好。

金柏莉·諾蘭：

學校幫我父母將十五樓另一間公寓清空，讓他們在獲得柔伊消息之前可以在那裡度過聖誕。我沒有說話的餘地，可是實在不建議這麼做。搞到最後我們要不是聚在這間廚房就是那間廚房，傻看著油漆從牆壁剝落。雅莉絲在這裡又多待了幾天，慢慢從派對上嗑的不知名玩意兒清醒過來。所以有一陣子這裡共有五人。我、我父母、雅莉絲和魏琉，大家好像都在等待些什麼，例如芬坦和曼寧警官突然衝進屋中。

莎拉·曼寧：

芬坦上氣不接下氣地回到大樓，叫我打給柔伊的指導老師確認──但是我有點聽不懂他什麼意思。我一打電話、一聽多徹蒂教授進一步解釋情況，就立刻意識到我們顯然得和她家人朋友談談。我對他們提到漢娜·多徹蒂的名字，所有人都頻頻點頭，好像在說，「沒錯，她們很要好。」

因此，當我告訴他們柔伊與漢娜．多徹蒂根本沒見過，也同時仔細觀察每一個人——要不這真是一大新聞，要不他們都是金像獎最佳演員。羅伯．諾蘭說她是個騙子，風風火火衝了出去，金連想說什麼都沒整理好就開始指責芬坦，她大吼大叫地說，「但你是她同學，你和她是在課堂上認識的。」

芬坦．墨非：

我和柔伊是在新生訓練認識，之後我們一起去參加合唱與交響社團的聚會，不在校園內，而是聖克里斯托姆教堂。我們並沒有真的在任何狀況下處於同個單位裡。當所有人正在努力消化漢娜．多徹蒂的情況，負責聯繫的警員莎拉敏銳地開始評估，觀察我們遭遇如此巨大的誤解時都做出什麼反應。更精確地說，她是不斷詢問：「那麼柔伊空閒時間都在做什麼？她白天是怎麼過的？她有待在公寓裡嗎？」

金柏莉．諾蘭：

可是嚴格來說情況相反。大多早上，她會準備就緒、然後出門，比我們其他人、任何我認識的人都勤奮。下午也一樣，就連不必去學校的週末也一樣。

魏琉：

就我所知，柔伊是為了學習而活。我從沒見過同齡人這麼積極。

金柏莉・諾蘭：

然後我們開始看著彼此，我、我父母、芬坦、魏琉和雅莉絲。我甚至不記得是誰開口，但我們都在想著同一件事：所以她都在哪？這些時間她到底都去了哪裡？

安德魯・佛洛爾：

怎說呢，講到那些抓傷時警察都非常同情，關心我還好嗎？他們叫我一定要去看醫生、接受治療之類的。之後他們當然替傷口拍照，好像這些傷隨時都會跑不見——然後就馬上跳到新歡話題：傑和柔伊，在樹下，**做愛愛**[2]。

所謂的關係特殊。

他們的要點是：那兩人在我背後偷偷來了好幾個禮拜。打電話、傳簡訊、見面——亂搞。我反覆重申，很明顯我對此完全不知情。他們問我為什麼很明顯，我說，「因為要是我知道，一定會有所反應，不是嗎？」然後我就發現他們看我的眼神立刻變了。他們說，「噢？那麼你有了什麼反應？」

莎拉・曼寧：

詹姆斯探長、小組和我合作無間。我們都認同安德魯想結束和柔伊的關係卻不能如願，並非柔伊失蹤主因。所以我想，我們早早就排除了這個可能。但他確實性子暴躁，也可以非常傲慢，也將自己對掌控權力的欲望投射出來。此外，眼下他女友和他好友有染的可能性也越來越高。就我們看來，他因為抓包兩人而暗生怒意，感覺是更有力的動機。

安德魯·佛洛爾：

我跟他們說要是我早知道她出軌，早就袖子一揮走人了不是嗎？這完全可以解決我去他的所有問題。

莎拉·曼寧：

雅莉絲·威爾森告訴我們一件很有趣的事——她撞見安德魯和柔伊正在拍的那支走漏的影片。就我過往經驗，雅莉絲確實狀況時好時壞，但她顯然非常、非常擔憂。而且我記得，為了讓同事認真看待她的意見，我花了很大工夫。不過他們一正眼看待她，就不由自主坐好細聽。

她說她走進去撞見兩人的瞬間，柔伊一副怕安德魯怕得要死的模樣。在這類案件中，伴侶向來排在嫌疑犯名單第一位。不過我得說，安德魯就是因為這個緣故被當成重點人物。而且我認為，在某些警察的紀錄中，直到今日他仍是重點。

2　譯註：改自美國兒歌 *The K-i-s-s-i-n-g Song*。歌詞原是「（女孩的名字）and（男孩的名字），sitting in the tree, K-i-s-s-i-*n-g*。安德魯改為F-U-C-K-I-N-G.

羅伯・諾蘭：

從一開始、從我們到那裡的第一秒鐘，我就強調：要上新聞、要上報紙，要讓關注度持續沸騰，要對抓走她的混帳施加壓力，然後保持這種氣勢。

莎拉・曼寧：

諾蘭先生基本上在抵達的第一天下午就想開記者會，但詹姆斯探長成功說服他放棄。在第一個二十四小時，我們還不能那麼確定柔伊是否真的失蹤。

雖說，第二天一切都很清楚了，無論我們說了什麼或做了什麼，記者會都勢在必行，而那時的時機也差不多，我們得讓大家看到柔伊的長相。

安德魯・佛洛爾：

一開始我努力幫傑說話。雖然我們不歡而散，我仍覺得他們誤會了他。儘管這件事我很晚才解開心結。警察開始把他們——就是他和柔伊——往來的訊息讀給我聽，我從來沒有過這種感覺，等不及見面了，同樣時間、同樣地點，諸如此類。突然之間，他們把他說成某種浪蕩壞男孩，危險壞男人。我說過傑可能也有他的祕密，但其中可不包括危險。

他們說「聽說他脾氣很差，有暴力傾向。」我才糾正他們的錯誤想法，他們就插嘴問他身上那些傷口瘀青怎麼來的。我告訴他們他受到的辱罵，還有接著發生的圍毆；我告訴他們我們有報警，雖然——哇真是太驚訝了呢——那位「屎腦筋」警官從沒上報此事。我努力挽回，告訴他們打架不是傑的錯，他是在拍照的時候被人偷襲，可是他們只問我怎麼這麼確定。我說「他幹嘛說謊呢？」然後他們就告訴我打從柔伊失蹤，有幾個人出面說了一些事，關於傑給校園帶來負面影響，例如他販毒，或偷窺女生。我說那些胡說八道都是亂猜測，是那些惡毒的海報宣傳帶來的後果——而且正好就是柔伊內衣被偷後和我們接觸的那個警官搞的。

莎拉．曼寧：

我聽說安德魯當時一直重複這個指控，我只能告訴妳，我跟相關警官談過話，應該可以很確定地說完全不是那樣。讓我更感到不安的情況是跟蹤柔伊的人看見她和傑的關係，心生嫉妒，所以採取行動，直接消除這個威脅。

妳思考一下。

有人發起串聯要求傑離開校園，有人很明顯打了他一頓，明顯弄壞他相機。如果你相信傑對於這些事件的說法，很可能也和柔伊一樣，面對同一個走火入魔的傢伙。

安德魯．佛洛爾：

我從來沒親眼看見、聽見傑任何暴力行為，所以就不亂推測了。他們說：「所以那天你不在第五大道夜店嗎？」我聳聳肩，跟他們說我沒有寫日記的習慣，但可能有去吧。然後他們就進一步談到他喝得爛醉、從那裡被拖出去的事。我說：「所以呢？」我得說，我覺得大家都一樣淪落陰溝，只不過有人是埋在自己的嘔吐物中。可是不對，在他們的說法裡，傑在舞池裡試圖強暴女生，我告訴他們他不是這種人。他們則問有沒有可能濫用藥物也造成某種影響？他們問我有沒有親眼看過傑吃藥。

哈利．福爾斯：

那個，大家都知道傑在販毒。

莎拉．曼寧：

一知道傑．馬哈茂德在校園販毒，我立刻表明對雅莉絲．威爾森的擔憂。她似乎十分脆弱，而且我們第一次見時她很顯然正在用某些藥物。不難想像有人會把她當目標。

哈利．福爾斯：

傑好像把現金給了某個超級幫派分子的傢伙，在歐文斯公園那條路過去的大中央，我也這樣告訴警方。接下來我就突然得狂看一堆罪犯大頭照，努力把這人找出來。

安德魯．佛洛爾：

請不要忘記當時我已經超過二十四小時沒睡。柔伊和傑都不見人影——顯然搞在了一起，而警察認為責任在我。他們丟我一個人一會兒，大概一小時左右，然後回來拿出一堆兇惡大漢照片逼我看，把他們的紀錄一個個告訴我，說這個人殺了人，這個人強暴一個女孩。全是毒販，要不強暴女人，或強暴男人——也有小孩。然後全都合理懷疑是和傑合作的人。警方告訴我他們懷疑傑把毒品賣給無助的年輕女子，強占她們便宜，我的腦袋簡直轉得和陀螺一樣，臉也好痛，我想吐。我不算很認識他，但覺得他品格不差，這讓我好混亂。最後我說，「聽著，除非我是真的被逮捕，不然我想找人談談。我想回家。」

他們承認手中並沒有足以立案的事實能扣留我，所以聳聳肩，說我可以自由離開。我根本不知道我在哪兒或在哪一站，或者我在他媽的城市裡哪個區域。我好幾小時沒見到自然陽光，所以我出去到走廊上，打給我父親。那是我們六個月來第一次說話。之後，我走到了街上，可能哭了出來，尿溼褲子，然後看見羅伯．諾蘭——就是柔伊的爸爸——直朝我走來。

莎莉．諾蘭：

我和羅伯的計畫沒有任何關係。他告訴我他打算做什麼時，我眼睛不知道要往哪裡擺。我在想，你到底是什麼人？你腦袋到底在想什麼？

羅伯．諾蘭：

我要舉行的記者會是在明天，柔伊失蹤後的第一個星期一。計畫是要懇求大家提供資訊，讓她的長相擴散出去，讓所有人都知道她的家人是說真的。我要警察也聽清楚這訊息。他們打從一開始就爛到爆，爛透了。花了很久時間才認真看待——甚至搞懂柔伊絕對不是一個字都不說就逃家的人。所以我用盡所有方法對他們施壓，而且也奏效，因為他們最後給我擠出了個名字和某種策略。

他們問，是否可以在記者會中加入一件事，請一個年輕人出面，他叫傑・馬哈茂德。後來新聞上有一些關於種族相貌判定的東西，好像有點什麼，其實什麼也沒有。我不懂，我才不管你是黑的白的還綠的，我只說，「當然，太棒了，我們終於有點進展了。」所以一部分的我確實想要安德魯和我們一起亮相——他很顯然是傑的好友。我想這也許能讓傑快點公開露面？

但我知道我什麼線索都不能放掉。

當我看到那孩子——安德魯的臉，我女兒在他皮膚留下的抓痕，根本沒有任何事情能說服我他與此無關——完全沒有。我想其他人可能多少也有同樣感覺，所以我決定把他拉到鎂光燈下——他，那些抓痕，還有其他東西。我想，就讓全世界來決定，然後我們再來看看他會不會比較願意開口。

莎拉・曼寧：

如果我沒勸羅伯和安德魯不要這麼做，就不算善盡職責。我試著拿出一些理由告訴羅伯，說服他這麼一來會將記者會變成一場秀，像馬戲團一樣，但我認為他就是喜歡這樣。他要用這種方法掌控話語權，讓大家明白他才是主導大局的人。

而安德魯，我只是讓他看看我們在警局幫他拍的臉部照片，問他覺得大眾看見會作何感想。很不幸，這麼做沒用，他注意力都在別的地方。他想要模仿他認為一般人會有的舉動。問題在於，無論如何安德魯・佛洛爾都不普通。我並沒有帶著先入為主的偏見，只是在陳述一件事實。

百分之九十九的人根本難以想像他的背景：生日禮物是重機，聖誕節去滑雪旅行。因此這表示當他試圖模仿正常人的行為模式，要不是做得太過，就是有所不足，因為這些對他太陌生。這和說外語並不一樣，他所做的是模仿別人說外語。所以他最後說，「她的家人希望我幫忙，我怎麼可能拒絕？」而我想對他大喊，「你當然可以拒絕，因為那一定會毀了你的人生。」

安德魯．佛洛爾：

我打給我父親，但他沒空說話，只把我轉給李普森，就是我們家的律師。所以當我離開警局、走向羅伯．諾蘭，我大概是過度感情用事、過度愚蠢。我眼中只看見一個操控一切的父親，為了孩子用盡所有方法。當他對我伸手，我就握住。現在回想，我應該叫他把手插進他屁眼才對。

13 壓力之下

柔伊失蹤案調查第三天，諾蘭一家的記者會逼著一行人進入鎂光燈下，並帶來災難性的後果。

羅伯・諾蘭：

你會忍不住想走進去大吼；這是第一直覺反應，你會想和大宇宙對抗。接著你又覺得一定要和幹出這種事的人談談——不管他是誰——都要和他做交易、講道理。說其實不用把警察牽扯進來，你可以安靜處理此事。只要讓你的孩子回家，其他一切都沒有關係。

莎拉・曼寧：

對於諾蘭一家，我們簡單提醒他們切勿做出過度情緒化或激動的要求。從目前情況得知的一切，在在告訴我們不要輕易尋找戰犯，不要做任何煽動或指控的陳述。我們要他們申明對女兒的愛，和柔伊分離多麼痛苦，也許可以清楚地闡述由於無法確認她的安危，心情有多沉重。這場戲的重點是要賦予失蹤者和家人人性。我們都知道，會抓走年輕女子的個案很可能暫時或永久無法產生同理心，是沒有一絲同情心的人。我們要試著和他們直接溝通，聲明「這是一個活生生的人，請小心對待。」這樣的訊息就夠完整了，甚至什麼花招都不用玩。

羅伯・諾蘭：

這和你當下的想法感受完全相反，因為你明明曉得有人做了一些事，知道你的孩子不是逃家。那種情況所有家長都很清楚，只要有什麼不對勁，他們一定知道，我和他們心情相同，而這大概是全世界最糟糕的入會資格。所以我對自己說那只是一場表演，藉此撐過去，只要把臺詞背熟、念出來就好。可是我他媽的什麼線索都不會放掉。

安德魯・佛洛爾：

記者會早上，我稍微睡了一下，然後看著警察幫我的臉拍的照片。曼寧警官給了我一張，而我開始理解她是什麼意思。我試圖告訴羅伯・諾蘭，表示讓我這樣一副被貓抓過的模樣站在那裡，可能會分散注意力。

羅伯・諾蘭：

我說，「你非上去不可。如果柔伊在看，而且因為打了你感到抱歉，看到你希望她回來，她也沒有惹上麻煩，就會非常重要。」

安德魯・佛洛爾：

我有點想說我不認為她會因為打了我而抱歉，羅伯直接打斷我、拔高音量、用早就知道答案的問題對我猛攻。如果其他舉動沒用，他會拿出年齡、他所謂的人生經驗來壓人。有幾次他甚至吼到我只能閉嘴。在這方面，他讓我想到我的父親。他要別人把自己的話聽進去，按照他的指示。他告訴我不需要問太多問題，此外還說警方現在希望我上臺，他說他們要我呼籲傑出面。

莎拉．曼寧：

絕對沒有人告訴羅伯．諾蘭說需要安德魯呼籲傑出面——嚴格說正好相反。

莎莉．諾蘭：

安德魯不太願意，我們都看得出來。所以羅伯說，「你別擔心，如果有人講了什麼，我會清楚表示那些抓痕和這件事一點關係都沒有。我們認為你是這個家的一分子——你非常勇敢，這麼做是因為我家柔伊很愛你、你也很愛她。」

安德魯．佛洛爾：

雖說那好像不是個澄清的好時機，「呃，其實我覺得她應該沒事……」

羅伯．諾蘭：

如果莎莉說她這樣講，那麼我只能說我們看法可能不同。那天、那個星期、周遭一切好像都混亂一團，但我不認為我有對安德魯做那種承諾。如果現在講得不夠清楚，我就再說詳細點。我就是大家說的那種老派作風——我言行一致，絕對一致。

金柏莉・諾蘭：

記者會是星期一早上的第一要務，十二月十九日，柔伊失蹤的第三天。你真的會忍不住猜想她人在哪裡，又發生了什麼事。那時我們沒有一個人停下腳步、睡個覺或吃個東西，我們整個被淘空，神經緊繃，其實沒有什麼說話。因為每件事——每件事都可以吵起來。我們住在歐文斯公園那個擠得要死的地方，每次有電話響起或有人走進房間，我們都覺得他們找到她了。有時候你會覺得是壞消息，有時又覺得是好消息，但不太可能會什麼也沒有——不可能連一點消息都沒有吧？但就是那樣，每次都是。

魏琉：

所以那簡直像是一列上上下下、不斷失望、令人筋疲力盡的雲霄飛車，即使什麼事都沒發生。當然對父母而言——他們一定會忍不住胡思亂想，擔心她不知道人在哪裡。我這麼說是想解釋一下，為什麼進行記者會時他們一副落魄邋遢的模樣。諾蘭太太好像擔憂到老了好幾歲，像等待出外捕魚的丈夫那樣看著遠方；諾蘭先生——羅伯——則一副拚命忍著不尖聲吼叫的樣子，頭髮亂七八糟、沒有一處整齊。然後外加極度蒼白消瘦、暫時剃掉哥德外表的金——但仍頂著黑色平頭。轉到後方，你會看到安德魯，簡直像是全世界最失敗的強暴犯，臉上到處是抓痕。

如果我在家裡看到這畫面，不知道他們的身分，很可能會想，哇，*我覺得他們可以結案了*。就直接把鏡頭上每一個人抓起來。

芬坦・墨非：

羅伯在記者會上給了我一個位置，他覺得我也許能談談柔伊對音樂的熱愛，但我覺得好像不太適合。說老實話，我以為金柏莉在此情此景中會想說點什麼，一些私人的、感人的小故事，但她連嘴巴都沒張開。她和父母之間好像爆發了某種衝突——但總之。安德魯要呼籲傑現身，我就幫忙羅伯和莎莉將感受寫在紙上，這麼一來他們的聲明才不會聽起來太假。

安德魯・佛洛爾：

我立刻知道自己犯下大錯。這場記者會在歐文斯公園拍攝，我們一站到鏡頭前，那個空間裡每隻眼睛都死盯著我。是說他們怎麼可能不盯？

金柏莉・諾蘭：

就算我有話要說，也不可能說。如今我看到當時那些照片，覺得比起記者會，更像目擊者指認。我父母履行了任務：「柔伊，我們愛妳，請妳快回家。」安德魯在對傑喊話的時候有點結巴——「朋友，你沒有惹上麻煩，我們只是需要談談。」然後他們開始接受媒體提問，你完全能預料變成什麼走向。

安德魯・佛洛爾：

當然，去他的第一個問題就是「佛洛爾先生，你臉上的抓痕怎麼來的？」我看向羅伯，希望他依照承諾幫我一把，但他連動都不動一下，甚至看也沒看我。我的心臟整個往下沉。最後我說了一些話，像是「我們不是來討論我的臉的，是來討論柔伊的。」

莎拉・曼寧：

整個情況朝我想像中的最糟狀況發展。讀稿算好，不過你可能會說羅伯・諾蘭念出「請快回家」時簡直一副想一拳揍爛鏡頭的模樣。但誰不會呢？至少那些句子中立理性。比較災難的是，當大家注意力放在安德魯身上，就再也移不開了。

就我們來看，記者會的整個重點是要讓柔伊的照片散播出去，並呼籲傑・馬哈茂德出面。柔伊手機上的通話紀錄和簡訊、她無法解釋的缺課——在在指出她有著朋友渾然無覺的檯面下關係。傑——那個我們非常需要找來談談的人——卻消失在地球表面。我們真心需要他回來。可是我們得到的問題只有「誰抓傷你的臉？佛洛爾先生？」、「是柔伊嗎？」接著進展到「安德魯，柔伊失蹤的那場派對，你也有參加嗎？你能說明星期六到星期日的行蹤嗎？」

安德魯・佛洛爾：

我只能站在那裡、承受一切。我不需要看明天的報紙也能預測頭條。沒有一個人能斬釘截鐵地說我和柔伊的失蹤有關，但大家都看得見——在字裡行間、在我臉上他媽的抓痕裡。沒多久父親就聯絡我了，相信我。

莎莉・諾蘭：

我們起了爭執，在那間小到愚蠢的公寓裡，和魏琉、芬坦和金。羅伯幹了蠢事，柔伊都失蹤了，他還玩這些花招。那個地方沒什麼東西可以讓他踢、讓他打，他就暫且找代罪羔羊。這和幫忙搜索或者做我們該做的事無關，而是要證明他有能力，不管是什麼能力。我不喜歡安德魯——見面那天我對他就沒什麼好印象。相信我，現在更糟。但如果他真的涉案，那麼這個舉動——也就是大家都說不要做的舉動——絕對會逼他幹出蠢事、傷害我們的女兒，或造成更糟的狀況。

金柏莉・諾蘭：

我記得媽臉色整個蒼白。後來她抓住爸的手臂說，「那這個傑・馬哈茂德呢？警察給我們的線索呢？從各種關係、從這些專家人士那裡冒出來唯一的名字，照這樣，我們是不是該和所有牽涉的人都談過？」

他只是聳聳肩，沒理她。

大多報紙甚至連傑的照片都沒印上去，他們都只想找安德魯。有些人甚至把安德魯的照片印得比柔伊還大。我很怕，因為經歷過這一切、經歷過這個詭異情況，我還以為至少大家都願意幫忙，想把我妹妹找回來。可是他們印了安德魯的臉，而不是傑的臉，我才終於看清這一切——這不過是他媽的綜藝節目。

安德魯・佛洛爾：

我父親命我回薩里過聖誕節。他讓李普森，就是他的律師去和報紙溝通——那段時間他手中握有的權力仍相當龐大。他說他們會改變風向，把我的名字和臉拿掉。妳可能以為這我是編的，但是千真萬確，他完全沒問我柔伊的事——沒問發生什麼，沒問她是怎樣的人，或我有什麼感覺。我恨死了羅伯・諾蘭，總的來說，他是另一類型的混帳，但是至少我明白他思考的邏輯：他認為我傷害了他的女兒，於是以牙還牙——像個真正的父親。

所以我告訴父親他想得美，掛掉電話。幾分鐘後又接到回電，是李普森打的。他說他得到指示，就此停止追殺編輯，放他們來抓我。我也掛他電話。接下來幾個月——特別是在一開始幾週——那些混帳將我生吞活剝。我不是誇飾。他們馬不停蹄地訪問來自哈羅的不爽前任、室友，甚至幾名老師也侃侃而談，表示我在學校是多麼糟糕的小淫魔。所有被我辜負的人都得到了復仇的機會，還發了點小財。有些日子我連上街都會怕。

金柏莉・諾蘭：

我和爸之間溝通不良。週末過去，他一處理完我被逮捕和這帶來的驚嚇，就發現了柔伊不希望他發現的事。他全怪我。我們搬出去後，不管他在什麼時候打給我們，我都說我們很好，過得不錯。爸還真把舊帳翻出來，說我一直在騙他，一副我應該隨時隨地監視柔伊的模樣。我開始看清——應該說我開始懂了——她就和我一樣非常需要遠離父親。

羅伯・諾蘭：

妳聽著，我聽到了一些和我女兒衣服不見有關的事，校園裡那些男生他媽的把這當成該死的玩笑，然後還有個年輕人在派對上把她的內褲像碎紙花一樣到處扔。我真是不敢相信，不敢相信我的耳朵。所以我沒對金大吼——我猜她一定說我鬧到掀了屋頂——但我只是努力要理解她在想什麼。我說，「看在老天分上，妳來這裡就是要照顧她的」。

金柏莉・諾蘭：

那句話正好是我腦中那顆寫著「勿按」的巨大紅色按鈕。我就那麼當場爆炸——總之我整個爆發，炸好炸滿。我是怎樣永遠不夠好，他永遠偏心柔伊，我知道他覺得與其柔伊失蹤，不如我消失。

莎莉・諾蘭：

羅伯對此什麼都沒說，他只是坐下來，開始看報紙，看他的寶貝新聞報導，我真是不敢相信，不敢相信發生在我們身上的事。我記得自己握著他們兩人的手，努力讓他們能夠連結，讓他們看見我們一心同體，只能依靠彼此。可是沒用。我覺得在那之後他們再也沒碰觸彼此或真正交談過。

金柏莉・諾蘭：

我盡我所能，冷靜堅持自己的主張，把事情解釋清楚。在我心裡，那不是什麼需要大吼大叫的事，在我心裡那是全世界最合理的事。你知道的，「我出生在這世界上不是只為了跟在妹妹屁股後面，我應該要有資格好好過活，應該要有自己的人生。」他甚至不想聽，我的聲音壓不過他。

羅伯・諾蘭：

最讓我震驚的是柔伊電腦上那篇「文章」。我簡直血液都冷了。他們看到的當下就該去報警，要是我知道，一定會那麼做。我擔憂傑，我認為他腦子有問題，是真正的變態。可是那篇文章的狀況不同。

我得說，那是由完全不同的人寫的，那人高智商，進得了柔伊的房間，以及她的人生；那是由認識她的人寫的。警察似乎沒有認真看待此事，甚至沒看清事情的全貌——我認為那篇文章和勒索信根本不相上下——同時外頭的世界根本不知道這件事，也不曉得該向誰追究責任。

安德魯・佛洛爾：

記者會後幾天，文章的事情洩漏出去，我內心深處真的開始崩潰。文章是以特定方式呈現，我的照片置入得非常明顯，任誰都會覺得是我寫了那篇該死的文章。如果現在妳去Google我，第一筆跳出來的資料仍是那個。我的臉就在那個變態段落旁邊，通常伴著特別拉出來引用的字句，說想披著她的皮到處走，從她頭顱裡看出去那個。

From: evelynidamitchell@gmail.com
Sent: 07/02/19 11:55
To: 你

喬瑟夫・諾克斯 <joeknoxxxx@gmail.com> 於 2019 年 2 月 7 日 週四 寫道：

嗨，小伊，剛剛看完第十三章，是羅伯・諾蘭把柔伊筆電上的文章走漏給媒體的吧？對不對？如果是真的，那就太令人震驚了。警察一定比較想保密，好剔除掉那些愛做白日夢的人吧？

喬 X

嘿，沒錯，你解讀得很對。羅伯永遠照著他自己的規則玩，而且動作只是變得越來越誇張。走漏消息是一大問題，雖然持平來說，警察的爛回應也一樣糟。

直言不諱，這案件應該是曼徹斯特警局的最低優先。我發現紀錄上除了莎拉根本不可能找到別人，原因有二：第一，沒錯——名義上案子仍然未結；可是第二就是，單純沒多少人涉入。如果觀察字裡行間，我認為資深警官早先只把她當成逃家小孩，等到一切太遲，才意識到其實事態嚴重。總之，羅伯做了很多糟糕的選擇，我得承認和他談話並不是很愉快。

說到糟糕，我知道過去幾天我接到不少詭異電話，但我的家用電話是到最近才真的快燒掉：我經紀人有時會找我過去，讓她讀一些之前的章節，所以我必須注意電話。不過長話短說就是：打來想安排和我見面的男人大排長龍。不過我一開始問問題，他們就想掛掉。不過有一個撐到問我「加碼」的話我收多少，我就問「老兄，加什麼碼？」他說屎尿交（!）喝尿（!!）吃屎（!!!）那種。我說這恐怕超出你負擔喔，然後掛掉。可是電話仍響個不停。

伊（噁）X

PS. 至少現在如果書稿被拒絕，我還有後路可退……

PPS. [redacted]

伊XXX

14 不具名消息來源

由於執法單位的情資問題持續嚴重，此外，和諾蘭家部分成員相比，媒體更對特定成員咄咄逼人，那個行蹤不明的人士終於再次浮上檯面，揭露柔伊的私人生活。

莎拉．曼寧：

那場荒腔走板的記者會把整個調調都搞壞了。我們任憑社會大眾根據記者會做出的結論從一開始就阻礙了調查。那活像是所有噬血記者的起跑槍響。每個牛仔都有最愛的套繩理論，每個貪汙警察都有合理藉口可說。基本上每、一、個、人都有債得還。

安德魯．佛洛爾：

他們說人人都能成名十五分鐘，我的成名時光則十分殘酷。那些照片，針對我做出的含沙射影，緊接著出現的是不具名消息來源。警局裡有人把我有竊盜犯罪紀錄的消息放出去，儘管我是所謂「有錢小孩」、想要什麼應該都能到手。我其實曉得，就是在薩里逮捕我的一名警官匿名出售這個故事的，大概是那個被我稱為「啤酒肚」的警察。我知道一定是他，因為六個月前，我被他上銬時我喊了和這個名稱很像的話。某天街上有人對我吐口水，店家的女店員拒絕服務我。如果我想離開，他們會大喊大叫，像是「柔伊・諾蘭在哪？」

莎拉・曼寧：

安德魯的說話方式十分特別，是那種會激得每個警官馬上開始瘋狂查案的語氣——包含我自己。儘管我認為我絕對不會讓這類事情蒙蔽判斷。對於我們問他的一些問題，他的回答會令人不舒服是很合理的反應。詹姆斯小組對於他在所謂性愛影片的反應上十分不滿，無可厚非。他們認為他有所隱瞞，也很在意雅莉絲・威爾森提供的說詞——那天柔伊很怕他。然而，看到這些理論被白紙黑字印在報紙上，來自那些「希望保持匿名」的警官，則是另一回事。我很火大。坦白說，我簡直氣壞了。但是小組裡瀰漫一種氣氛，覺得持續對安德魯施加這種壓力，也許真能收獲一些結果。同時間，諾蘭家也讀到了這些沒有標註來源的消息。有些是真的，有些只是靠直覺，有些則是生猛熱燙的垃圾消息——然後就會認為我對他們沒有說真話。

把引用句子提供給媒體的人都沒有拿捏過分寸，沒有人表示「那孩子經歷了高強度情緒勞動，行為恐怕會不太正常。」沒有人留下任何質疑空間，因為質疑賣不了報紙。你會看到的那些句子這麼說：「那裡的每個人都曉得他在性愛影片的事情上撒謊，能將影片外洩的人只有他」。不管這是不是真的，這種對話應該出現在專案室，不是全國性記者會。

金柏莉・諾蘭：

這樣竟然也可以？編故事、把源頭歸給不具名來源？我真是驚訝。故事裡每個人都有，但特別強調我、安德魯和傑。某天報紙上可能登了文章，第二天又冒出什麼來自衛根、領著養老金的老傢伙。這些該死又有毒的讀者投書都說我們「看起來」有罪，或者明明還知道更多卻沒有說。他們說我們彼此共謀，對柔伊的屍體做出可怕的事。我努力不要被影響，卻有一種非讀不可的衝動，我必須想辦法讓自己變堅強，再也不怕那些言論，結果最後只是把那些話全部記在腦中，一次又一次重播。他們說我很「黑暗」、「有狀況」。我剪掉頭髮開始穿黑色，是因為我崇拜魔鬼；我恨美麗的事物，我恨我妹妹，完全不想要看起來和她一樣。他媽的這簡直是一堂示範大家可以多快定義你這個人的速成教學。你開始在街上被人白眼，在超市排隊時聽到有人說悄悄話。但是你能怎麼辦？總不能擋下路人、發誓你清白無辜，解釋你的人生故事──「稍等一下，那不是真的，我只是想試試看找到自我。」大家就是會議論你。到了某個時刻，你已經看過、聽過太多可怕話語，那變得像是腦中的聲音，你會開始代他們評論自己。

我就那樣崩潰了。

我會走進房間，不記得自己為什麼在那裡；我把東西留在爐子上、烤箱裡，或之類。我會拿起以為是五分鐘前沖的咖啡，卻發現早就冷掉很久。我兩手和手腕周圍到處燙傷，因為我在廚房裡整個注意力渙散。然後該死的《太陽報》登出一張我手臂的特寫。那是我某天去超市的時候；他們說我自殘。但是最糟的那件事是我的錯。我當時最喜歡的團是一個丹麥龐克樂團，叫冰河時期（Iceage），他們製作了一張新浪潮噪音龐克專輯，完全走危險路線、青少年風格、超酷超炫又超棒。我真的蠢爆，竟在柔伊失蹤大概五天後，就是聖誕節前夕去看他們表演。

我只是需要覺得好一點，聽一些除了腦中糟糕聲音外的東西。我需要讓我愛的音浪把頭髮狠

年輕朝氣，展露無遺

金柏莉·諾蘭於週三晚上獨自前往曼徹斯特夜店一陣狂歡，隨後爛醉離去。

十九歲的金是悲劇失蹤的柔伊的雙胞胎姊姊，她來到本市好湯廚房夜店舉辦的搖滾派對中盡情狂歡。

這名做龐克搖滾打扮的學生身穿緊身黑色迷你裙、網襪和馬丁靴，完全看不出和妹妹有任何相似之處。

金頂著高調的平頭外加Emo風格妝容，盡情隨著激進又爭議性十足的丹麥搖滾樂團冰河時期搖擺一陣，才搖搖晃晃地走出來。

冰河時期今年發行他們的出道專輯，卻被控有仇外嫌疑，據稱粉絲在演唱會上做出了納粹敬禮的動作。

金顯然在短暫休息後不願再回夜店，打算今夜就到此為止。

金和柔伊的父母本週稍早召開了一場情緒激昂的呼籲記者會，強烈希望握有他們女兒行蹤訊息的人能夠出面。

《太陽報》，2011年12月23日，星期五——E.M.

狠往後盪，忘記自己是誰。有好幾天，我們就只是束手無策地坐在那裡盯著電話，盯著放到要壞的三明治，看它邊角都蜷起來，活像一張他媽的嘲諷臉。我們就這樣盯著新聞，等待有人來敲門，而死寂和靜止彷彿真能把我殺死。你不可能開影片看或放歌來聽，就算挑本書讀，就連第一個句子都讀不完。所以我去看現場表演，這對我真的有淨化作用，可以激勵意志、拯救人心。我放開自我、流汗大叫，走出去時終於記得活著到底是什麼感覺，又該是什麼模樣。我耳朵嗡嗡響，聽不見來自什麼衛根的老頭說的話，我把這一切全壓下去。那晚是我在柔伊失蹤後第一次好好睡。幾天後，爸來我房間，把一份報紙丟給我。

金柏莉・諾蘭：

無庸置疑，說他們是納粹根本是胡說八道。

傑・馬哈茂德：

老天，我媽打來說她在新聞上看到我的照片，警察想找我談談。我從沒聽過她這樣，她哭到無法呼吸，說警察認為我和這個失蹤女孩窩在一起。老兄，這是我第一次意識到究竟發生了什麼事。我還在塔力克那兒避風頭，擔心我欠弗拉迪的一千塊。我上了網，讀了正式報導——實在很糟，然後再上臉書看看真正的狀況——更糟。全都在講性愛影片、打架、那場瘋狂的記者會等等。於是我在好幾天來第一次衝出屋子。

說實話，我嚇到覺得乾脆回大樓算了。

所以我在想，我就要走進一堆路障、直昇機，還有天羅地網的追捕那些玩意兒。我覺得我就直接被圍捕好了。我會告訴他們我是誰，事情就能解決。但歐文斯公園簡直像墓園，所有人都離開去過聖誕。我知道幾年後大曼徹斯特警察局跑出來喊說他們盡了全力，但我告訴妳，他們的第一嫌疑犯直接走進犯罪現場，連半個穿著螢光夾克的人都沒碰到，我猜就是因為這樣，整起案件規模在我心中降低許多。如今柔伊的一堆事情都公開了，那樣想真的很蠢。但在當時，我見到連警察都不放在心上，就覺得一定沒有犯罪行為，她一定是和我一樣。

她一定是要給我們一個教訓。

她和我都被安德魯搞慘了，我認為她很可能會在覺得無聊、或覺得他受夠懲罰後再次現身。同時間，我知道她一些別人都不知道的事，而且覺得她可能不希望私生活在她暫離時炸鍋。所以我溜進裡頭、消掉這麻煩。我跑上屋頂、鑽過警察封鎖線、拿走證據、破壞犯罪現場。我在沒人看見、沒人阻止的狀況下進出大樓。老兄——我根本暢行無阻。很顯然這件事沒有我設想得那麼嚴重，她失蹤我也不知道有哪裡不一樣，所以我又會害到誰呢？

羅伯・諾蘭：

這種東西是沒有固定模式的。我穿梭天堂、煉獄、地獄到人間，努力讓這件事不被遺忘。你要不是一舉成功，就是節節敗退。所以這就表示要和記者談話、打去廣播節目、上電視——諸如此類。必須停下腳步和所有在路上認出我的人講話、握手、騰出時間。我知道乍看之下是怎麼樣，可是我只有這招，我就只能這麼做：與人建立連結。在那之後爆出一些事情，我的一些行為——好吧，我舉雙手投降，我很慚愧。但我有沒有努力讓柔伊的名字和長相繼續出現在新聞？有，我把能做的都做了。無庸置疑，而且我一點也不在意這對我形象有什麼影響。

莎莉·諾蘭：

你真的只想把門關上。可是不管屋裡車裡，記者都纏著你，拍妳照片，問蠢問題。

「妳有什麼感覺？」

老天，真是夠了。然後你就會在第二天讀到這件事。你一定要什麼都看，因為天知道你會用什麼方式、在哪裡或哪個時候看到重要訊息。我從新聞上得到安德魯和傑的訊息，比從警方那裡知道得還多。我更認識我們家的金——甚至更認識柔伊。但是與此同時，每件事就更對不起來。因為我讀到我自己的報導——有些是我親身經歷——然後想，情況不是那樣的。然後我會懷疑自己，接著也懷疑所有人。對我來說，這一切好像連個事實的真正版本都沒有。

羅伯則相反。

他讀的東西會抹去並代換一切現實。與他的家人、他的人生相比，報紙更像真的。

金柏莉·諾蘭：

對媒體開口很危險，尤其如果你喜歡受關注。因為——你的界線在哪？你要怎麼確定哪些動作是為了你的女兒、哪些是為你自己？我真的認為爸昏了頭。他開始花許多心力打理外表，在鏡子前面練習能讓人留下印象的句子。有記者和攝影師為了我們從倫敦千里迢迢而來，在爸把我們一家變成報導素材時，他們能靠多近就靠多近。他們全面介入我們的生活，刺探所有能刺探的地方。到最後，他們全都跑去我們爸媽每晚吃晚餐的餐酒館。那些人會表示要付帳單，或請他們喝杯酒——然後再一杯、又一杯。漸漸媽自己一個人回家，因為她意識到只要爸繼續講話，他們就會繼續付帳；只要他們繼續付帳，他就繼續講。然後我們就發現他告訴他們的每一件事都變成第二天的新聞。

我就是這樣發現他想要發起募款，成立諾蘭基金會。他談起這件事時柔伊失蹤甚至還沒兩星期。當關於她、關於我的報導漸漸浮現，冒出你不希望任何人知道的私人資訊，以及和我妹妹失蹤毫無關連的事物，我就越來越不信任他。我無法和他或我媽講話，因為我知道不管我說什麼，第二天都會在《每日郵報》上讀到。是說，要去看團的事我只告訴了爸，看看最後變成什麼樣。

傑．馬哈茂德：

安德魯好像在週三還週四打給我，總之是柔伊失蹤後的幾天。我感覺到有些不對勁，他走路聲音太小心，電話另一端聽起來簡直像被槍指著一樣。

莎拉．曼寧：

我們鼓勵安德魯繼續嘗試聯絡傑，他應該還是最可能讓傑自願出面的賭注。我教他可以先問傑是否平安，再請他前往最近的警局做筆錄。當然，由於他是安德魯．佛洛爾，所以必定完全脫稿演出。

安德魯・佛洛爾：

這件事的責任我只承擔某部分百分比。他們叫我去和傑聯繫，我聯繫了。他累得要死，又忍不住胡思亂想。在某種程度上，我知道我們都一樣。可是我也很快就曉得，這件事絕不可能簡單到只要他揮揮手、攔警車，說聲「你認識我嗎？」就好。

他連情況多嚴重都不知道。

不只是柔伊失蹤，此外我們也都在現場，並且在關鍵時刻行蹤不明。他講電話含糊不清，好像嗑了什麼一樣。我耳中隆隆響起警察對我說的話——傑是個毒蟲，不可信任。我巧妙地對他開啟話題，他則承認恐怕需要幾天，才能讓身體將那些東西消化掉。我說沒關係，我可以之後再找他。我覺得自己應該是個滿可靠的朋友，直到他說他不想獨自和我見面，希望有其他人在場。噢，還有，首先他需要他媽的一千元。

金柏莉・諾蘭：

我看到安德魯打給我時差點不想接，搞不好我確實不該接。他問我怎麼樣，但我聽得出他還有別的話想講。講到某個程度，他不小心脫口而出說知道傑在哪裡，只是需要我幫忙讓他出面。所以就這樣，我表示有意幫忙、一起下海。這件事發生在柔伊失蹤、我馬上跑去「狂歡」的報導爆出之後。安德魯說服了我，表示這樣可以洗白我們的形象，搖身一變、成為好人。不過很顯然：並沒有。

我們進了城，在聖殿和傑見面。那是大布里奇沃特街上一家活像地下廁所的超小酒吧。你一定看過傑的照片，可是他本人看起來更糟，好像真的幹了什麼壞事。如我所說，我雖然努力不看，仍讀了每則頭條、每篇報導，每個彷彿有放射毒性的評論區。在那個時候，我全盤接收他們講我的那些壞話，所以我當然也相信把他罵得最狠的那些評論。眼下巧合實在太多，無法視而不見：偷東西、各種顯示他和柔伊祕密見面的小小跡象、她失蹤時他確實行蹤不明，又在之後冒出來要錢。

安德魯・佛洛爾：

我想，在某種程度上金和我都覺得穿過那扇門的簡直是個陌生人，他連長相都不一樣了，儘管在這件事情上我沒資格踩在高位評論，至少我的臉還是很顯眼。我用金的遮瑕蓋住抓傷，看起來活像〇〇七電影中的反派（不過正在休假中）。但我確實希望傑現身拿我錢時，能願意原諒我之前的舉動。可是反過來，他的第一個問題是，「所以你找到手錶了嗎？」狠狠嘲弄錶在我心中的重要性。我說，「沒，已經沒人在乎手錶了老兄。」他聳聳肩，「我們有人從來就沒在乎過。」

其實感覺也沒什麼話能說，所以我把現金給他——我要補充，那是我從手頭帳戶拿出來的。在他把錢交給那個粗人、解決他宿醉闖的禍時，我和他一起去，這最多就是十分鐘時間。他在牛津路最前面的麥當勞和他碰面。那是聖誕節當週，所以天氣超爛，到處都是最後一刻才來購物的人，能見度低。我們根本不知道整段過程都被拍了下來。和傑見面的時候、我們把錢遞給他的時候、他和那個俄羅斯人見面的時候——在一塊空地。他媽的我們渾然無覺。後來，我們確實把他弄去了警察那裡；之後他也妥協合作——但當然去他的沒人報導。

芬坦・墨非：

他們讀那篇報導時我正和羅伯、莎莉在一起——就是金柏莉、安德魯和傑那場下流的會面，他們把好幾千鎊給了那個惡名昭彰的暴力毒販。我從沒告訴金這件事，但是莎莉那天早上倒下了，我還以為她心臟病發或中風。那是我這輩子最糟糕的時刻之一。後來羅伯發狂衝出去，我那天剩餘所有時間都待在那間蹩腳的學生公寓照顧她。我忍不住想，我到底把自己牽扯進什麼狀況？我自己的母親打電話來，她讀了那些可怕的報導，求我快點回家。我一直說我要回去了，我會上下一班飛機回去，可是接著我就看到柔伊的照片，心裡想著，神啊，我算哪門子的朋友？

傑・馬哈茂德：

我當時沒看見那些照片，但我知道應該很糟。我對金超級抱歉，不管究竟發生了什麼事。我知道她受到了傷害，我自己的家人也有同樣遭遇。他們看了、聽了一大堆關於我的壞事，以為我變了一個人。我過了一年才敢拿起電話和他們聯繫。雖然那天我就這麼去找了警察。偵訊室裡還高掛著金箔裝飾，老兄，我以為我還在嗨咧。我被狂問一堆問題，開始覺得自己像是他媽的全民第一公敵。

安德魯・佛洛爾：

我沒有要比賽，但我得說，就這方面我們並列第一。

傑．馬哈茂德：

他們問了我一些我根本不知道的事。丁字褲、她電腦上的威脅信，然後更糟的是，還有我不認為他們應該知道的事：他們想知道柔伊和我為什麼會互傳簡訊、為什麼見面。我想我應該是說我們是朋友，想到此為止。但他們握有一堆口供，其他人說我們不是朋友，我和柔伊從沒講過話，她也沒提過我。所以我們一定是在暗裡這麼做。

到最後，我什麼都得供出來。

魏琉：

直到今日我都不相信柔伊有在吸毒。首先，我就住在隔壁房間，一定會知道。再來，柔伊什麼都跟我說，包含私事，我們很親近。當時我是那樣想，現在也一樣：那些對她私人生活的「揭露」都是假造出來的，妄下結論，而且因為警方的關係再也無法翻轉，因為他們不知道自己在做什麼，也不知道去哪找答案。他們只看見一個魅力無窮的年輕女子，就把能想像出來的各種淫穢行為扣到她頭上。可是毒品？我接受她和傑有交流——搞不好他把她看做目標——但我就是無法接受我愛的人最糟的那一面。就我看法，他是為了自保將她推入火坑。

金柏莉．諾蘭：

我父母、芬坦和魏琉都指責傑滿腦子幻想又滿嘴謊話，因為要接受自己——或說沒有任何人真正認識柔伊，太痛苦了。大家好像都贊同她做出許多不像她的舉止——行為粗暴、情緒劇烈起伏——卻沒人想弄清楚可能是為什麼。雖然我覺得滿合理的，我知道原因。而且我也曉得，與其對我說，柔伊可能對陌生人吐露還更自在。雖然傷人，但我們確實漸行漸遠。我絕對知道。

傑．馬哈茂德：

柔伊非常不快樂，老兄，她就是這樣告訴我的，而這明顯就是爭議最大的地方。她簡直像該死的潛水艇，四面八方都有壓迫，她家人和朋友帶來程度誇張的壓力，逼她非完美不可。他們做著美夢，覺得她就是要變有名，她活在這種期望下太久，甚至自己都開始相信——沒錯，她被訓練成相信自己是百年一遇的奇才，然後在去年意識到那全是胡說八道。她說她曾看著《X音素》（*X Factor*）和《流行偶像》（*Pop Idol*）那些實境節目，為每個參賽的人滿心遺憾，因為那些可憐人太痴心妄想。但是在我和她變熟的時候，她已經把自己當成他們的一員。

我不認為她痴心妄想或不特別，我要強調的也是這個，就是「我們並不需要很有名才算有出息。」但他們花了這麼久打磨她外表那層殼，只留下她滿身的疤，裡面什麼都沒有。

一切的開始，是某天她在我例行去歐文斯公園繞時來找我，問我在做什麼。我說「沒什麼，」然後她大笑，表示她聽說的可不是這樣。她試圖買貨時我很驚訝，不過也沒什麼資格講「這可能不是什麼好主意。」所以我尊重她的隱私，試著小心處理，盡量講求安全。我不能去她那邊交貨，因為那裡的人認識我；由於安德魯，她也不能來我這邊。所以我想起第一次是在屋頂看到她，提議她如果需要，我們就在那裡見。當她赴約，我們就聊天，我自然能輕而易舉知道她為什麼要用這些東西。

她確實說了一件事，對，她認為有人在跟蹤她。

我問她為什麼這樣覺得，她說她有一、兩次差點抓到了他，而且可以感覺到有個不時低頭閃躲的身影，總搶在最後一秒逃離她視線範圍。還有——妳聽著，她買的份量很小。有時我會覺得她付錢想買的不是藥，而是一個談心的機會。她說她去年有時會「發作」，不敢在身邊擺著什麼會出事的東西。我猜想所謂「發作」是指用藥過度或自殺，所以從來沒想多賣給她。那表示我們的見面會比一般更頻繁，因為大家通常一買買一堆。可是我不介意。我喜歡大樓，也喜歡柔伊。我們在屋頂見面，我賣她藥，然後一起聊天。不管其他人怎麼說，在那兒發生的事只有這樣。

莎拉・曼寧：

這自然為案件帶來了新觀點——例如柔伊在失蹤前的暴力行為迅速增強——也解釋了她為什麼在對安德魯大發脾氣之後突然想跑上屋頂。我得說，我覺得我們還沒查清傑的用藥或者他的賣藥量。打個比方，我不曉得雅莉絲・威爾森在柔伊失蹤那天的供詞可信度多少。當我詢問魏琉——她是那群人裡面最多話的——她暗示雅莉絲交往的一個人有時會給她藥。我見過山姆・利蒙德，因此十分驚訝，但魏琉說不是，雅莉絲還和另一個人交往。很不幸，她不確定第二個人是誰。很顯然，如果我們有更努力去追這條線索就好了。

傑・馬哈茂德：

我沒賣藥給雅莉絲——從來沒有。她找過我，我斷然拒絕。我知道她有時真的滿瘋，不想搞壞她腦袋。我絕對不是這種人。

莎拉・曼寧：

聽著，傑的筆錄和我們所知的一切符合——柔伊的鬱鬱不得志、自殺傾向——所以就某種程度，我們樂見其成。但這就和金遭到逮捕、還有安德魯對性愛影片的否認一樣。我們只獲得最基本的解釋，還留下很多空間讓人遐想。

傑・馬哈茂德：

他們問我一些我不知道的事，所以沒錯，我很苦惱。他們想知道柔伊和我整天都在做什麼，我說「我們在一起不是要做那種事。」我們有的晚上會在屋頂見面，五分鐘、十分鐘，最多二十，但他們不斷猛問，「她白天都去了哪裡？」我就只能說：「我不知道，我猜她大概是去上課？」他們不相信我會不曉得，可是我能告訴他們什麼？我又不會通靈。他們抓著錢的事窮追猛打，最後我真的直接靈魂出竅。

金柏莉・諾蘭：

警察去柔伊大樓房間那場搜索根本可悲至極。不過，如果他們判定她被謀殺，情況可能會有所不同吧。可是他們甚至連東西都沒拿走，只告訴我們不要碰。某天我們圍坐在一起，快要精神崩潰，媽和我就決定不管三七二十一，把她東西翻一遍——大概是因為我們實在太想念她了。一開始看起來好像一切正常，就跟想像中所有青春少女的房間一樣，但是接著我就在她床下找到一臺全新筆電。我那個時候才知道她把舊電腦給了魏琉，但我以為絕大部分是因為她對留在那臺電腦裡的訊息不舒服，你知道的，就好像被汙染了一樣。我們是帶同個型號的電腦到這裡的，二手的東芝，但她新換的那臺是最高等級，仍收在盒子裡。我就算把家當都賣掉也買不起，可是她連開箱都懶得開。然後衣櫃裡還有疊得像山的商品——高級百貨公司的袋子、Jo Malone的香水，洋裝、外套、衣服——全收著，大多沒開，標籤也在，碰都沒碰。我們全掃過一遍，在袋中發現收據，顯示每樣東西她都是用自己的卡刷、自己付錢。我們真的不是那種家庭，沒這種鉅款。柔伊失蹤好幾個禮拜前我還在找酒吧工作，她卻大手筆花了好幾千鎊。

莎拉・曼寧：

標準程序是去檢查銀行帳戶有無異常活動。調查到那個階段，表示要確認柔伊的卡是否在失蹤後還用於提領現金，或進行購買動作——但是沒有。金和莎莉帶著她放肆狂買的證據來找我，我就轉給調查小組，他們找金融鑑識蒐證進行更詳細的查證。就我經驗，我認為我們面對的可能是信用卡盜刷，或許某種誇張的透支額度狀況。可是不管哪種，對區區大學生都很異常，尤其是來自低收入家庭的孩子。銀行向他們拋出許多的卡、貸款和透支額度，就非常容易累積實體債務。當人落入那種狀況，無時無刻都可能驚慌跑路，可是只要冷靜下來，通常就會平安回家了。如果真要說，我想那可能是好事一樁，畢竟那樣更為單純。然而，我們卻在柔伊的現有帳戶發現超過七萬七千英鎊的款項。

傑．馬哈茂德：

到那個時候——他們已經問了三百萬次，我看著所有人他媽的緊皺眉頭，才說出我們的模式：屋頂上藏了一個古董老錫罐，就在水溝旁邊，是一個舊的唐寧茶罐，柔伊就用那個留現金給我，我則把贊安諾放進去給她。我們從沒跟對方親手交易。我到那裡的時候她通常從大樓邊邊探出身子往下看。我打開錫罐，拿走現金，留下藥丸。如果她在，那麼我們會聊聊。而我告訴他們這件事的唯一原因，就是那天我偷溜回去清空了罐子。我已經把留在裡面的東西吃了下去，所以我想，這又會有什麼傷害？

莎拉．曼寧：

錫罐是我們在這起案件中第一個重要突破。當警官和傑一起上屋頂，他把他們帶到那裡，警方便安排鑑識組進行復原。當時應該是聖誕節前夕，而裡面沒有藥也沒有錢，只有一張照片，上面是個約四十歲、打扮俐落的男人。

傑．馬哈茂德：

他們還得弄指紋和其他東西，所以那時沒有當場打開。我心裡覺得那不過就是個空罐，和我留下罐子時一模一樣。可是後來他們又把我抓回去進行更多訊問，我才發現有些情況改變。當時害我被盯上的事——現在還是讓我被盯上——就是我在柔伊失蹤幾天後回過大樓。像我說的，我連個警察的影子都沒見到，所以我徹底翻過錫罐，把裡面所有東西收進口袋——幾顆藥丸，沒有別的。我跟妳說，我摸著良心發誓，她從那裡消失時罐子裡沒有照片。是有人後來擺進去，搞得我們所有人萬劫不復，即使是那些希望照片是真貨的人。

——因為這就和警察亟欲排除的一切、和印在報紙上的一切一樣，只是另外一個不具名來源。有人先我們我好幾步，老兄，他灑下麵包屑讓大家來跟。唯一的問題是，就我看來，這痕跡根本是直接帶我們從懸崖往下跳。

From: evelynidamitchell@gmail.com

Sent: 09/02/19 06:13

To: 你

喬瑟夫・諾克斯<joeknoxxxx@gmail.com>於2019年2月8日 週五 寫道：

嗯，那些電話實在讓人不太舒服，但如果妳**真的**到處把電話號碼寫在公共廁所牆壁上……

由於事態嚴重，我建議妳可能得在晚上拔掉電話線，也跟妳的電話公司談談，看能不能把號碼從簿子上去掉（或甚至換掉號碼）。會不會有人在幹些詭異的惡作劇？

剛讀完十四章，我很想知道那七萬七千鎊到底他〇的怎麼回事，畢竟追蹤不到來源，又在一個失蹤人口的帳戶裡？我也想看看那張屋頂找到的照片。

最後我無禮地問一句re：電話。妳有把家裡電話給任何訪問過的人嗎？因為如果有任何危險因素，妳就該考慮停手。這故事不值得。

喬X

嘿JK。那些錢其實**還在**那個帳戶裡。我想你得成為失蹤人口久至七年時間，最高法院才會判定死亡，並進行遺產分配。所以現在在進行了。我想應該會撥給柔伊的家人。

你不會覺得這是就他們想除掉她的動機吧？如果真是這樣，也是個布非常久的局了……

我從莎拉・曼寧那裡掃描的屋頂照片：

我不想這樣講，但我應該還是會說：你說我應該「考慮停手」是什麼意思？停止寫書嗎？還有，你是想說這故事之所以不值得，是因為不有趣，還是因為我沒有用你的方式來呈現？因為這對我來說很值得，這樣就夠了。

關於那些電話，打到第五十通之後（我只有一點點誇張），我終於他媽的去google我的電話，結果發現它被放上某個私人廣告網站，說我連「男人老二上的斑點都能吸掉」。

仔細去想究竟是誰把電話放上去、又是為了什麼，實在不太愉快，但現在我絕對不可能停手，不管你對我的故事有何看法。

[redacted]

有件事我早該要問——喬瑟夫，你沒把這件事告訴任何人吧？

（快累掛的）伊X

15 心臟病

與柔伊的祕密生活有關的新資訊終於浮出水面，她的家人和朋友被迫面對一些令人不太自在的事實。

羅伯．諾蘭：

我們在大樓度過聖誕，警察就是在那個時候帶著張照片來，說，「你們認得這個人嗎？」

安德魯．佛洛爾：

我從與父親失和，走到變成父親苦惱的亂源，最後可能斷絕父子關係。記者會是一回事，接著還有《每日郵報》的報導，登出我、傑和金涉入一樁明顯就是在買賣迷幻藥的行為。他們暗示我們之間有些詭異連結，性愛三角關係，將我們當成窩藏傑的主犯，並且是在密謀，而不是想帶他去和警察談談。歐文斯公園幾乎因為聖誕節完全清空，只有像我們這種邊緣人才會無處可去。我得說一年之中的這個時節，就此對我失去了原有的光采，而且我敢說被牽扯進去的人鐵定都和我一樣。竟然可以發生這麼多爛事，真該有人為此寫首聖誕歌——那樣絕對能讓人心滿意足。到了那個時候，歐文斯公園變成了一個空洞荒蕪的學生聚落，隨便都能撞到涉入這起年輕女子失蹤案的知名嫌犯。所以在毒品照片後，就冒出一群咆哮不停的惡狼攝影師在門口紮營，等著任何人出入。

我不知道諾蘭家為什麼不去住旅館——因為錢吧我想。但沒錯，這裡當然不怎麼舒適。傑和我避開他們——他們對我們有所懷疑，你能想到的每件事他們都懷疑，而我們也因相同原因避開彼此。我在派對上和他打架、指控他拿走我的勞力士，把整個情況搞得很臭，可是他卻是想改邪歸正、金盆洗手——或隨便他們怎麼形容。臉上傷痕癒合時我仍把臉藏起來，我幫傑付清毒品欠的債卻連聲謝謝都沒聽到，我還是有點火大。所以氣氛當然很僵。更嚴重的是，警察在聖誕節前夕冒出來，將他押回去問訊。

莎拉．曼寧：

我對照片的事非常小心，因為那好到不像真的。和那家人花了點時間相處後——尤其是羅伯，我深知這很可能會遭到斷章取義，被解讀成所有問題的答案。我也承認，我擔心這風聲恐怕不要多久就會走漏到媒體那裡去。

證據之間不會毫無關連，我們現在談的是，無機物可能因為環繞在周遭的不同脈絡產生驚人變化，程度之強，有時可能會讓你對它產生不同解讀。沒錯，我們在失蹤女子的所有物中找到一張不知名男性的照片，但這也是一張亮面的相片，從雜誌或某種刊物上撕下，而且是在一個等同公共空間的地方找到。關於柔伊使用的罐子，我們只有傑的一方說詞，去大樓屋頂的入口是維修用門，住戶不應該上得去，但是鎖壞了，他們顯然也上去了。柔伊和傑很常上去那裡，所以別人為什麼不行？

事實上，有幾個人確實現了身，表示他們在柔伊失蹤前就會上去，去抽菸或看看景色，有些人甚至在那裡看過她。我只是敦促小組，在通知家人並害他們希望落空之前，先盡量把能找到的線索都找出來，特別是在聖誕節這種時候。到這個節骨眼，我已經到過現場，也挪出很多時間調查大樓，深深知道如果有人想，確實可能把東西栽贓在那兒。

傑・馬哈茂德：

他們讓我坐下，開始一張接一張給我看照片，可是卻不斷繞回某一張，一個我從沒見過的都市男孩，我也是這樣告訴他們的。他們一直問我屋頂的事，問我和柔伊，問我們怎麼安排，問那個錫罐。除了藥丸，她還會在那裡放別的東西嗎？我說「就我所知沒有。」然後他們告訴我在那個罐子裡找到這張照片，我的腦袋簡直要過熱燒起來，老天。

那個，我們很小心，因為不想被抓，我們在他媽的摩天大樓屋頂見面。我一定要對那些沒有親眼看見的人聲明：知道罐子的事的只有我們。妳知道嗎，如果她沒告訴她男友、沒告訴她閨密、沒有告訴她雙胞胎姊姊，還會是誰在那兒？還有，像我說的，派對過後幾天我又回去。我用全家人的名譽發誓，我看了罐子，裡面沒有照片。是在她失蹤之後有人放進裡頭，唯一知道那個地點的人，除了跟蹤她的神經病之外沒有別人。

莎拉・曼寧：

至少有一件事我們可以確定，就是——那個錫罐、周遭區域、階梯上的欄杆扶手，以及通往屋頂的門——全都乾乾淨淨、一塵不染。所有表面都用酒精擦過。現在，不管你信不信那是嗑藥嗑暈的傑幹的，都絕對令人毛骨悚然。

莎莉・諾蘭：

他們事先打來，說有東西要給我們看——就在聖誕節當天。當然，你腦中會馬上閃過各種念頭：她死了、她還活著、她在世界另一端、她遭到挾持，或她不想回來——應有盡有。探長詹姆斯和莎拉一起過來，給我們看一張男人的照片，是在柔伊的物品裡找到的。我們傳來傳去，我、羅伯、芬坦和金，魏琉那時回家過聖誕了。羅伯覺得自己認識他，卻說不出在哪裡看過。金看了照片最久，我們全都屏住呼吸。

金柏莉・諾蘭：

我覺得我好像認得他，但是莎拉強調我們不該把一切押在這一張照片。這確實是在柔伊的物品裡找到，但是是從雜誌上割下來——很可能什麼也不是。我也許是從某部片或廣告看過他。雖然這使得我頸後的汗毛整個豎起來。我忍不住猜想，這會不會是我在萬聖節前晚看見站在我們住處外的影子人，我們會不會見過。

羅伯・諾蘭：

那張臉有一點什麼，我只是怎麼也無法說清。所以按照我的想法，下一步就是讓照片上新聞，把他公開出去，變成通緝要犯，危險分子，我們去警告大家，但是曼寧和詹姆斯交換的眼神讓我領悟一件事：我恐怕得拚命爭取才行。

莎拉・曼寧：

請不要忘記，我們手上只有一張好像從雜誌割下來的照片。證據鏈甚至無法百分之百牽回柔伊。

芬坦・墨非：

我們全陷入死寂，坐在大樓中某個可悲至極的公共空間，同時我突然冒出個靈感。當我使用網路超過健康程度非常多之後，我問他們知不知道Google的以圖搜圖，而當我聽到他們說不知道，非常驚訝。基本上，你可以上傳無法追蹤來源的照片，它就會在網上找到相似的圖，通常也能帶你找到原始來源。因為我們在大樓裡，所以就下樓去電腦教室。很不幸，只獲得一場空。我們上傳照片，但是網上所有照片都不符合。對我來說，那似乎就表示照片不是廣告，也不是演員、歌手或其他身分。

魏琉：

我好像在節禮日被艾塞克斯警方聯絡了？他們帶著一張照片跑來我媽這邊，讓我指認。儘管在這個景況——滿可怕的——可是我非常想幫忙。因為先走一步，我產生罪惡感，但我不希望讓媽在聖誕節一個人過。所以瞪了照片好一段時間，簡直瞪到眼睛、耳朵都冒出煙來。我一直在腦中翻閱尋找，但我不認識他。我的記憶力相當好，所以這樣說我很有自信：我沒見過這人。

我猜，如果真的有什麼事情讓我印象深刻，就是他看起來有點像安德魯．佛洛爾？有些傲慢、有錢又自恃甚高，但某種程度上很帥。我忍不住想，我們幾個禮拜前在計程車上時，她是否暗示過她也許和另一個人在約會？就是說……可能柔伊有特定喜歡的菜……

莎莉．諾蘭：

就是那樣——他們離開了，我們回去等，除了羅伯以外。羅伯說他需要呼吸新鮮空氣，但我知道他要做什麼：他直接去大中央看他那些記者朋友還在不在，只要有人能陪他沉溺悲傷就好。還真是個爛透的聖誕節。

金柏莉．諾蘭：

之後，他們警告我們不要將此事外傳。莎拉真心強調，如果走漏消息可能會對案件帶來怎樣的傷害或偏見，但線索仍出現在第二天的報紙，第二天……

我們不能留照片影本，所以照片沒和報導一起出現的唯一原因，很可能就是這樣。

莎拉・曼寧：

柔伊銀行帳戶裡的錢對我似乎是更可能的線索。發現此事的第一個面向就是和她生活中的人談談。我們都知道她花的錢超出財力所及，但是她身邊唯一會立刻質疑這件事的人，也就是金，被逐出了妹妹的生活圈。而柔伊其他朋友……我推測，她營造出一種形象，好像只要出去一趟，就會用沒什麼大不了的姿態帶著一支新iPhone回來。

魏琉：

當我問柔伊，就是問她，「妳怎麼買得起這些東西啊？」她告訴我這是她唱歌賺的錢。她把這些年賺的錢存了下來，她也會接一些私人表演等等。我對現場演出的行情一點頭緒也沒有，所以就當這都是真的了。

安德魯・佛洛爾：

魏琉一定會心甘情願相信任何對她有利的事。不過就某種程度，我也一樣，但至少我願意開宗明義說出來。我對那段時間的錢財沒有太多疑問，因為我的人生就是那樣。我他媽的真希望現在還是。那時我什麼都能得到，身旁的人也跟著一起享受。我從沒想過要問。

芬坦・墨菲：

如我先前所說，我不確定我和柔伊的友誼是否與她和其他人一樣典型。我們在一起的時候、散步的時候，也許想放縱時買杯咖啡。因為我一窮二白，所以我想柔伊一定覺得在我面前炫富有點不合適。

莎拉・曼寧：

我們知道錢是什麼時候開始匯進柔伊的銀行。第一筆款項金額很小，只有幾百鎊，像是測試。然後是第二筆錢，一萬五千鎊，十月一日匯進她戶頭，所以就是在她搬到曼徹斯特的幾個禮拜前。絕對不是幾年來唱歌的存款。

羅伯・諾蘭：

柔伊從十六歲就開始唱歌賺錢付帳單。不過我說的是現金交易，這兒五十、那兒一百。她接過最大的表演是和合唱團、管弦樂團一起，與一群音樂家共同進行演唱會巡演，通常是坐巴士。不過她很少去遠的地方——通常真的只是為了經驗，不是為錢。她並不是為了那種東西。

莎拉・曼寧：

我們也可以發現有些金額不見。最大的花費是蘋果筆電，但是還多著呢，Frédéric Malle香水，Moschino洋裝，香奈兒化妝品，還有更多社交上的花費。吃飯、看電影、表演門票。魏琉和柔伊本來要在新年去看火星人布魯諾、《歡樂合唱團》全卡司還有碧昂絲，全部柔伊買單。

令人挫折的是，那些社交支出除了解釋了柔伊白天行蹤不明都去哪裡，此外什麼也沒揭露。

就彷彿繞了一條很長的路，最終還是不得不深入探查基本金錢層面的生活、時間、日期和地點。因為這錢的來源——亦即本案最大的一條線索——找不到源頭；分析師碰壁了。

馬汀．布雷克默，獨立財務鑑識分析師：

一般過程中，你每做一次消費，交易就會一併記在你的個人資料上。所以，追蹤某人戶頭的現金流向通常只要跟他們的銀行經理講五分鐘——這裡的預設是你能獲得批准。當然，有些付款人更狡猾。當更多現金和資訊都以數位方式交易，同理，對於匿名的渴求也與日俱增，我這裡提到的是有關當局大力勸阻的行為。但話說回來，抽菸喝酒不也一樣？不繳稅也是。

只要有匿名的需求，就會有人出來提供；而只要世界上有一個人提供這樣的服務，就不可能有方法阻止大家去用。在目前情況下，有各式各樣方法能任憑你使用，提供程度強弱不一的安全性。打個比方，你可以設立信託，或者弄個空頭公司，從那裡將錢匯出去。搞個雖然虛構但是（很神奇）依舊有用的瑞士銀行帳戶、資產轉讓，諸如此類。大家以為加密貨幣是很最近才有的想法，但這東西二〇〇九年就創造出來了，也就是諾蘭小姐失蹤的兩年前。所以當然是可能的。加密貨幣為自己打造去中心化數位貨幣的品牌形象，沒有中央銀行或管理者，不與任何國家或政府掛勾，可謂高度匿名的金錢轉帳系統，甚至沒有人知道創立者到底是誰。我可以設立一個比特幣帳戶，將款項匿名轉給任何我想要的人，你甚至還來不及關掉保全、離開這棟大樓。我只需要給他們 email 地址就好——這甚至只是加密貨幣的其中一種。

所以手法就是這樣，但是為什麼呢？為什麼人們想花費一番工夫用匿名方式匯錢？好，我們來看一些可能和你案子有關的案例。這裡有三E——間諜活動（Espionage）、金錢勒索（Extortion）或法外行為（Extracurricular）——我的意思是花錢叫別人做一些非法行為。打個比方，你絕對不會想用你的銀行線上戶頭雇用契約殺手。

間諜感覺最不可能，亦即在數位世界中消聲匿跡。就你告訴我，柔伊沒有在特別大的範圍中活動，工作不包含跨國旅行，而我見過的間諜總數實在多不勝數。她生活中是有些行蹤不明的時間和日期，你可能會想像她把攝影機裝在頭上、匍匐爬過塞拉菲爾德的通風管之類，但我認為這是想太多。

接著是金錢勒索，這感覺更符合。在這例子裡，我認為勒索是更直接的黑函勒索。柔伊替某人當中間人，那人如果暴露身分，將會成為個人或組織的破綻。又或者這甚至可能是她起的頭，例如以個人身分勒索某行為不檢者。七萬七千鎊似乎有點狠，以價錢為尊，但總之妳懂。

對我而言，三者之中最吸引我的可能是法外行為。我不該認為她是殺手或銀行搶匪，但我在工作前線碰過能無來由地隨意付錢給年輕人的人，到最後你往往會發現他是罪犯。你可以拿槍抵著我腦袋，我也會告訴你說，最可能的情況是：柔伊替犯罪企業當錢騾，這是形容洗錢的人。搞不好她甚至不知情。可能有人去找她，或騙她加入組織，承諾如果先把這筆金額暫放她戶頭，就給她一筆錢。全世界沒有任何有關當局會懷疑她這樣的人暗藏這麼大一筆金額，所以百分之百適合想透過她洗錢的罪犯。

很不幸，針對這三項都有強烈反論。她的失蹤當然符合間諜活動，但我們在她生活中得知的訊息沒有一個支持這項論點。這筆錢符合勒索狀況，可是為什麼在她失蹤後沒發生任何提領？為什麼連嘗試一下都沒有？洗錢也是一樣。事實上，就那個案例來說，在轉入任何異常巨大的金額給她之前，你會預期有測試用款項，匯入並匯出，但是從來沒有轉出款項，就連小額的都沒有。他們只是持續灌錢進去，卻完全沒有試著拿出來。這感覺不太可能。

基於她的背景和社會地位，而且年紀輕輕，我看不太出除了非法狀況，柔伊究竟有什麼方法得到這麼大筆的金錢。我會猜測，不管這可憐的女孩捲入什麼事件，程度恐怕不比得心臟病來得輕微。

From: evelynidamitchell@gmail.com

Sent: 13/02/19 22:17

To: 你

嘿，狡猾小諾——你現在是不跟我說話了嗎？

那我來打破僵局。今天我打開門，看見一個緊張的傢伙問我是不是伊芙琳，我說「是，我認識你嗎？」他說他是我五點鐘的那個。我整個就是「我五點鐘的哪個？」這時他已滿頭汗，而我**突然之間**恍然大悟他跑來這裡做什麼。所以我說，「老兄，抱歉，我想可能有人故意整我們，我可以問你是從那裡知道我的地址嗎？」

他算是人不錯，有點喘不過氣，但還是讓我看網站。**又是一個**私人廣告網站，文案和先前差不多，說我把價格削得比這附近的女孩還低。他傳訊息過去、安排會面，也真的有人回覆、約好會面，就這麼把他帶到**我公寓**來。

這個人之所以能進大樓，是因為有人在他要走進來時正好離開，但我家門鈴在那之後**還響了三次**，我聯絡那個網站，把那些資訊拿下。不過我想要說聲抱歉，我先前對你發脾氣。我知道你只是擔心。

我想，大概是因為我把你當成我唯一能信任的人，卻被你懷疑，這實在很難接受吧。

[redacted]

總之就是這樣。

伊X

16 不具名男子

聖誕節來了又走，柔伊毫無音訊，關於她的行蹤也沒有新的斬獲，諾蘭家不得不嘗試新方法，好讓這件事持續發燒。

羅伯・諾蘭：

當我意識到線索不會意外從天而降，她戶頭裡的錢、照片上的男子，最後都可能是一場空。我開始改換努力方向，讓柔伊的名字和面孔持續留在大眾印象中。學生在聖誕假期後紛紛回到歐文斯公園，所以小莎和我搬出去、回到家。其實她想在聖誕前就回去，我們來回吵了好幾次，但是最後我得承認一點用也沒有，我大多時候仍無意識地再次開車回去曼徹斯特。

莎莉・諾蘭：

我沒辦法像羅伯那樣把這當成生命的全部。感覺好像去抓舊傷、把它重新掀開，我也這樣告訴他。他便說，「好吧，我就想繼續抓它，我希望傷口不要癒合，我希望逼大家不准忘記。」所以他無止境地曠時請假——他當時仍在做水電。總之他真的這麼做了，無時無刻他都在努力讓大眾不要忘記。

羅伯・諾蘭：

我有好多事要做。警方辦了一個報案專線。媒體想怎麼介入我們的人生都隨便，只要他們在每篇報導底下加上「如果有人知道柔伊・諾蘭的下落，請聯絡警方」我就無所謂。我使出渾身解數去執行，卻一天一天越來越處於劣勢，只能被動反應。但我意識到，我必須開始進行策略思考，無論短期長期。

短期而言，我知道讓柔伊有能見度最好的方法就是上電視，重建她失蹤那晚。一定有人看見點什麼，一定有——至少要去打草，才能驚蛇。

莎拉・曼寧：

打從我和羅伯・諾蘭見面的第一週，他就在講重建現場。當時這麼做似乎有點倉促、過早——柔伊依舊可能在某天突然回到他們生命中。我們沒在她自殘和濫用藥物的過往歷史看到什麼更棘手的面向，當時還不曉得她帳戶裡的錢，面前也沒有那張不祥的不具名男子照片。

現在我們手上握有這些潛在線索，卻無法通往任何地方，毫無新進展，報案專線一片死寂，感覺也該擴大調查範圍了。我以諾蘭家的名義聯絡BBC《繩之以法》（*Crimewatch*）節目，在一月十五日安排一場會面。其中一名製作人來到曼徹斯特，和我們討論這案子是否適合。那場會面是我第一個真正的警訊。我本以為自己將代表一整家人，甚至柔伊部分的朋友，可是現身的人只有羅伯。他完全沒告訴任何人這件事。

凱莉絲・派瑞，《繩之以法》前製作人：

當我們探討重建現場的可能性，最放在心上的永遠是對家庭成員和受害者的謹慎責任。我們絕對不會在沒有警方和家人同意和廣泛參與下進行追蹤報導。基本上，我們也絕不希望未得到相關人士允許就去刺探。但是，當我和諾蘭先生會面，我看得出他十分積極，希望這件事能進行下去。就我的方面，我認為這起報導無庸置疑落在我們可執行的範圍，恰好就是我們也許真能幫上忙的情況[1]*。

莎拉・曼寧：

那是我徹頭徹尾第一次居中聯繫這類事項，因此，對於那場會面，我首要關注的就是建立對諾蘭家和對我最必需的前提。凱莉絲說明，對她團隊而言，和所有人談話十分重要——家庭成員自不在話下——但主要針對涉入事件的人，又或是我們想要重建的事件。對我們來說，那意味在十五樓舉辦的派對、針對柔伊失蹤衣物的爭吵、性愛影片曝光，以及她和安德魯隨之而來的爭執，最後則是柔伊獨自走上屋頂。基本上，他們得重新訪問每一個人。

凱莉絲・派瑞：

我們會盡量避免在一向過度飽和的情緒中太過冷漠，同時也得盡可能精確還原場景。我們必

1 作者註：與凱莉絲・派瑞的訪問均由喬瑟夫・諾克斯進行，並於二〇一九年加入伊芙琳的書稿。

須知道該處發生事件的之前、之中和之後，以及整體造成的波瀾。我們訪問許多對象，然後基於入手的資訊寫下腳本。我們是個小團隊，所以腳本在準備拍攝前只會經過我們和節目律師。我們想要觀眾盡可能和受害者有所連結，鼓勵目擊者出面，喚醒能起到關鍵作用的記憶，所以細節越多就越好。

有些家庭會變得保護欲過強、甚至態度強硬，這都相當常見，而我會說那本來就是他們的權力。可是諾蘭先生打從一開始就很強勢、很有說服力，他對兩個關鍵重點十分堅持：第一，他想要重建現場出現柔伊本人唱歌的橋段——確實，這是能突出個人特質的調味料，同意沒什麼難處。第二，他要柔伊的雙胞胎姊姊金柏莉來扮演她。

莎拉．曼寧：

凱莉絲拒絕了由金扮演柔伊的提議。她解釋道，這樣進行重現會帶來多大的創傷。製作公司會勸一些受害者完全不參與重現畫面，並且確保若他們決定要看，身邊有可信任的人陪著。羅伯似乎很困惑，也因此感到挫折，他說了一些話，像是「失蹤的是柔伊，金根本算不上受害者。」

金柏莉．諾蘭：

我不像柔伊，也絕對和爸不像，我不是愛公開亮相的人。大眾的注意力能給爸力量，對我則是一種打擾。所以當他告訴我重建現場的事，我整個傻掉了。人們已經在窺看我們的生活，但這麼做簡直等於住進玻璃溫室。我沒在聖誕節後離開曼徹斯特，繼續留在學校，因為這條路障礙最少，你可以自動導航，不用特別多做什麼。我之所以記得我們談了重建的事，是因為爸突如其來跑到大樓，我根本連他進了城都不知道。

他坐在我床鋪邊邊，告訴我除非我願意飾演柔伊，不然製作人就不會繼續進行。我這輩子都活得像妹妹的替代品，所以這也算合理吧。我好像沒有說什麼話，只是點點頭，他就走了。

羅伯・諾蘭：

我印象中金很積極，她和我一樣都知道她是最適合的人選。當重建現場的事終於上軌道，我便轉向更長期的媒體計畫。要以柔伊名義建立慈善組織還太早——就是我們的諾蘭基金會——但我不希望在時機來臨時處於劣勢，所以開始進行安排。我主要的展望是獎學金，用來幫助身懷天賦的年輕女孩。我本身沒上過大學。與其說我天賦不足，比較像是缺少機會。但學習音樂一直是柔伊的夢想，如果我未來幾年都要和這件事綁在一起，我希望確保其他年輕女孩抱有的夢想不會被扼殺。

芬坦・墨非：

我最終留在曼徹斯特，直到聖誕結束。這是個艱難的決定。現在我母親已經住在安養院，她有嚴重的精神疾病，並隨著我年紀漸長逐漸惡化。我父親派翠克在我還小時就因憂鬱症久病不起，這使得我母親漸漸蘊生一種印象：我在某種程度也很脆弱，總有一天也會崩潰、讓她大失所望。也許她甚至在那時就對我的性向心裡有數，甚至比我自己更早意識到。所以她開始實行專門用來鍛鍊我心智堅強的計畫。全都是老招了——叫我在雨中出去走一英里、讓我從鎮上揹著好幾袋馬鈴薯回去。然後她開始嚇我。起先是我某天回家發現她昏倒在地，只是她的眼睛睜得大大。在最初的驚嚇過去後，我才發現她是在裝死。她可能那樣躺了好幾小時，靜止到令人不安，眼睛也不眨，毫無回應。如果我不冷靜下來，她就不起身。然後她會強調這種訓練的重要，說有一天我可能會發現她死了，一定要做好準備才行。等到我一習慣，她就無時無刻在我面前「死掉」。她會心臟病發、腦動脈瘤或中風，然後倒在地上。有時她還會尿失禁，甚至為求效果，連大號也解出來。

青春期只有我和她相依為命，她有一些不證自明的瘋狂特質。而我則意外發現自己沒有預想中那麼不安害怕。如果這變成你的預料中事，就平常得令人訝異。我前五年都如她所料得打扮得像個小女孩——至少這麼說算是出人意料。隨著她的酒喝得越來越多，她的狀況就漸趨嚴重。我有次從學校回家，以為她傍晚出了門，結果幾小時後被我床底下傳來的尖叫聲吵醒。這實在令人毛骨悚然。她整段時間都躲在那兒，等著我呼呼睡去。她會躲在窗簾後面、她自己的床下，或在其他房間幹一樣的事。我離家之前，她被我其中一個阿姨緊急送醫，但至少她很安全。可是這使得我留在城裡努力幫助諾蘭家的決定更為艱難。

金柏莉・諾蘭：

也許我們之間總會變成這樣，也許當他提議由我在重建時飾演柔伊，我也只能那樣反應——什麼也不說，只點頭說好——可是從來沒有人找我幫忙慈善基金會，我從來沒有加入。在基金會起步運作的時候，我已經離開了——這是事實沒錯。可是他們將我排除在先前的所有討論外。

芬坦・墨非：

我不確定這是不是百分之百的真話。當羅伯嘗試和金談這件事，諸多場合我都在。儘管如此，發現自己漏掉多少還是滿神奇的。我本來假設這件事讓我留下更多印象，畢竟充滿愛的父母在我眼中向來帶有某種鼓舞。即便如此，當羅伯告訴我莎莉建議請我幫忙諾蘭基金會的前身，我仍拒絕了。說真話，我早就覺得為他們奉獻那麼多時間已危害到我的學業，而且我也開始約會了——和我的室友康納。雖然還言之過早，但他是我第一個真正的伴侶。我實在抽不出時間給其他事情。然後某天，羅伯就此爆炸。他說要是沒有我，他不覺得自己一個人能做到。莎莉承受太多痛苦，他和金柏莉的關係也十分緊繃，兩人完全不在同個頻率上。我覺得，如果他再去逼她，兩人恐怕最後會再起嚴重爭執。所以我同意幫忙，但沒有實際意識到會有多少工作量。

那一整年我就是不停查資料。

做些初步對話，努力弄清楚我們需要的東西——距離真正創立基金會，這條路還很長。但是好吧，這裡無須多言，此事最終導致我和康納的關係飽受困擾。在那之後，我當然對金柏莉多了一點同理心。我得以近距離目睹羅伯高超的技巧。他知道怎麼玩弄人心，讓他們覺得自己在許多事情上沒有別的選擇。

莎莉．諾蘭：

羅伯認為金和我無法承受基金會事務的沉重負擔，所以我們兩人都沒有太多事可做，即使當時那還只是一個念頭。我從沒提議讓芬坦幫忙，我連想都沒想過。雖然這聽來合理——就算在當時，他的靈魂都很成熟。可是毫無疑問，羅伯又撒了另一個善意謊言，好達成自己的目的。

羅伯．諾蘭：

我記得的是我甚至不需要問芬坦，他就擔下前期所有跑腿工作。你甚至可以說沒有他就沒有基金會。我沒有那種耐心，我的作風太過實際。

17 壞消息

雅莉絲個人方面的狀況迅速失控，某個人物由陰影中現身，隨之帶來悲劇的結果。

山姆·利蒙德：

聖誕節後，雅莉絲就變了——特別是對我。冷漠疏離、恍惚爛醉。我知道她為了柔伊的事意志消沉、過得很苦，但我們越來越少在一起。直到今天我還是不爽得要命。

毒品是我完全搞不懂的東西，完全在我守備範圍外。可是我當時畢竟是一個青少年，總覺得每件事都是針對我，因此把她的舉止當作一種抗拒，而非呼救。

魏琉：

聖誕節假期後我提早回來，以為自己即將進入這場盛大調查的中心，可是感覺好像什麼也沒變——我是說除了人之外什麼也沒變。畢竟大家的舉止都不一樣了。我猜金那天晚上和她父母去了某個地方吧。總之，我打給山姆，因為我不知道還能做什麼。我在我房間，聽見雅莉絲也在她房裡，好像正和某人大吵一架，又笑又罵髒話的，動作很多。山姆向來安靜，人很貼心，所以我想一定是和她偶爾玩玩的那位惡名昭彰二號男友。只不過，我正巧經過她房間時，門是打開的，很顯然裡面只有她一個人……

她真的很激動，超級焦慮，因為剛剛狂揉眼睛兩眼紅通通。她聽到我經過，立刻衝過房間撲過來，指甲戳進我手臂，說「妳看得到他嗎？妳看得到那個人嗎？告訴我妳看不看得到？」

我嚇死了。

我整個汗毛直豎，就好像電影畫面還是什麼的，我有點結巴，好像說了「雅莉絲親愛的，這裡一個人都沒有。」她面如死灰地看著我——眼睛真的超紅——然後回到她房間，碰一聲把門關上。

山姆・利蒙德：

魏琉打來，我用跑的過去。我這輩子沒看過這種事——就妳知我知——我們最後進了小雅房間，讓她冷靜下來。魏琉是可以很愛刺探愛八卦，嘮叨到連撒馬利亞人都投降，但至少她努力了。她總是使盡全力，願意在別人身上花時間。我絕對不會忘記那天晚上她陪我一起，即使再糟，她仍不離不棄。小雅不知道自己人在哪裡，甚至不太曉得自己是誰——她整個解離了。我想過找醫生、打給她媽，但我知道小雅有多怕被強制送醫。此外——好吧，我在她房間找到藥丸。就是那個，非法物品。最後我們足足花了兩小時才說動她。

魏琉：

她一睡著，山姆就幾乎和她一樣崩潰。我就在當場，和她在一起。只要你真心關心那個女孩，絕對會氣得要命。他想知道她和誰在一起，誰給她那些藥。我只能把真相告訴他：沒人跟我說過什麼用藥的事。

我只知道她生活中還有另一個男人。好吧，山姆雖然知情，但在我真的說出口時，我還是親眼看見他心碎一地。然後我就突然靈光一閃，想到那些藥可能是哪裡來的。

傑．馬哈茂德：

我打開門——和雅莉絲約會的那個人，山姆——狠狠把我往房裡推，對我大吼著說我賣藥給她。我整個就是，「欸等一下老兄，根本沒這回事。」

山姆．利蒙德：

那天晚上我簡直像是著魔，還以為自己逮到他了。耶穌基督。在這樣你一句、我一句之後，我慢慢冷靜下來，因為我覺得聽起來他好像說的是真話，他真的沒賣藥給她。然後他想起了一些什麼，說看過小雅和他賣過幾次藥的人在一起。

他說，「也許藥是他給她的？」

我說，是，我是知道小雅還和其他人約會。這本來就不可能公平，有時你就是會比對方愛得更多。我猜我一直都知道那傢伙是誰，他像是某種壞預兆。我不敢把事情鬧大，因為我怕她會選他而不選我。如果要我老實說——我知道她選的一定是他。但這件事不一樣。這和她取消原訂計畫或嗑藥嗑茫、喝酒醉昏來找我不同，這件事攸關生死。他竟然給了她這類人絕對不該吸食的東西，占她便宜，甚至在她神智不清時誰也不通知，就這麼走掉。我一定要知道是什麼人會這樣對待另一個人類。

傑．馬哈茂德：

我不知道那傢伙的名字，但因為幾個禮拜前的買賣，我有他的電話。山姆一時半刻恐怕不會走，所以我打給那個人，問他有沒有興趣再來點贊安諾，他最愛嗑的就是那個。他同意在大中央見面，所以我們就去那裡。

山姆．利蒙德：

傑從窗戶對我指出那個人——混帳一個，坐在吧檯看一本平裝書。他臉上那自以為是的笑、愚蠢的蓬鬆金髮。我走進去，抓住他兩邊肩膀，使盡渾身解數狠狠使出頭錘。這是我這輩子第一次想傷害他人，我並不因此驕傲，但要是妳看過雅莉絲那晚的模樣，妳就會懂。我一定得做點什麼，努力保護她——沒有人努力保護柔伊，你看看最後是什麼下場。他倒到地上，我看見血流得他那本《賭城的恐懼與厭惡》（*Fear and Loathing in Las Vegas*）都是。我正要叫他離雅莉絲遠一點，就被保鑣拖了出去。

傑．馬哈茂德：

老兄，有那麼一秒我有點過意不去。我以為我們是去好好講話的。我把那人拉起來，扶他去廁所，他的鼻子明顯斷了，血瘋狂噴出來。他要我幫他用手機拍照，然後開始命令我把照片寄給他，說他一定要告山姆、告雅莉絲，巴拉巴拉。我哈哈大笑，把手機收起來，「老兄，我說老實話，這也太便宜你了吧。」我叫他刪了我號碼，就走了。之後再也沒見過他。

山姆・利蒙德：

沒，我也再也沒看過他了。我是第二天回去確認她怎麼樣。金來開門，我們去敲小雅的房間——沒回應，所以我們一起確認裡頭，只看見床鋪中央有一張寫了「對不起」的紙。

我那天大概打了上百通電話，她一通都沒接。

莎拉・曼寧：

沒有，我從來沒聽過那件事——傑、山姆還有另外這個人。我們的調查從來沒和雅莉絲的死因相驗有所重疊。所有人都曉得柔伊失蹤和調查本身很可能成為她的壓力主因，但除此之外，並沒有跡象顯示我們的案子和她的死有任何關連。就我印象，對於她是自殺一事並無可疑之處。雅莉絲過往有精神疾病和自殘歷史，最嚴重的一次在青少年時代初期，我也知道回來的驗血結果無論酒精或藥物都是陰性。也就是說，如果另外這個人確實如我們聽說，用某種方式鎖定她為獵物，那麼我們自然非常有興趣找他聊聊。

我會愛你到世界末日

親友紛紛對這名美麗又善解人意的女孩致上哀悼

這名從斯托克波特高架橋以悲劇姿態墜落死亡的年輕女孩，被指認身分為雅莉絲・威爾森。

二十歲的女子由這條維多利亞風大橋的一百一十英尺高空躍下，不幸當場死亡。地點在曼徹斯特市中心附近，時間為週二清晨時分。

雅莉絲原於曼徹斯特大學研讀心理學，來自諾丁罕。

她的家人透過大曼徹斯特警察局發出聲明。

聲明中表示：雅莉絲是個善解人意又美麗的女孩。失去她後，我們的生命、我們的世界將再也不同。她的朋友、家人都會永遠懷念著她、愛著她。

現場也放了許多致上哀悼之意的花和紙條。

其中一張寫道：「沒在妳身邊陪著妳，真的很對不起。我會愛妳到世界末日。」

另一張寫：「我實在不敢相信會發生這種事。」

雅莉絲是失蹤學生柔伊・諾蘭的室友，但大曼徹斯特警察局以肯定語氣告訴社會大眾，兩起事件沒有任何關連。

負責調查柔伊失蹤案件的葛雷格・詹姆斯探長呼籲大眾，給予威爾森一家私下哀悼的空間。

曼徹斯特晚報，2012年1月11日，星期三——E. M.

山姆・利蒙德：

我知道妳的書重點在於柔伊，但對我來說，當時最巨大的悲劇其實是發生在雅莉絲身上。我至今仍不理解。是過去了一天天、一週週、一個月又一個月，我才真正開始思考那傢伙的事，那該死的毒蟲。因為發生的一切，因為那之後經過的這些年，你就是會忍不住去想，不是嗎？他是誰？他去了哪裡？這人他媽的到底怎麼回事？

出版者註記

以下的臉書貼文是傑・馬哈茂德在初版《真實犯罪故事》推出後所發表。伊芙琳・米契寫作期間並不曉得這項資訊，企鵝藍燈書屋編輯於過程中亦不知情。我們很慶幸能收錄在二版之中，以茲澄清。

傑・馬哈茂德
昨天早上3:11

我和這裡大多人一樣，都看了《真實犯罪故事》，描寫雅莉絲二號男友（或之類的）的地方特別讓人注意，我一直覺得不對勁，然後我就發現——我好像真的在這書出來前就**看過**這傢伙。我翻遍我臉書上傳的照片，就確定了。

我想聯絡他，但他**完全拒絕**交談，**所以，**為了讓你們看戲看得開心，容我獻上二○一二年初被山姆・利蒙德頭錘的「那個人」。「那個人」害雅莉絲用藥過量，再放她自生自滅。也是「那個人」從伊芙琳那裡把她的書偷走：幽靈寫手喬瑟夫・諾克斯。

我的問題在於：他怎麼有辦法邊讀那些章節邊對伊芙琳不老實？雅莉絲的死他還知道什麼？還有柔伊的事，他也知道什麼嗎？？？
請把這人分享出去。

2989k
541 comments 342 shares

Like Comment Share

Write a comment...

編輯註記

事實上，我個人很高興能有機會在《真實犯罪故事》所述的事件中澄清我扮演的角色。如開頭的自我介紹，二〇一一年，我二十五歲，住在曼徹斯特。在一個高達三百萬人口的城市，我認為我和本書關係者互動到的機率小到微乎其微。肇因於此，我沒有徹底檢視我的私人生活，也沒有百分之百保有客觀性。然而，我未能提及我和雅莉絲．威爾森的關係，絕非刻意欺瞞伊芙琳和她的讀者，更不是暗示我個人對此案有更深的涉入，或者任何對事實的操弄。

我真的只是疏忽。

閱讀伊芙琳的文章時，我沒認出自己就是利蒙德先生所說的那個人，及馬哈茂德先生所謂的「毒蟲」。雖然我亦無打算反駁他們回憶中的所有片段。我沒發現雅莉絲．威爾森就是那名年輕女子——雅絲——我在二〇一一年末跨二〇一二年初多次見面的人。我也沒意識到發生在法爾洛菲德大中央酒吧的幾起事件。在我盡力回想的記憶中，在那裡，我與其說遭到頭錘，不如說被痛揍一頓。

雅莉絲或我從沒將兩人關係定義為男女朋友，而且就我印象，我們只見過四、五次面——通常是在其中一人或雙方都喝了酒時。我不記得有被介紹給她任何一位朋友或室友，也只去了一次歐文斯公園的大樓找她。也許最能證明我倆究竟有多不熟的證據，就是她從來沒有對我提過柔伊・諾蘭，或者圍繞她失蹤事件的任何訊息。

由於遭到襲擊——並且得到非常清楚的警告：不准再接近我正在約會的女生，我便照做。此後我再也沒有她的消息，也沒和她聯絡，只有在那件事發生約八年後，我才從馬哈茂德先生的臉書貼文發現她自殺。雖然雅莉絲的死因相驗判定為自殺——雖然我對魏琉、傑和山姆說我提供毒品給雅莉絲的說法有異議，我仍不免感到自己至少要負上一點責任。說不定我能處理得更好，說不定我應該處理得更好才是。

對於馬哈茂德的進一步指控，說我以某種方式「偷走」伊芙琳的作品——這絕對和真相差了十萬八千里。儘管之前這一切都是私下進行安排，《真實犯罪故事》所有預付金和版權金都由我和米契家人平分。更甚，經過一番深思熟慮，我決定將屬於我的所有未來收入都捐給諾蘭基金會。

雖然我知道這個小插曲會影響我參與一些計畫，許多讀者可能會因為這段插曲，戴上有色眼鏡閱讀剩下的內容（我會呼籲他們不要這麼做）。這份聲明公開了我在此案涉入的一切：與一名狀態不佳的年輕女子的一段露水姻緣、代價過於高昂的斷掉鼻梁，還有令我與我的家人痛苦不堪、亟欲忘卻的回憶。

我是雅莉絲・威爾森的朋友，是伊芙琳・米契的支持者，我也期望讀者不要只顧著在書中搜尋我的蹤跡，忽視這兩名年輕女子的故事。我可以向你保證，這裡面根本沒有我的存在。

J. Knox, 2020

18 尖叫面具

雅莉絲葬禮後，柔伊失蹤案重建現場的訪問與前製作業再開，時間大致落在二〇一二年一月中到末。此時，因為一個意料外的消息來源，案情露出一線曙光。

朵特・謝登，清潔工：

怎說呢，我有看到這個失蹤女孩的事，也認得她長相那些的，但是我除了覺得好可怕啊之外，其實沒有太多想法。我通常會幫一個叫**太陽曬屁股**的事務所去牛津路的皇家北方音樂學院打掃。只不過，有兩個女生染了腸胃型感冒，需要有人自願去新的警局——在中央公園再過去的地方——擋個幾晚。這是聖誕節後三還四個禮拜。我也需要時數，所以我就接了。在第二還第三晚的時候，我在亂到像垃圾堆的空間裡巡——如果你覺得學生很糟，真該看看警察——努力不要碰到任何重要物品。簡單掃過去、刷過去、拂過去，把垃圾桶倒一倒。有兩個小子瞪著一張釘起來的照片，一看就知道在猜那到底是誰。所以我停下來，一手抓著垃圾桶，另一手捏著抹布。他們其中一個人說，「掃地阿桑，需要幫什麼忙嗎？」（笑）我就說，「我是不太知道啦，但我想我應該可以幫你的忙，條子長官。」

莎拉・曼寧：

謝登女士立刻認出照片上的男人：麥可・安德森教授，皇家北方音樂學院的資深講師。她幾乎每天去打掃都會看見他。

金柏莉・諾蘭：

一切衝得好快。上一秒爸還在跟我講重建現場的想法，下一秒我們已經和BBC的某位女士坐在咖啡店。那年一開始的幾個禮拜就好像看著別人的人生迅速快轉，我甚至不記得雅莉絲的葬禮。我只知道媽把我塞上車，載我到那兒，站在我旁邊，接著就載我回來。太瘋狂了，完全超過負荷，而且整段時間爸一直在我耳朵旁邊說，「我需要妳來演柔伊。」

就在這天，製作人大略跟我們講一次他們訪談後得到的結果。看到芬坦時，我真的很不自在，因為他用力強調派對那晚我喝酒的事。他明知道這些紀錄一定會拿給我確認——以及我父母。他還是這麼做了。

芬坦・墨非：

啊，去他的。總之那個蠢派對上有某個人做了筆錄，說他們認為金喝得爛醉，一定吸了毒，就和雅莉絲、傑和柔伊一樣。莎莉在新聞上看到金和傑在牛津路花錢買毒品的報導時，我就和她在一起。她倒下、昏了過去，我覺得這件事幾乎將她擊潰，所以在陳述中，我是非常勉強才說出金有喝酒，就這樣。我真的沒想過這會讓她產生被孤立的感覺。我這麼說真的沒有傷害她的意思。

金柏莉・諾蘭：

因為莎拉接到電話，我們就稍微休息一下。我很高興可以暫停。她出去了一會兒，接著回來告訴我們有了新進展，他們找到了照片裡男人的身分。當她告訴我們名字，我整個人起了雞皮疙瘩。

羅伯・諾蘭：

麥可・安德森是柔伊在去皇家北方音樂學院面試時的首席評審委員——雖然她根本很夠資格去讀那裡。如今我們卻發現她藏起來的照片上的人是他，我他媽的快要氣爆。

莎拉・曼寧：

由於安德森的長相隨即會在記者會上公諸於世，我們必須立刻將他的身分分享給諾蘭家人，這麼一來他們才不會從別人口中知道此事。但是，我們自然會擔憂羅伯的媒體關係。

金柏莉・諾蘭：

爸開始大吼「他被逮捕了嗎？」他抓起鑰匙、穿上夾克，想要衝出門，一副可以自己跑去抓他的模樣。

莎拉・曼寧：

我試圖解釋我們還不曉得這項資訊代表什麼意義。這只是雜誌剪下來的一張亮面照片，並且是在疑似被人動過的錫罐中找到。連證據確鑿都搆不上。

金柏莉·諾蘭：

在一片高昂情緒中，他們又吼又叫，然後再努力讓彼此冷靜下來。我直接站起來走了。我們是在法爾洛菲德一間咖啡店和製作人談話，我就這樣走著走著，接著變成用跑的回歐文斯公園，因為我總算想起了一些事。我直接去了大樓、上了電梯、進了大廳。我打開15C的門鎖，有點發抖，有點喘不過氣，然後轉身把雙重鎖鎖上，進了柔伊房間。這裡都是被警察——和我們徹底翻過一遍又一遍的物品，在她那些音樂書中，我找到了皇家北方音樂學院的簡介手冊。我之所以記得，是因為她要申請時有好幾個禮拜都這樣攤開來放在我們房間。我翻到一頁，知道一定會看到那個男人的照片，然後發現那頁被撕掉，有人拿走了。

所以說……

我意識到自己正握著一個極度重要、極度關鍵的東西，因為不管是誰把照片放到屋頂，一定都是從這裡拿走的。我想到DNA、指紋那些，所以捏著邊邊。當我聽到公寓其他地方傳來隆隆聲，好像有人在狂敲大吼、被困在牆裡，立刻使盡全力、飛快跑到大廳，卻發現這個咚咚聲是從身後某處傳來，接著聲音開始聽起來像尖叫。當我來到門邊，手都碰到門了，卻非得停下來轉過身不可——因為我聽見了後面走道上某人的粗重呼吸，彷彿拚命想吸進空氣。

有個人站在那裡，我想應該是男的。他穿著安德魯的萬聖節服裝看著我，那是電影驚聲尖叫的面具和黑斗蓬，呼吸聲活像是足足跑了十五層樓梯上來。他伸出手，但我將手冊藏到背後，緊緊貼著我們的前門。整個空氣中有一股能量，彷彿恨意從他身上一波波散發，瀰漫四方。不管這人是誰，我都有種他認識我的感覺。如果你不認識那個人，絕不可能用這種眼神看他。不知道他是不是那晚來按我們門鈴的人——那道影子？或是別人？我不曉得。但他上前一步，狠狠揍了我肚子一拳，我倒在地上狂嘔，他一把將手冊從我手中奪走，從我上方走過，和門奮戰一番後離開。

麥可．安德森教授：

我對於那些事件的印象是，我非常樂意盡一切所能配合、幫忙警方。就如我非常樂意向妳澄清是非黑白。我沒有任何事情要隱藏。還有，至少在我心中，我無論怎樣都和這不幸的年輕女生沒有任何關係。

莎拉．曼寧：

麥可．安德森立刻找了律師，除了最基本的問題，其餘一概拒絕回答，然後把他想得出的所有阻礙抛到我們面前。絕對和「配合」搆不著關係。在第一次偵訊中，他的每一句陳述都是透過代理律師講出來的。

麥可．安德森教授：

警察來的時候我應該是在帶一個實作課程，可能在教一、兩名學生的選修課中最基本的內容，可能是作曲或即興，或諸如此類。我們去了我辦公室，那樣更方便談事情，他們問我對柔伊・諾蘭這個名字有沒有印象，我得承認並沒有。所以他們給我看她的照片。我花了時間細看，畢竟每年都有那麼多年輕女孩走進這一扇門，但她真的很陌生。我問這到底是怎麼回事，他們告訴我她失蹤了。我說聽到這種事我十分遺憾。

莎拉・曼寧：

令小組感到不對勁的地方在於，沒錯，很多年輕女孩來到麥可・安德森的辦公室，他對沒通過面試晉級的女孩沒印象也合情合理。但我們已經知道他與諾蘭家的關係不只如此。

羅伯・諾蘭：

柔伊被皇家北方拒絕後，我在網路上找到他辦公室的分機。這應該是在她失蹤前六個月。我當天打給他，滿懷敬意地詢問——至少第一通電話是這樣——有沒有什麼我們能做的事。是不是柔伊多準備三首歌、再表演一次？或者他可以再確認一下她的分數？我們講了五還是十分鐘，我成功讓他逐條逐項對我說明，把紀錄翻出來，提出他認為她不夠格的所有原因，仔仔細細地討論她。

他說讓他處理就好。

莎莉・諾蘭：

如果按羅伯的想法，之所以有那麼多門當著他的面關上，是因為他的背景，他不想看到柔伊也發生一樣的事。這讓他絞盡了腦汁，因為他覺得是他的口音、論點有所不足，或者哪裡說錯了一個字，害到她的機會。所以他打給安德森，試圖補救。他打每一通電話的時候我都和他在同一空間，最後總是變得很火爆。幾週之中我們就通話了五、六次，最後那次簡直成了互吼比賽。羅伯是晚上在家裡時打給他，安德森說這太過份了，總之他刷掉了柔伊，就這樣。他說羅伯下次如果再打來，就會發現自己和警察通上話。

是說，我相信麥可・安德森教授可能過著比我們更多采多姿的人生，畢竟天天都有上千青少女對他眨眼，但怎麼會有人忘記這種事？

麥可・安德森教授：

好，諾蘭先生不斷拿她面試的事騷擾我時，我當然記得她。她在我記憶中相當鮮明。無論基於任何原因拒絕任何一個人——尤其是與表現自我有關——對我都會特別痛苦。有那麼幾天，我印象非常深刻，接著這件事就被我收到腦海深處，這樣一來我才能維持精神正常。一定要這樣才行。就柔伊的例子，我想她是多占了我腦海空間幾個星期——因為她父親的行為。但恐怕最多就是那樣。在那之後，有一百多個學生來到我門前，變成我主要關注的焦點，而我希望藉此機會強調，在我超過二十年的教學生涯中，從來沒有——連一次都沒有做過任何可能的不當行為。

莎拉・曼寧：

安德森宣稱自己對案件狀況毫不知情，我們先暫且接受。可是他說不認得柔伊、想不起她的名字？無可否認，當時我們正在暴風中央，我不認為組上有人會買帳，願意相信他沒注意到撲天蓋地的媒體報導。不要忘了，整整好幾個禮拜柔伊的名字和長相在當地新聞可是隨處能見。

麥可・安德森教授：

是，好，我會說我和其他相關人士看的報紙可能領域不同。《金融時報》不太會主打失蹤的金髮女子。我本人認為那種報導相當可怕，而且我也真的忙到天翻地覆。

莎拉・曼寧：

安德森上繳查驗的電腦、手機和電子郵件地址都新到會發亮。皇家北方的資訊人員告訴警方，安德森的桌電因為意外不慎毀損，電路進水，時間大概在聖誕節當週——也就是幾乎緊接在柔伊失蹤之後——並且當天就處理掉。

根據安德森，也大概是在這個時間，他的私人郵件遭駭。他說他不得不刪掉帳號、再建個新的。他買了一臺全新筆電、全新手機。就我印象，他告訴警察他舊的那支拿給店員回收，但市場街上的通訊行沒有這筆紀錄。他的舊筆電很顯然也一起扔了，沒有備份。

麥可・安德森教授：

你永遠無法在一開始摸透那些暗示究竟代表什麼。我沒讓柔伊晉級通過，然後她在同一瞬間愛上我？他們告訴我她的所有物中找到一張我的照片，來自一本免費拿取、大量印刷，大家都知道她也有一份的手冊。所以我真的沒想過這還有什麼別的意思。如果她房間牆上貼了張碧昂絲的照片，他們也會把她拖去警局嗎？

金柏莉・諾蘭：

等我回到咖啡店，已經連話都說不出來了。莎拉發現我不太對勁，來門口找我，我就整個爆發。

莎拉・曼寧：

金的眼睛瞪得好大，渾身顫抖、喘不過氣。我試著讓她坐下，但她一開口就停不下來。她告訴我她想起自己在哪裡看過那張照片——麥可・安德森教授——甚至找到了撕下照片的手冊，卻發現了闖入大樓的人。那人以可怕的肢體暴力攻擊她。我立刻上報，並問金如果和父親待在這兒會不會有問題，接著隻身前往大樓、保護現場。就我看來，她因手冊被攻擊，就表示犯人可能不如屋頂那樣對指紋這麼小心。

金柏莉・諾蘭：

我們上了雙重鎖，裡面和外面，不會有錯。我們很怕，我們只能想到這麼做。所以沒錯，我很確定，我出來見爸的時候把門上了雙重鎖，回去找手冊時也上了雙重鎖。我知道那人沒跟著我，他不可能把鎖撬開，也不可能把門踢開。在我到那裡之前，他早就待在那該死的公寓裡面。

一定是那樣。

莎拉・曼寧：

金堅持說門鎖上了，攻擊她的人早就在裡面。她從其中一個空房間聽到咚一聲，當我自己和兩名派過來的警員進入建築，看見確認無誤的混亂跡象。衣櫃打開——那些女孩把那個房間當作儲藏室——衣服散得到處都是。然後我們看見電線和水管的維修口，蓋住那裡的門板從牆上垂下。就我們研判，有人利用該處進入房間的事實再明顯不過。基於手上的這起案子，這個念頭實在令人不安。我是現場身材最小的人，所以自願爬進去看看到底通往哪裡。

凱莉絲・派瑞：

我正要對諾蘭家解釋金參與重建現場的事，她就突然站起來跑出咖啡店。我問羅伯是否該稍做暫停，但他堅持繼續。所以我們斷續討論。大概半個小時後，金回來了，很顯然因為某事心神混亂，然後找曼寧警官說話。她回來我們這裡坐下時臉白得像紙。我問是否該延後這次談話，但她沒反應。羅伯堅持繼續。我在他們之間眼神來回，說，「那個，我不曉得讓金來扮演柔伊是不是好主意。」

金柏莉・諾蘭：

在那瞬間，我的注意力突然恢復、回到當下情景。我得到的訊息是讓我演柔伊是ＢＢＣ的要求之一，只有這麼做，他們才會同意進行重建現場。可是在那一刻，我突然發現這都是狗屁，他們就和我一樣覺得這主意爛透了。

羅伯・諾蘭：

我從沒告訴金說她一定要那麼做。我確實覺得她有愧柔伊，她的雙胞胎妹妹，她沒有努力找她。我也確定自己有說一些能左右她決定的話，但我不記得說這是ＢＢＣ的條件之一。

凱莉絲・派瑞：

諾蘭先生說了一些話——「如果妳他媽的根本不在乎她，那就不要做啊。」這時我們已經訪問了所有關鍵人士，也設好了拍攝進度、試鏡好演員。拍攝只差臨門一腳。我曾經在拍攝當天取消整項製作，因為我認為那麼做與其帶來好處，更可能造成危害。我寧可讓我們的時間和金錢放水流，也不想對遭遇創傷事件、並受餘波折磨的人身上再添永遠的傷害。所以我表示，我們就先將一切按下暫停鍵。

金柏莉・諾蘭：

爸整個人站起來，差點翻了桌子，咖啡杯和餐具滾得到處都是，所有人都看著我們。他瞪我的眼神好像就要對我的臉吐口水。然後他走出去，我和那個製作人——我忘記她名字了——就這樣安靜地坐在那裡。我甚至沒能告訴他剛剛發生什麼事、那本手冊，還有打我的男人。

莎拉・曼寧：

我個子很小，五呎四吋，五十五公斤，就連我都覺得在那個空間中移動簡直要引發恐慌症。裡面很擠，伸手不見五指，熱到不可思議。有很多水管通過，有些冷得像冰，有些燙到碰不得。我有手電筒，但我放得很低，努力想看自己到底走到哪裡。我清楚感到自己身在一棟舊摩天大樓的十五樓。在我認為，搞不好我只要踩進地上一個洞，就會一路直接往下掉。所以我小心翼翼側著走，大概前進了幾公尺，就在平視位置看見了光。

那是一個牆洞，能直接看進柔伊房間，我能看見她的門、她的書桌、她的床。就連衣櫃上那個她可能用來換衣服的鏡子都看得到。我渾身發毛，但沒想到這只是開胃菜。

大約往右再過去六英呎，我來到一塊空間，碗櫥大小、可讓人稍做歇息，似乎能讓我喘個氣。然後我拿著手電筒到處照，看見牆上黏了一些照片：柔伊站在大樓屋頂，在屋頂邊緣，像要跳下去一樣。看起來像是偷拍的，好像是在她不知道時拍下。接著我的腳掠過某個東西，才意識到腳邊有具身軀。我在驚鴻一瞥中看見金髮，失手掉了手電筒，聽到它摔壞的聲響，接著我就開始到處亂敲，拚命想逃跑。我什麼也看不見，也不曉得自己要往哪裡去，所以用蠻力硬擠，手臂任水管燙，直到再次回到維修口。我頭先腳後地被他們拉上去，因為我狂叫他們快把我弄出來。等到我們在地上癱成一堆，我才看到我雙手有血。我不知道這到底是我的還是別人的；我完全不曉得自己究竟看到了什麼。

From: evelynidamitchell@gmail.com

Sent: 14/02/19 13:35

To: 你

喬瑟夫·諾克斯<joeknoxxxx@gmail.com>於2019年2月14日 週四 寫道：

嘿——我當然會繼續跟妳講話，別傻了。實際上我還打了幾次電話，可是沒回應。

我剛讀到發現牆後爬行空間的段落，我覺得很讓人很不安。雖說更令我不安的是妳碰到的那些騷擾。如果我說錯了什麼，只是因為擔心。

這裡要澄清一點，我覺得這個故事**以及**妳的表現方式都非常優秀，只是，目前的規模好像比妳原先預計的程度大很多。如果真的需要幫助，妳就說，不要猶豫。我知道我一直在忙自己的計畫，但如果妳有需要，我可以幫啊。打個比方，我可以協助編輯，甚至加入一起？我講講而已。

儘管有那堆水管，但立刻讓我注意到的是，羅伯·諾蘭顯然當時在做**水電工**？我不是說他是凶手，只是在想，基於我們現在得知關於他的資訊，把他從妳人生**排除**，會不會比較好？

還有他X的安德森是怎麼回事？他怎麼會答應要談？他曉得自己在書裡是什麼模樣嗎？

喬X

嘿，[redacted]情人節快樂[redacted]，謝謝你的擔心……

我可以問一下你說「加入一起」是什麼意思嗎？共同作者？我知道你一定是好意，但你不覺得這樣可能危害到我想做的事情嗎？如果我猜錯了，我向你道歉。

我**沒**考慮過羅伯在這脈絡下身為水電工的事，我會去查。你覺得他可能於某個時期在大樓中工作嗎？

像我說的，大樓在六六年落成完工，但只蓋到十五樓。七四年才開始再往上**增加**四層，**可是**因為它不屬於原先規劃的一部分，也因為他們沒付錢找原先的建築師回來，因此建築結構有些「怪怪」。我一直沒辦法和直接負責該處的人談話——就算最理想的情況他們恐怕也六十或七十歲了——但我找到了參與其他棟摩天大樓樓層加蓋的建築師。他說，如果真的偷工減料，確實可以搞出各種畸零空間。

基本上，那些女孩只要不是住在15C，而是其他任何公寓，路易絲就不會被那些聲音騷擾（那很可能是有人在爬行空間移動所造成），侵入者也無法監視柔伊，或這麼輕易入侵她的生活。真的就是不對的地方和不對的時間。

我也知道安德森狡猾得要命。我第一次找他時，他姿態之高，令人不敢置信，直接拒絕談話，說他當時還不習慣被「肉搜」（他的一個學生在他被偵訊的事浮上檯面後，把他的地址發在臉書）。所以我聯繫上他一些同事，順藤摸瓜找到他前妻，**突然之**

間他就打電話來，非常渴望見面聊聊。「我也不希望妳得到一些角度錯誤的訊息，是吧？**親愛的**？」

我**每個**角度的訊息都要得到，寶貝。

[redacted]

伊X

PS—我很驚訝你對雅莉絲·威爾森的自殺沒什麼興趣？雖說沒有證據顯示兩者有關，但還是大事一件，不是嗎？

19 血紅

當金、柔伊、魏琉和雅莉絲先前住的十五樓公寓有了駭人發現——金發現自己不得不扮演她這輩子都在努力避開的角色。

魏琉：

坦白說，我覺得假設自己再也不會看到傑可能言之過早。那時他已經把那一小雙可怕的毒品魔掌伸向我的兩個朋友。我是第一次和芬坦見面，本來應該只有我們兩個，傑卻鬼鬼祟祟潛伏在大樓門廳，看起來他媽的超級可疑，接著他就撲過來。

傑・馬哈茂德：

媽的最好是。老兄，那張教授照片讓我整晚沒法睡。當時柔伊已經失蹤兩個月，但是雅莉絲的死在某種程度上把我嚇壞了。我想幫忙，不希望又晚來一步。所以我一直在想誰最可能把照片放到裡面。這人到底是來幫忙，還是來混淆我們？不管是哪個，我知道我一定要鬧大。我受夠了和警察講話，感覺找金不會有錯。我去大樓按她公寓門鈴——我試過，但是沒人回應。所以我又多按幾次，直到有人讓我進去。

芬坦・墨菲：

那是聖誕假期過後幾週，我應該要在大樓和魏琉見面，卻發現她和傑正激烈爭吵。上一次我看見他是在派對上——就是他口袋裡掉出柔伊的內衣褲，然後被痛揍一頓的時候。所以我的擔心非常合情合理。起先我沒上前，因為他和魏琉吵得正兇。

魏琉：

我不記得我們講了什麼。

芬坦・墨菲：

我覺得傑看起來活像見鬼，好像看到什麼很可怕的東西——或是吃了很可怕的東西。他講話太快，顛三倒四，速度太急，沒講原因就先說結論，喋喋不休大談金柏莉、她父母，一些危險什麼的。

我插嘴進去溫和解釋，說如果他有什麼消息應該去找警察，同時間電梯門打開，曼寧警官和另外兩名警察一同出現，全都一臉死白、渾身汗溼。曼寧手臂上割了道傷口，她在流血，而且很憤怒。我從沒見過她生氣的樣子。感覺好像發生了什麼天大的事。

莎拉・曼寧：

基於我們先前就收過入侵者通報，基於剛剛在柔伊房間牆後找到的東西——傑・馬哈茂德卻在大樓門廳附近出沒。我認為——至少我可以肯定地說——這件事非常有意思。

——兩眼通紅，情緒亢奮，永遠在不對的地方和不對的時間出現。

我問他在那裡做什麼，他就開始退縮。其中一名警員——羅伯茲——就是在九月底因為柔伊內衣褲不見訊問傑的人。他在傑的物品中發現柔伊的偷拍照，那些照片和我在爬行空間看到的照片十分相似。傑試圖逃跑，卻一頭撞上門廳的門。我們當場將他逮捕。

金柏莉・諾蘭：

我丟下那個電視臺的女人想辦法回去大樓，心情很詭異。我惡狠狠地盯著經過的每個人，猜想剛剛揍我的會不會就是他們。我知道又回去那裡並不安全，可是我非得知道他們找到什麼不可。我抵達時，他們正把傑銬上手銬拖出來，他一看見我就開始奮力抵抗，大吼大叫著想朝我撲過來。

傑・馬哈茂德：

我只是想談談。

魏琉：

我們都不知道該看哪裡，可是在我而言已經很明顯了。警察終於把傑痴迷柔伊的一大真相拼湊出來，而今，那份痴迷退而求其次，換成替代品：金。

莎拉・曼寧：

詹姆斯探長抵達現場時，我向他解釋了非法入侵的事——金不久前遭到的襲擊、我們在十五樓發現了什麼。於是他派出法醫鑑識人員。他們想辦法弄了兩個人進爬行空間，把能看到的一切都採樣、刷樣、拍下來。到最後，他們得移除部分牆壁才能完全進入。我先離開現場接受醫療，因為兩臂上都有割傷和燙傷，但我在急診室確認，也是在那裡得知：該空間中的一切都被抹得一乾二淨。他們的說法是「鑑識層面一點痕跡都不留」。唯一找到的血就是我的血。沒掉落毛髮，沒有布料纖維，沒有指紋。某種程度上一塵不染，就和屋頂一樣，而我一直以來都假設犯案的是同一個人。他們從牆壁後面又多尋回了一、兩件柔伊的物品——更多衣物、更多珠寶，一串屬於路易絲・貝斯特的鑰匙。我看到的照片不久便證實為傑・馬哈茂德所拍攝。

我誤以為是屍體的東西，其實是假人模特兒。它被搞得慘不忍睹，穿上柔伊的內衣褲，和其他東西擺在一起。

金柏莉・諾蘭：

我沒看到過，也不想看到。

莎莉・諾蘭：

如果可以，我不想談。

羅伯・諾蘭：

這讓我覺得——這好像證明了我個人的清白。分明就有個變態痴痴纏著柔伊不放，她不是逃家跑走而已。

安德魯・佛洛爾：

那個棕眼女孩？我之所以知道，是因為警察來問我有沒有留著任何柔伊用過的「女性衛生用品」。我可能連續對他們眨了十一還十二次眼睛，然後說，「這個問題相當不尋常，我可以問為什麼嗎？」然後警察就給我看他們找到的那個玩意兒的照片。那東西像是老店鋪櫥窗的假人，近似柔伊的身材體型，戴了頂金色假髮，穿了她的一些內衣褲。不管誰把這東西放在那裡，顯然都偷了兩個她用過的棉條。棉條前端被切下，黏在臉上當眼睛。我猜那原本是血紅色，但等我看到，已經變成腐敗的噁心棕色。

莎拉・曼寧：

假人真是太毛骨悚然，但那個空間透露出的恐怖更甚：有人長期近距離觀察柔伊，而且能夠隨心所欲進出那間公寓。樓梯井有維修口可通行，但只能用特殊工具才打得開。你得知道有這地方，還得非常清楚自己在做什麼。那個位置很不方便，只是個凹處，但正好可以讓你進來，從電梯不會看到。

可怕之處在於，那裡只能讓你通往15C的牆後。在我看來這表示入侵者早在那些女孩搬進去前就曉得維修口。話說回來，偷走柔伊私人物品的行為——尤其是用過的女性衛生用品——具體暗示這是一個在性層面著迷於她的人。我們推測不出其行為到達何種等級。入侵者是守株待兔躲在牆後，隨機挑選任何人嗎？或者他是先注意到柔伊，正好後來又發現維修口？這樣不會太多個巧合了嗎？

芬坦・墨非：

魏琉和我在那之後開始時常見面。雖然聽來很糟，但我們因雅莉絲的死得到力量。魏琉有一股直覺，而最後發現這個直覺相當了不起。我們和柔伊家人一起聽簡報，瞭解這個神祕男子，在柔伊物品中找到的照片。當然，那個時候我們已經知道男人的身分是麥可・安德森教授，可是一切好像最終仍會失望收場。我們以為警察會起訴他、逮捕他，他們卻只是問他認不認識柔伊，他雲淡風輕說不認識。我個人認為，我記得柔伊和我見面第一天時一邊散步，她一看到皇家北方就煞車停下。當時我以為是因為她考不上那裡而心情沮喪，但我後來歸結，原因可能是比那更令人傷心。她幾乎連話都說不出口，好像受到某種創傷。那裡對她具有特殊意義。如今我深信她的創傷正來自麥可・安德森本人。

我想我們當時都有相同感受——覺得束手無策，受夠了擔憂和不確定——所以魏琉提議，我們可以試著在柔伊和安德森之間找某些連結，好證明他在面試以外還和她有來往。我立刻抓住這個能幫忙的機會。由於我費時幫助柔伊的父母，也拚命兼顧學業，也就表示我幾個禮拜恐怕沒能睡上多少覺。妳很可能也發現我不是很擅長把自己放在第一優先。所以，我和室友康納原先相當美好的關係，很不幸八字都沒一撇就劃下句點。

魏琉：

我看得出芬坦多麼精疲力盡，也產生了罪惡感，因為我知道他沒有能力拒絕他人。但我實在想不出還能問誰了。當然不能問金、安德魯或傑，這個任務要我一個人擔也太過龐大。柔伊的生活有這麼大一部分曝光在臉書上。在今日，那也許能成為警方的一大線索，但除了草草一瞥，我不是很確定他們對柔伊的網路人生有多大興趣？就我們所見，麥可．安德森沒有帳號，至少不是用他自己的名字，但柔伊的頁面——不誇張——有上千張照片可以讓我們一窺詳情。

芬坦．墨非：

每件事——每、一、件、事。柔伊上傳的一切、標註她的一切，任何可以找到連結的事物。簡直看不見盡頭。

魏琉：

即便柔伊只在相簿中被標註了一次，我們也看遍每一張照片，就連和她無關的也看。我們花了好多好多天，因為如果找到不能進去的相簿——通常是屬於其他將相簿設為私人的使用者——我們會傳訊息給上傳的人，解釋我們的狀況，請他們幫忙。這都得花時間。

芬坦・墨非：

除了這項任務，我們也看遍柔伊的動態牆，記下所有不認識的人留下的奇怪留言，或柔伊本人寫的異常貼文。當然，只要有提到「祕密」和「男人」的都看。可是這實在少之又少。柔伊主要貼的都是音樂影片連結或歌詞引用。就這點上，我們唯一注意到的是：我們看到她貼了某首歌好幾次，於是我們核對找到的每個情境，發現都是在同個時間上傳：午夜時分，每月第一天。更讓我們驚訝的是，她已經這麼做好幾年了，貼文足足有二十幾條，只有一個短短的斷層，就是她去皇家北方面試後的幾個月。

我們開始回溯，尋找最初的那篇。最早能找到的在二〇〇九年八月，大約她失蹤前兩年。那是一個叫魔怪（Mogwai）的蘇格蘭樂團的歌，我們兩人都沒聽過，那實在不是柔伊的菜。那首歌叫做〈你還想要嗎？〉（R U Still in 2 It?）。是那種下流詭異又浪漫的悲傷情歌。時至今日我都沒有放下這件事。

魏琉：

這給了我們一個集中火力的機會。照片、相簿、二〇〇九年上傳的東西。我們想找出到底是什麼事情引發這個詭異模式。那年柔伊應該是十五、六歲，根據她的臉書活動判斷，她開始在校外進行更多音樂相關活動，隨著滿滿一巴士的小孩一起去伯明罕之類的地方進行表演，然後當晚再回來。每一個參與這趟旅行的人都會拍照上傳自己的臉書相簿，所以你可以獲得同個晚上的二十個不同角度。這對我們來說很有用，可是妳知道的，根本看不完。

芬坦・墨非：

基本上當時已是一日將盡，我們找到時大概再一、兩分鐘就要午夜。魏琉和我正在聽我們編輯的柔伊最愛歌單，大約是六、七小時的音樂。歌老早就結束、停止播放——這樣你應該稍微有頭緒我們在那裡坐了多久。這很可能是我們連續找的第五還第六天。我站起來、伸展身體，準備離開，魏琉在那時打了我手臂，還捏我。她連話都講不出來。

魏琉：

因為我們找到那混帳了。柔伊和麥可・安德森，二〇〇九——在舞臺上、在一起。在她去皇家北方音樂學院面試的兩年前、曼徹斯特某種合唱團表演中。舞臺上大概有——二十五個人吧，是彩排的照片。但是他們就在那裡。沒有站在一起，沒有看著彼此，但同個時間處於同個地點。之後沒有多久，柔伊就開始在頁面貼〈你還想要嗎？〉那首歌。我就想，哈，抓到你這王八蛋了。

From: evelynidamitchell@gmail.com

Sent: 20/02/19 21:53

To: 你

喬瑟夫・諾克斯<joeknoxxxx@gmail.com>於2019年2月17日 週日 寫道：

小伊晚安。這是針對十九章的一些想法：

1/〈你還想要嗎？〉——像是「你還感興趣嗎？」像是柔伊還小時接到的電話？金說那些電話在柔伊面試失敗**之後**就突然停了，有沒有可能，十五歲時她在旅途中遇到安德森，被迫與他有染，而在他將柔伊從皇家北方面試刷掉後，兩人就分開？

2/這個下流至極、裝了棉條的假人——莎拉說這讓她想到性層面的執迷，但會不會也和生育力有關？安德森有小孩嗎？過去是否在受孕上有困難？我知道這很瘋狂，但其他事情瘋狂的程度也差不多。

3/如果莎拉對柔伊住處狀況的說法確實無誤，打個比方，那是特地打造來當成方便監視她的場所，就真的頗耐人尋味。莎拉說他們想不透跟蹤柔伊的人到底是不是針對她，還是早就曉得那個空間，只是等著看誰搬進來。安德森曾在曼徹斯特大學工作或念過書嗎？他會不會也是那樣發現那個空間的？

我對加入寫作的意見只是個想法，但有些事情實在不能硬幹到底。

我喜歡妳的處理方式，只是，這仍是個沒有結局的故事。如果有經驗更豐富的人，或許能幫妳從這些素材中發展出某種結論。

我比較擔憂的是，除非妳能斷定柔伊發生什麼事，不然可能收不了尾——或找不到出版社。我不是說我的名字百分之百能為妳開一扇門，但稍微靠一下關係……

[redacted]

喬X

嘿，上面的一些問題在接下來幾章會有答案，所以我就先不幫你解謎，你自己去發現，其他我們可能得之後再回來看。不過我可以確定地說，安德森從沒在曼徹斯特大學念書或工作過。

在臉書上發現柔伊和安德森可能在二〇〇九見過——就這件事，莎拉說對案件沒太大影響（我很震驚）。小組不買帳柔伊貼魔怪的歌等同給安德森的某種祕密訊息，所以儘管他們在意，照片依舊沒什麼關連性。那只是個什麼也無法確立的間接證據。雖然我真的因此七上八下。

我終於聯絡上維修公司：好地方物業管理。每年會有上千學生進駐歐文斯公園／大樓後搞破壞，他們會進去重新修繕。他們根據印象（加上一些照片）表示羅伯．諾蘭從沒以任何身分為他們工作過，所以這位高手，你揮棒落空了。不幸的是，老闆沒有二〇一一年夏天諾蘭姊妹搬來前負責歐文斯公園維修的完整名單。我問了他有沒有任何方式能弄到。

他說大曼徹斯特警察局當時**完全沒來**找他。難以置信。

此外，他也告訴我，他個人有印象，那些女孩在夏天搬來前他經過了那個爬行空間，說那裡一塵不染。**還有還有**——在一堆呃呃啊啊之後他設法搞出了柔伊失蹤當晚的他的不在場證明。最後發現他的公司在十七日那天有聖誕派對，所以幾乎每一個人都在一起，待在斯特雷特福德，不在市內。我打了一圈電話，證實無誤。

啊——但是跟蹤柔伊的人**一定是**莫名其妙找到了那個入口。在我心中，這要不是學生，就是某個在大學工作的人，再不就是來訪的第三者，例如維修工。我想不出還會有誰了。

說到**我的**書的結尾——我不需要你來扮演他媽的安德森，你說是吧？為什麼不把這問題留給我就好？

伊

20 扮演柔伊

金柏莉・諾蘭：

傑被逮捕、他們移除了我們公寓一部分的牆，我後來被轉到大廳，住到另一群女生那邊的空房間。那晚我自己一個人，但她如影隨形、擺脫不掉。這是我這些年來最大的希望：擺脫柔伊。我發現自己在想，搞不好就是因為我這麼渴望，所以才害這一切發生。會不會是我以某種方式讓願望成真了呢？我不信那些玩意兒，向宇宙下訂單之類。但我想，如果反其道而行也不會少一塊肉。

像是真心誠意希望她回來，不論代價……

所以我認真思考扮演柔伊的事——在重建的現場、也在我人生裡——我也決定要這麼做。如果能夠脫離這一切的唯一方法就是放棄自我，那我就放棄。我想起她失蹤那晚，當我跑上大樓屋頂、從邊邊探出身體找她。我從那時就半途而廢。我把身體縮回來，繼續前進。可是我決定了，下次只要有人呼喚，要我做出類似自我犧牲的事，我會奉獻出一切、沒有保留。

凱莉絲・派瑞：

金某天晚上滿晚的時候打給我，是在那次咖啡店事件後不久。我覺得她不是在哭就是喝醉，可能兩者皆是。她說她還是想加入重建現場，想演柔伊。真的假的？我努力說服她放棄，但她堅定不移。我幾乎說不了服她這樣做不對，即便我認為真的不對。我們本該下週開拍，但我已經開始進行替代報導的前置作業。

我把話說白了：我不覺得有辦法拍。

我知道她努力想勇敢面對，但總之。我那時和諾蘭先生見面見得夠多，很清楚他會用羞恥感、罪惡感以及持續不斷的壓迫來執行他的意志。利用警察、媒體，甚至我，他都不會有半點害臊。我們和柔伊的親友進行訪問時，這話題不斷出現：他盛氣凌人的招牌哀悼形象。

所以我建議金當替補就好。我們和一位演員做過深度討論，她和柔伊非常像。我說，如果金真的想這麼做，當然沒問題。但我有一個條件：克洛伊要在現場待命。如果她不能負荷，克洛伊就隨時替換上場。

莎拉・曼寧：

我們釋放傑・馬哈茂德之前他已經被關押了好幾天。關於我們在爬行空間看到的柔伊照片，他坦承是他拍的，可是表示他房間遭人闖入偷竊，就這麼巧，那些照片被偷走了。當然，他無法證明此事，也沒向校園保安或警察申報，甚至沒告訴任何人遭了小偷。我們清楚告訴他：「傑，你拍了那些照片、自己沖出來。然後你現在告訴我們照片被偷，可是沒有任何人能證明，我們當然只能假設你就是躲在牆後的那個人。」

用以指控他的間接證據確實荒謬。那些照片、在屋頂上見面的關係、遭竊的內衣褲、他不願讓警方搜查他的房間（即便當時連安德魯・佛洛爾都給搜）。我們甚至還沒提到毒品。要放他走我們全都覺得超級不安。

傑・馬哈茂德：

以上一切簡直像是他媽的我的訃聞，就這樣一條一條念給我聽。我是想伸出援手才來接這個燙手山芋，然後我的照片——我拍的相片卻一張張被丟到我臉上。他們說在柔伊房間牆後的爬行空間找到我的照片，我整個就是，「老兄，我根本不知道去他的爬行空間是什麼鬼。」他們給我看快照：那只是一張翻拍N次的照片。然後我就想起進我和安德魯房間的警察中，有一個人在離開前從我手中搶走一張照片。我知道安德魯目睹了整件事。

安德魯・佛洛爾：

噢，此時此刻我完全不想惹事生非。我不想和柔伊與她家人再有瓜葛，當然也不想和去他的芬坦或魏琉有什麼牽連。很抱歉，我也不想和傑再扯上什麼關係。

因為，最重要的是我不想再和警察或媒體有進一步關係。那時他們已經疲勞轟炸我好幾星期——詭異的報導、無盡的爛事、街上不時冒出工人階級的英雄，一堆該死的路人甲乙丙來撞我肩膀，在我走過時對我叫囂。

所以當李普森——就是我父親的律師出現在我門前，我還以為局勢就要扭轉了，至少我的家人不會那麼敵視我。李普森基本上是以警察的名義找上門，他和他們談過，協商出一個交易：我簽署一份筆錄，針對傑的說法提出異議——他說警察從他那邊拿走一張照片。他解釋道，無論在我父親或在警察那裡，我都需要信用——在媒體層面甚至比誰都需要。只要我再背刺朋友一次，就能得到。所以我任憑他牽著鼻子，基本上只要說「傑在說謊，警官從來沒拿走他的照片」就好。可是當關鍵時刻來臨，我突然簽不下去。柔伊失蹤那晚我讓傑失望過，悔恨至今，我沒辦法再來一次。所以我說我很抱歉，撕了筆錄，很可能連我的人生和未來也一起撕掉。

莎拉・曼寧：

最後我們發現有個警官在調查柔伊內衣褲失竊時從傑手中拿走一張類似照片，因此破壞了證據鏈。我們必須放傑走，因為警方再也不能篤定地說是他把照片放在爬行空間。順帶一提，那名警官幾週後清空辦公桌，確實找到了他拿走的那張照片。照片和我們在爬行空間找到的翻拍稍有不同，所以，外頭也有這張照片，其實並不能真的證明傑的清白。

我不斷回想牆上那個洞，想著最後被我們攤在陽光下的入魔人生。我進過那個空間，知道得花多少力氣才到得了那兒。我們要找的是這樣的人：他早有心理準備，知道得小心翼翼在全然的黑暗中移動，只為看上柔伊一眼。我們當然尋思著可能是誰。問題在於，嫌犯清單上全是朋友家人，都是本就在她人生中的人。這些人有何必要拚死拚活看她一眼？無論何時，他們只要敲敲她門就好。我覺得那人一定在她社交圈之外。只有這樣，這偷偷摸摸、近身觀察的行為才合邏輯。

麥可・安德森教授：

我被問了一些不可能有不在場證明的時間日期——我的工作就不是那樣的。還有一些金額巨大的款項，還有——沒錯，這真是可笑至極，教書的錢——或許我該說是講課？東扣西扣之後根本剩不了多少能灌進某年輕女子的銀行帳戶。難道不是這樣？

莎拉・曼寧：

當時根本不可能有能把安德森和那些錢連起來的決定性證據，他自然也不打算供出自己的資訊。他的薪水大約落在每年八萬英鎊到九萬五千之間。如果能拿這種薪資，當然優渥，但顯然不足以付出柔伊帳戶找到的這七萬七千元款項。如果是他給的，一定不是來自薪水。

愛麗絲・埃利斯（舊姓愛麗絲・安德森）**：**

我非常想知道麥可說了什麼。不過我告訴妳，我絕對可以釐清一些疑問。那筆錢非常簡單：麥可二〇〇九年從祖父那裡繼承了一堆錢，二〇一〇年從母親那裡又得到大筆錢財。他祖父是克里斯多福・麥可・安德森爵士，資產大亨，富可敵國。我個人從沒聽說我們到底得到多大筆錢，我想這就證明金額真的很可觀吧。不如這麼說：我們的房子都沒有貸款，每月沒有花費預算。噢對，認識他的時候我還是他皇家北方音樂學院的學生。

只是順帶一提。

我們大概有二十歲年齡差，所以只要講到財務，與其說我是他的伴侶，更像他的小孩。二〇一年我們已經完全不討論財務方面的事，因為我向麥可提出離婚。為什麼離？——為什麼不離呢？我每次都在他身上聞到女人的味道——我指的是女孩。我永遠能在他那張脹紅蠢臉上看見謊言，永遠覺得自己在虛擲人生。當我提出分居，他變得冷淡疏離——或說在他處理、釐清各項事務時，和我隔開了距離。我懷疑當時他正到處找地方處置家裡的錢，這麼一來，我們離婚他就不用分一半給我。從裡面撥出七萬七千元再容易不過。

麥可・安德森教授：

愛麗絲？好吧，整體來說，愛麗絲說二十年差稍微有點占我便宜吧。我想她應該只比我小十七歲，但先別讓這些事實真相阻礙真正的重點。我們的關係——儘管不盡完美——卻是在她已經不是我學生很久之後才開始。除了我們的女兒路易莎，今日我們之間已不存在任何關係。很可能就是這樣，愛麗絲才這麼磨刀霍霍。雖然在當時，我會同意她對自己的評估。她是悲觀的人，原因來自她的母親身分。當面對挑戰，有些女人會挺身迎接，有些則會退縮躲避。很不幸，我只能說愛麗絲是後者。她在懷孕之前就一副產後憂鬱的模樣，所以等她真的生完小孩，妳就可以想像她會如何。我只是難以相信，路易莎這個小小奇蹟突然誕生到我們生命中，她竟然一副大失所望。就是這樣我才訴請離婚。

愛麗絲・埃利斯

——就是個徹頭徹尾的王八蛋。真可惜我沒辦法說他是個老二大的王八蛋。我從來就不悲觀，也沒覺得路易莎讓人失望，我面對這一切還能活下來，唯一的理由就是她。麥可就是可以當著你的面把黑的說成白的——不誇張。所以不知道有多少夜晚，他會告訴我他比較晚從學院下班，最後卻根本沒回家，然後一句「我告訴過你了。」你他媽的才沒有，親愛的。我扶養路易莎的時候除了自己之外完全沒人依靠，所以當他晚了七、八小時回到家，我一定會發現。我們分居後，我發現他是故意不讓我接觸我的家人朋友。他們打給我他就掛掉電話，他會刪除email，有話也不傳遞。他告訴我母親——當時她正在苦惱體重——說她讓我想吐，害我們七個月都沒講話。如果你拿這個去問他，他會全盤否認，我可以確定。但麥可就是這樣。最終極的「聲音」教練，最終極的表演者。聲音和風格的模仿大師，但是其中沒有一絲一毫自己的真心。

他媽的天生騙子。

在那個時候我能怎麼辦？如果沒有他，我就沒有家。等我終於不回頭地離開，時間大概落在二〇一二年初，我甚至得在他喝得不醒人事時夜裡偷偷溜走。你說柔伊．諾蘭怎麼樣？他和某人在約會，把錢到處挪移，他有一大把時間，想用來做什麼就做什麼。從我們最開始在一起我就可以確定地這麼說。噢，還有那首歌〈你還想要嗎？〉顯然柔伊不斷貼在她臉書上的？那也是他的愛歌。我會知道是因為那是我們的歌，我們見面第一天時我彈給他聽。在我心裡，他們兩個毫無疑問有搞在一起。

傑．馬哈茂德：

他們在重建影片開拍前一天把我趕走，雖然我是也沒受邀拍攝或之類的。我必須在那週結束前離開歐文斯公園。我成功接受了四個月的高等教育，然而此時已經沒有人願意跟我說話，連我家人也一樣。所以我沒有任何人可以聊。在校園最後一晚，我知道我應該閃遠點，但冥冥之中我就到了那裡，老兄，當時是黃昏，魔幻時刻，亮燈窗戶交雜的景象，天空仍有些黑暗，加上一些色彩。這是我幾個月來第一次想起自己多希望有相機在手。我安然無恙走過大樓門廳，直接往樓梯去。我對出手幫忙或和金講話再也沒有興趣，全都去死一死吧。我知道先前發生的一切已經結束，不管未來將會發生什麼，都會是新的一頁，也許更好，或是更壞，但絕對不會一樣。

通往屋頂的門上有警方封鎖線，但早被撕得破爛，很顯然大家還是進進出出。於是我就把門打開——思考了一下自己是不是見鬼，是幻覺之類——因為柔伊．諾蘭就在那裡，站在邊緣，就在我之前看到她的地方，伸出一腿、踏在虛無之上，在她失蹤那麼多個禮拜以後。還有——沒，我沒嗑藥，沒做夢。我知道我沒有，因為那有種不太一樣的感覺，整個完全不對。我盡可能安靜橫越屋頂，不想嚇到她。當我靠得夠近，立刻抓住她的雙臂，而且抓得超緊。她拚命掙扎，但我只是往後一拉，我們一起倒在屋頂上。

我瞪著她，一副「大家都在找妳，妳他媽的到底去了哪裡？」她回望我，好像什麼都沒發生，彷彿完全沒意識到時間的流逝。然後從我看她的目光中，她好像見到了什麼，閉上眼睛開始笑。她說，「我是金。」於是我就看出來了。我向來不會把她們搞混，但她穿著那套衣服，化上那個妝，還有他們為了拍重建影片找來的假髮。老兄，就某方面而言這非常可怕，因為幾乎完美無瑕，除了一件事……

我在那些個火災警報後第一次在屋頂找到柔伊，她是像夢遊一樣從邊緣探出去，看著萬事萬物、彷彿被深深吸引，對人生充滿熱愛。金有的時候是可以很像她沒錯，尤其是那天晚上，但其中差異是她好像真的會跳下去。當我自問她為什麼晚上自己一個人站在屋頂邊緣，當這個念頭冒出來，我就笑不出來了。可是金繼續大笑，即便她看到我有多害怕、多嚴肅。我的心臟狂跳，好像一大謎團即將揭曉。妳知道的，有時身體會比腦子更快理解情況。老兄，就是那樣，我的身體先感覺到危險，腦子還沒搞清楚狀況。我記得低頭看了自己的手，它們在月光下閃爍汗水，亮亮的在發光。金只是一直笑個不停。

From: evelynidamitchell@gmail.com

Sent: 25/0/19 18:19

To: 你

喬瑟夫・諾克斯<joeknoxxxx@gmail.com>於2019年2月24日 週日 寫道：

嘿——訊息收到，也瞭解了——這是妳的寶貝。

我差不多要看到第二部分結束，現在好像可以說了：這一整個雙胞胎的情況真的很讓我困擾。這樣講一定很蠢，但是有沒有任何可能，金和柔伊調換了身分？例如，我們現在看到的金**其實是**柔伊？打個比方，柔伊失蹤那晚（搞不好甚至在那之前，因為一些不知名原因），她會不會就和金換了身分？

另一件事：羅伯・諾蘭**想要**有頭有臉，最好的籌碼就是柔伊。一旦皇家北方的事情砸了，就連柔伊都曉得這張飛黃騰達的門票再也無效，她的消失豈不耐人尋味？彷彿為她父親打開另一種形式的成名之門……

假設羅伯和柔伊串通共謀：他可以擺脫金——那個他「沒時間管」的女兒，生活中還是能有柔伊在旁（只是改以金的身分），他們都能得到大眾關注。有沒有這種可能？

喬X

嗨JK——謝謝理解。

不是這樣——我簡單地說，這樣想確實很蠢。雙胞胎不只是可輕易互換的兩個人。別人一定會注意到、會發現，尤其當時被仔細檢視的程度那麼高。不過，我在此開誠布公：**嗯咳**。我、也、這、樣、想、過。我在訪問時試探著問了幾個人，但他們毫不掩飾地嘲笑我。而擊破這個雙胞胎換身理論的方式就是：雙胞胎（顯然）**沒有**相同的指紋。柔伊失蹤當晚，金留下了指紋，莎拉．曼寧說警方百分之百確認是她，當時就排除這個理論。他們使用多個只有金或柔伊接觸過的物品，並將兩者相互比較。

不過這不影響羅伯．諾蘭為求名聲直接把柔伊搞失蹤的意圖。當然，這也不代表金從沒假扮成柔伊。如果你看到第二部分結尾，應該也會產生這種感覺。基本上，你來到了主要調查的末尾。小諾諾，媽的這真的是越來越怪了。

伊X

21 死路

重建現場的製作近在眼前，調查獲得有效拖延。金憑著一時的衝動，決定親自出手、找出真相。

凱莉絲・派瑞：

總之，我的一天並非開始於那通驚慌失措的電話，但那只是因為我失眠到凌晨四點。我並非每個鏡頭都得在現場，不過基於此事起頭的人是我，我也對諾蘭一家做出許多保證，使這個製作企畫彷彿變成我的孩子。所以我上了車，在開往法爾洛菲德的路上，同時羅伯・諾蘭打來說所有人都找不到金。

羅伯・諾蘭：

小莎和我前晚待在曼徹斯特。原先計畫是金在Travelodge飯店門廳和我們碰面，我們會吃個早餐、喝個咖啡——當然，她完全沒出現，我們電話也沒辦法聯絡上她。

莎莉・諾蘭：

我很擔心，所以打給魏琉，但她也沒看到金。她去敲金搬進的新公寓房門，可是她不在房間。她的新室友也和她不熟，甚至不確定前晚她有沒有回來。

凱莉絲・派瑞：

我告訴羅伯，我最後獲得關於金的消息其實很正面。她前天完成所有戲服試穿和試妝，根據所有相關人士，她好得不得了，真心期待這個角色。羅伯說，「如果她沒出現，重建現場會怎樣？」

克洛伊・馬修斯，演員：

我最近才從曼徹斯特大學戲劇系畢業，比柔伊大三歲，但我們非常相像，名字最後一個字還一樣。報導到最熱門的時候，每條新聞都能看到她，我接收到非常多側目打量。甚至有一次，警察跑來我工作的咖啡店，因為有人以為我就是柔伊。

我和凱莉絲第一次討論角色時，她就解釋過狀況，我有點算在是那裡待命，以防金做不到——我完全理解。所以反正我都會在現場。但是凱莉絲那天早上打來，說我有很大機率得介入並擔綱演出[1]。

---

1 作者註：克洛伊・馬修斯的所有訪問由喬瑟夫・諾克斯進行，並於二〇一九年加入伊芙琳的書稿。

莎莉・諾蘭：

他們一進行換角，羅伯精神就來了。我一直瞪他，瞪到他終於看見我、注意到我。我說，「你不覺得我們該取消這一切嗎？先關心一下怎麼找我們的女兒吧？」他說，「我就是在找我們的女兒。」最後，我們在牛津路的計程車站演變成火爆大吵。

羅伯・諾蘭：

我的直覺——順帶一提，最後證明是對的——是金失去了勇氣，讓我們失望。我知道她什麼問題也沒有，只是永遠會在最後關頭功虧一簣。她有很多好的特質，可是就沒辦法貫徹到底。她永遠覺得柔伊得到太多關注，在某些時候，她會試圖奪回注意力——而且是用幼稚的方法。我是說，在柔伊失蹤當晚搞到自己被逮捕？妹妹的臉登上所有報紙頭條那週，她去看樂團？她沒有柔伊的天賦，所以就幹出這些令人抓狂的舉動，博取注意。

莎拉・曼寧：

我一直主張重建現場對金來說太難以承受，所以我擔心到不行。基於我負責這一家人，所以我本人無法加入搜查團隊，可是這些訊息還是傳了出去，無論各方各面。

凱莉絲・派瑞：

我也贊同，但是執行這種製作其實沒有太多回頭的時間。當時我們在拍攝傑找到柔伊被偷的衣服、親密影片公開流出、柔伊和她男友吵架，以及她走上屋頂，外加大樓的火災疏散警報，然後再加上一堆額外畫面，外加羅伯和莎莉都在現場，是一整天的行程。

莎莉・諾蘭：

金的手機在她房間，所以打電話沒有意義，我也不打算在她還在外頭某處時無所事事地在那兒吃免費三明治。我走掉了，丟羅伯自己去處理。

羅伯・諾蘭：

我覺得很不好意思。這麼多人齊聚在這裡幫忙找柔伊，她自己的姊姊、她的母親卻不肯出力？我不是說我就容易，我只是不願意讓本來很正向的一天脫離軌道。金從沒做過什麼解釋，而我們好像就該放過這件事似的。

金柏莉・諾蘭：

那天我在哪？我還能在哪？我去了麥可・安德森家。前一天晚上，我在大樓屋頂看到傑，我身上穿著他們為重建現場給我套上的衣服，還有試妝。有幾秒鐘，他把我當成我妹妹。我看得出他有些什麼話想告訴我，但我打斷他，我要知道他們都聊了些什麼，就是他和柔伊，他們在上面見面那些時間。所以他在大樓突出處那裡坐在我旁邊，說柔伊一直在害怕一些事。

傑・馬哈茂德：

柔伊怕自己是個失敗品。音樂上、人生裡。我們聊天時這個話題很常出現，但就我看來，她最大的恐懼是漸漸失去了金。她把金看成她無法成為的榜樣：從不追隨群眾、闖出自己的一條路，不管其他人說什麼閒言閒語。她說金擁有她人生中缺少的特質，有著勇敢做自己的性子。對此，金什麼也沒講，好像從來沒想過在她們關係中這明顯到不可能忽略的事實。

接著我想起之前一直想告訴她什麼：柔伊失蹤當時，安德森的照片還不在錫罐裡。她問我那是什麼意思，我只是聳聳肩，「媽的誰知道，」然後拍拍她手臂，轉身離開。像我說的，那是我住在那裡的最後一晚。我想道別。你知道，就是紀念這一天。但就算沒有多加上我，她也已經碰到夠多爛事了。

金柏莉・諾蘭：

我不知道該作何感想。那張照片是表示有人想幫助我們、指點正確方向嗎？還是表示安德森遭人栽贓？或者什麼也不是？我再也不怕重建現場了，我只是看不出這麼做有何好處。我已經失去我妹妹，失去雅莉絲。目前看來這些呼籲也沒打動任何人，所以我決定採取行動，做些真的能回答問題、而非引發新問題的事情。安德森的地址被貼在網路上，所以我第二天早上去了那裡，敲他的門。

我還打扮成柔伊的模樣，當他把門打開，我立刻知道他認識我——我是說認識柔伊。他一定是正要去上班，因為他穿著西裝，拿著肩背包。安德森簡直掉了下巴，然後往我身後看了看，再把我拉進去。有一那麼會兒，他只是死盯著我，抓住我兩隻手臂。我怕他會看出我不是她，所以我吻了他，讓他雙手在我身上游移。他親吻我的頸子，我盡可能拉他靠近，用力貼緊他身體。

他說，「妳還感興趣嗎？」

我回望他，說，「嗯。」我們分開，他帶著我上樓去臥室。我記得自己跟著他，看著一手被他握著，有種靈魂出竅的感覺。我不確定柔伊對這房子是否熟悉，可是我不想要露出任何破綻，所以我低垂著目光。我們一到床上，一切就簡單多了。他沒找任何理由稍停或稍慢，我也從善如流，因為我也不想要他稍停或稍慢。在親吻間，他說看到我他鬆了一口氣，問我跑去哪裡；他說所有人都在找我。所以我悄悄在他耳邊說，他很幸運，因為他找到我了。我不聽他說的任何話，彷彿那些都索然無味，只是噓聲叫他安靜，這樣他才不會發現我是誰，為什麼要來這裡。我一直親吻他，因為怕他會看我的眼睛。他的雙手不斷往我脖子伸去，但我不能讓它們停下來，因為我不希望他碰到我的假髮。我只是低聲說他應該安靜點，我說我把一切都想清楚了，只是需要點時間思考而已。安德森說他們知道了錢的事，說他們問起了他，也問起了錢。我伸出手指，壓住他嘴脣，說錢都沒事。有一瞬間，我們分開，他就那樣注視著我，開始瞇起眼睛。所以我點頭示意浴室，要他在我脫衣服的時候進去。

他一離開房間我立刻起身，頭暈目眩地走下樓梯，經過那幾幅他和他太太小孩的照片，再直接衝出大門。我在他的天竺葵氣味中反胃到不行，突然意識到我把假髮留在了裡頭，就在樓上的床鋪。我想，就算我欠他一個解釋，那樣也就夠了。我就這麼離開。

我想我這一進一出不會超過五分鐘，我離開時的感覺跟現在一樣，釐清了一些事，還有一些仍搞不清楚：我知道他和柔伊之間有些瓜葛、知道他在轉移財產，就如他太太後來說的；我也知道他是個下三濫。但同時間，在我心底深處，我無法斷定他和她的失蹤有絕對的關係。在門前見到我他並不驚訝，看見柔伊活著也是。他看我的眼神不像解開了謎團，或者見到某人起死回生。他的眼神像是：經歷那些爭執後，小三總算回到屬於她的所在。我確定麥可・安德森之於我，就和他之於柔伊一樣——只是一條令人失望的死路。

麥可・安德森教授：

我無話可說。（笑）我真的是無話可說。無庸置疑，這一切都沒發生，這一切根本不可能發生。因為我完全不認識柔伊・諾蘭。如果真有個長得和她很像的年輕女子來到我門口，我會打給警察。而且在這情境中我太太又去了哪？在客房裡面幫我們的小孩餵奶嗎？

愛麗絲・埃利斯：

我那年一月中搬出去，所以我會說我在康瓦爾附近某處幫小孩餵奶，麥可非常清楚。根據妳的說法，我會傾向相信金的說詞——不然她怎麼可能知道上樓梯的照片？還有我們臥室附有浴室？或麥可那該死的天竺葵古龍水？儘管他只有那一百零一招，我卻不認為他會殺人，當然也不暴力。他幹的事情很簡單：他會搞那些不經世事的女孩，然後在情況複雜化時失去興趣。

此外，柔伊・諾蘭失蹤那晚我和他在一起——不是每一秒，他也比我晚了整整一小時上床睡覺，但他不可能在短短時間內去歐文斯公園又回來，也不可能拋棄屍體。我要世界清楚知道他到底是什麼人，那就表示我不能默不作聲，為了我明知他沒做的事責怪他。

金柏莉．諾蘭：

我知道我一定得為柔伊做點什麼，而且是有意義的事，我也這麼做了。重建現場不過是個表演，是能讓我爸實踐理想的美夢，在他根本徹底崩潰時對世界宣告他大權在握。在我與安德森正面對決、拿掉柔伊假髮後，我覺得輕鬆了些。我把腦中那些個恐怖聲音留在屬於它們的地方，也就是那片噁心得要命的天竺葵香味裡。

我想，栽贓安德森照片的人到底是誰（如果真有這個人）其實不該由我回答。那只是另一個謎團。有一瞬間，我猶豫著要不要告訴警察，排除他的嫌疑之類的。但接著我又想，算了，就讓那混蛋被誤解吧。我主要是在想傑說過的話，柔伊這些年怎麼看待我：不是失敗品，而是一件好事。所以我覺得我應該出面，實實在在贏得她的尊敬。我應該找到金柏莉．諾蘭到底希望自己人生變成怎樣，然後去實踐。那天我退了學，打包行李，永遠離開曼徹斯特。

克洛伊．馬修斯：

當時有件事我沒說出口，即便我可能該說。諾蘭先生——他說叫他羅伯就好——過來稱讚我和柔伊看起來有多像——如我所說——甚至放了一段她唱歌的錄音給我聽。

但是他攬著我的方式……

我覺得很不舒服。我知道他承受了很多，所以當時我什麼也沒說，可是他是認真摟住我的腰。我好像尷尬了笑了笑，看著他，做出請你看懂我的暗示的神情。然而他會錯了意，把頭髮從我臉前撥開，直接往我嘴巴親下去——而且不是父親親女兒的方式，儘管我穿著打扮都和他女兒一樣。他的舌頭頂開我牙齒。我還來不及甩開他，那舌頭已在我嘴裡攪了一圈。

From: evelynidamitchell@gmail.com

Sent: 05/03/19 21:45

To: 你

> 喬瑟夫・諾克斯<joeknoxxxx@gmail.com>於2019年3月1日 週五 寫道：
>
> 嗨小伊——我打了幾通電話給妳——是怎樣？我剛看完第二部分，所以完全追到了最新進度。金去單挑安德森簡直是瘋了——我說妳，別亂來喔。他如果來跟妳講話算他有種。我不是要老調重彈，但不管她是否排除了安德森的嫌疑，和那人接觸都要小心點。他感覺非常噁。
>
> 喬X

抱歉，喬，最近真的太瘋狂，我有點不太正常。

我好幾個月開夜車。身無分文、拚命工作，眼睛下面掛著他媽的黑眼圈。我真心希望是因為這樣我最近才那麼不舒服。我決定試著放輕鬆大概一週，卻覺得恐怕會更糟。我現在真的不願意去想可能又生病的事，真的不行。

還有——好，好啦，我會去看醫生。我本來已經要去了，但上週有人闖進我車，往駕駛座到處撒尿。又是平凡的一天呢……
除了這件事，再加上電話和私人廣告，我忍不住覺得有人不希望我繼續查。所以你沒有再提出各種懷疑，我很感謝。我反應激烈只是因為我也這麼認為。可我現在只有那些引人懷疑的論點了。我當然沒有當場逮到任何人，沒有屍體，也沒有熱騰騰的凶器。我知道，如果沒能解答柔伊的下落，或殺她的潛在攻擊者是誰，這故事的吸引力十分有限。相信我，克提斯布朗公司的安納莉絲已經對我說得夠清楚了。她上週有如和客戶解約一樣，和我解約時說了（沒錯！）所以現在我也沒了經紀人。

我昨天才和金談過，我說到我有多麼筋疲力竭，面對這些拒絕又有多心累。她則告訴我她後來做了什麼，全和廂型車有關，**貨真價實**的獨家。這還只是大略草稿，我還得去找一些人，和他們談話，不過我還是寄給你。這樣一來，我至少知道稿子還安安全全待在某個地方。

我會繼續向前——繼續墜落。[redacted]

伊XXX

第三部

柔伊・諾蘭從未存在

PART THREE

ZOE NOLAN WAS NEVER HERE

22 極度黑暗

幾個月來毫無新線索，柔伊人生中的主要角色開始各奔東西，推遲的調查慢慢變成澈底停滯不前。

莎拉・曼寧：

案件無人問津。我們的重建現場時間算得剛剛好，也製作得超完美，並且在電視黃金時段播放給幾百萬人看。同時，我們也有機會得以再次呼籲大眾提供消息，也藉此搶先對報章雜誌發難。只要有節目願意讓羅伯・諾蘭出現，無論什麼他都參與——拍照場合、call-in節目、直播訪問，通常會有芬坦或魏琉跟著一起，此外還附加十萬英鎊賞金的條件，只要有人提供柔伊下落的資訊。

相信我，起先電話如浪潮般湧來。

妄想理論、目擊證詞、線報等等，全是死路一條。組裡對羅伯・諾蘭和那些供他使喚的媒體憤恨有增無減。換句話說，他把故事賣給小報，拚了命要將柔伊的照片維持在檯面。約三分之一打到報案專線的電話應該都是這行為造成的結果。一堆人只是想告訴我們，總之他們認為金、安德魯或傑・馬哈茂德應該為柔伊的失蹤負責。到了這個節骨眼，案子已經投入上百工時。當地方圓三英里範圍、上千家戶都上門拜訪過。歐文斯公園所有住戶都接受過訪問——有些還不只一次。安德森受到監視，但是柔伊失蹤當晚他卻有不在場證明，也沒有針對他的確鑿證據。嚴格說，除了一張能讓我們往下查的照片，什麼都沒有。而就連那照片也效力有限。

簡單地說，沒有任何辦法能讓調查繼續。雖然悲傷，但事實是你不能叫這些受過嚴格訓練的專業人員在原地空轉。此案的重要性等級調降，官方狀態仍為未決，但詹姆斯探長已接受調派，他的小組解散。我這方面除了還要負責諾蘭一家，也接到其他任務。不過我老實說，我越來越少花時間在他們身上。

只是因為真的沒有什麼好說了。

羅伯・諾蘭：

你的女兒失蹤，大家只會驚呼一聲，好像某種幻肢一樣，你身體殘缺，儘管有奇蹟發生，仍再也無法完整，只能感覺到案子漸漸窒礙難行，看著它蜷起身體，漸漸在懷中死去。

生活中能讓我繼續拚命的只有這個了。

可能沒辦法永遠下去，但就是一日過一日。它再也不會讓我驚慌失措，或是一早從床鋪跳下來，但那就像某種人工心肺，只能讓我度過恰好在眼前的二十四小時。當報案專線安靜下來，再也看不見新聞——就連壞的也沒有——電話就這樣不再響起，那便是我最低潮的時候。我無所不用其極努力分心，好讓自己能和現實隔出一段距離，超前一些步伐，但那感覺就像會致命的劑量。我承受不了——我可以坦白承認。

好，我想像的未來已不存在。我向來親力親為、白手起家，所以打算著手打造個新的未來。我將一切轉化為發起諾蘭基金會的力量，從那時就開始休假，不過我已經把辭呈交了出去。我對自己說，現在這就是我人生的唯一目標。

莎莉・諾蘭：

重建現場後，我們在一起的時間越來越少，並因此讓許多事情劃下句點：調查、我的婚姻、我的家庭。羅伯總比我晚上床，在我醒來之前就起身。有時他根本也不來床上睡了。我很生氣，他也知道，但他太走火入魔，無法回頭。我會忍不住想——我們是非自願地失去柔伊。可是現在像是我們刻意選擇失去另一個女兒，金。

我們知道她離開了曼徹斯特，她大概每週會傳簡訊給我們，告知她安全無恙，但只有這樣了。她不肯說她在哪裡，我也知道為什麼：她認為羅伯會把她的行蹤洩漏給媒體——只要能讓這巨輪繼續轉動，他無所不用其極。她可能也是對的——他沒有什麼事情做不出來。

魏琉：

我盡了一切能力幫忙。我顯然沒在諾蘭家面前這麼說過，但我發現自己算是做了最壞的打算？乾脆就告訴我壞消息吧，什麼消息都可以。只要給我一些明確的答案，將我們拉出這道螺旋、無論怎樣，反正快點了結這件事。我試著協助基金會成立，接打一些電話，申請補助和資金，可是工作實在太多了。對於慈善事業，諾蘭先生心中有非常明確的想像。一切必須以特定順序、特定方式完成，如果你踏出框外，他會勃然大怒，當成是對他個人的汙辱。由於情況特殊，我從來沒有對他生氣，可是我還有自己的學業，這難道不會太多了嗎？我不能忘記自己最初是為了什麼原因才來曼徹斯特，我還有想做的事。有些日子，我看到芬坦一副快昏倒的樣子——身體層面快昏倒。不管他付出多少，羅伯．諾蘭永遠覺得理所當然。

芬坦．墨非：

我先前可能提過，我受到那種積極父母的形象深深吸引，即使是羅伯這種專橫跋扈的類型。在某個詭異的層面，我認為我們相互滿足了對方的需求：他成為我形象上的父親，我變成他的代理兒女。我們支撐彼此前進。這是一種嘗試，有時會令人筋疲力盡，但在最後的最後，至少我們做出了一些善舉。分工很快就清楚明白：我負責幕後，羅伯則做為發言人，在外拋頭露面。只不過我們並非毫無意見分歧。

他總是更被當下利益吸引，不喜歡像經營小生意一樣，為各種積少成多的雜事疲於奔命。所以當我想將資源集中，傾注到原先說要以柔伊的名義創建獎學金的目標，幫助來自工人階級的年輕女子得到教育機會，羅伯腦中想的是發一張他自己製作的慈善單曲，〈柔伊之歌〉，將她的形象——而非她的精神——擺在我們活動最顯著的位置。當我想以先鋒之姿推動柔伊法，立法禁止老師和學生間的男女關係，羅伯更想做的是遊說名人一同對大眾發出呼籲。妳說莎莉告訴妳，羅伯相信自己讀到的一切？我不確定這麼說是否公道，但我明白她這想法從哪裡來。如果由我來描述他這個人，我應該會說：他十分清楚別人會相信自己讀到的一切。

搞不好可以說是絕大多數人。

因此他總是盡可能準備能面向最大公約數的訊息。我現在可以坦承，對於他的動機，我腦海深處藏著一些恐懼。而且在最辛苦的時候、在幾乎就要轉身離開的時候，我因為那恐懼而留下。雖然不是多大的事，但我才剛經歷第一次真正的分手。我們這些來自破碎家庭的怪胎總是恨不得能打造自己的家人，把自己受到的錯待都糾正修復。我猜我是想像過和康納領養孩子，或至少未來在某處和某人一起這麼做。我知道如果繼續待在基金會，我一定會放棄那個未來——至少短時間是這樣。重點是，我擔心如果無人控制，羅伯可能會把基金會變成空有其表的東西。起先我們意識到，其他人對這個情況的反應合情合理，起先我們的兩種方式互補互足。但我想，無論是哪種類型的關係，都經不起時間的考驗。

金柏莉・諾蘭：

只要想到我愛的事物，一定會想到我最大的成就——千尋，我的盆栽——以及我們小時候我都會去家後面那片原野健行。因此，當我離開曼徹斯特，便試著以這個方向為目標。我在湖區的安布賽德找到一份工作，那是我們還小時常去的地方，一個到處可見英國獵犬、灰濛又美麗的小鎮，雨可以說從沒停過。我在國民信託工作，工作內容有環境保護，有很多戶外任務，要做園藝，還要學習很多簡單的修繕。基本上就是學怎麼當工匠。起先我身無分文，住在一間酒吧樓上的小房間。沒人知道我是誰。我週日下樓到吧檯喝每週提供的一品脫啤酒，往往早就累癱，甚至可以腦袋放空整整一分鐘。

年紀稍微大了點後，你就不會再在意融不融入，我也覺得變老很多。壓力變沉重的話，我就出去散步。只要一出家門，我就擁有整座山脈——赫爾韋林山、斯基道峰、紅岩山、斯科費爾峰。只要我想，就能一直走下去。有些時候我還真的差點這樣了。拯救我的就是那些濡溼的山丘與原野，它們提醒我，我的挫折並非世界末日。那些山脈在我出生之前就存在，我死去後也依舊在。它們經歷了我能想像的一切悲劇，最久能一路回溯到遠古時期，卻仍屹立不搖。那對我產生某種意義。也許那樣的美是不會真正被擊倒，善的事物仍能在某處堅持下來。我幾乎不看手機，也不用筆電或看電視。晚上只讀那些女人留在樓下酒吧書架上的泛黃言情小說。我從不看報紙，也不告訴任何人我的行蹤。

一天晚上我散步回來，一如往常淋得一身溼，然後往房間裡的暖爐添燃料。酒吧女侍告訴我一個保持乾爽的小祕訣：把舊報紙揉一揉，弄成一團團塞進靴子，再把靴子放在火旁。報紙會藉著熱度吸收掉所有溼氣，第二天靴子就煥然一新。安布賽德非常惹人愛，真的非常漂亮，也很適合敲人竹槓——因為你非走路不可，所以酒吧到處擺了舊報紙，有些甚至來自世界各個角落。只要有辦法，我都拿外國報紙（像是某種防衛措施），就不會看到不想看到的東西。某晚，我正用心不在焉的態度塞著靴子，把一張張報紙撕開、揉一揉，某個畫面突然抓住我注意力。那是一張照片，柔伊的半張臉，所以我知道一定發生了什麼事，而且一定很大，因為那還上了外國的媒體。當時她已經消失四個月。可是我做不到——我沒辦法看。所以我盡可能把它捏緊，硬塞進靴中。

傑・馬哈茂德：

好吧，如果你想跌到最谷底，我建議從和朋友同住開始——接著是朋友的朋友，然後朋友的朋友——以下重複四次。直到你某天一個抬頭，發現自己已經不是和任何一種「朋友」一起住了。老兄，我躺遍整個城市的房間地板——赫爾姆的儲藏間、索爾福德每張折疊沙發床。我幹了快要一萬種不同的爛工作，端飲料、收杯子、擦桌面、清廁所。

我的工作每況愈下。起先我在最前方，接著被往旁邊移，離開視線範圍，然後藏到後頭，最後整個被踢開。我三不五時就被認出，也總是帶來麻煩。大家會抱怨，或問我對柔伊做了什麼，我把她屍體丟在哪裡。我在橋街一間酒吧洗盤子洗了最久，可是當他們發現我一直把伏特加倒進我的水罐，立刻把我炒了。某天晚上，我老闆誤拿了我的礦泉水，咕嚕咕嚕喝了半罐下去才意識到。他當場把我開除。結果一個禮拜後那地方發生火災燒毀。電線走火。四個廚房人員都喪生火場。

雖說，老兄，當時那種事對我已是家常便飯。那些千鈞一髮的危機、擦身而過的死亡。我現在也還是很習慣。如果有必要，我就在外露宿，無論看到什麼我都不屑地用鼻子哼氣。傑・氣喘人。過往朋友中我唯一還見的只有芬坦一個人。

芬坦・墨非：

呃，我不會說我和他有聯繫。我在安科斯一間慈善廚房當志工，我進去時看到一個傢伙正對停著的車探頭探腦，明顯想打劫。我走到他旁邊時他用非常可怕的眼神看我——你知道的，那雙眼中閃爍的神情就是在說他打算要搶劫。幸運的是他什麼也沒做，而我才邁開幾步，就想起自己在哪裡見過他。我回頭望，思考了一會兒要不要介入。然後我想，好，芬坦，柔伊・諾蘭真的會這樣做嗎？

傑・馬哈茂德：

他買了點東西給我吃。

芬坦・墨菲：

我在廉價小餐館給他買了點午餐。他的手抖個沒完，不斷敲來敲去，一直抽搐，不停回頭看。我問要不要幫他加入救助體系之類，找個地方待，但他開始哭，告訴我他覺得自己沒這資格。他說這些時間和金錢還是花在其他人身上比較好，他找不回自己的人生了。這實在令人不忍。一個這麼年輕的人，卻早早就放棄了自己。可是我也說服不了他，到最後，我只是把我身上的現金和我的電話給他。我說，「如果需要什麼，就打給我。」

傑・馬哈茂德：

沒錯，我開始睡在黑爾那些可以上鎖的倉儲空間，在機場附近——當然是不合法的。我稍微讓妳對那地方有些概念。另一個住在那裡的遊民告訴我一個故事。他說，我住的那個車庫之前屬於某人，那人三不五時就會來看看。後來他因為超速還酒駕之類的被抓，沒太嚴重，但足以讓他闕好幾個禮拜。只不過當時是夏日高峰，他不在時，開始有味道從車庫飄出來。他們破門而入時發現他綁架了一個精神有問題的女生，把她用鍊子鎖在裡面。她餓死了，因為他從沒告訴任何人她的存在。聽著，我其實不知道這是不是真的——他媽的我希望不是——可是重點在於，在那種地方，這故事聽起來還滿合理的。

金柏莉．諾蘭：

第二天，我的靴子乾了後，我把所有捲成團的報紙拉出來，放在晚上準備要生的火堆上，接著就去上班，並因為不想去思考這件事拚了命工作。我在十小時後回家，沖澡，接著下去酒吧，喝威士忌喝到醉翻——以前從來沒有這樣過——然後上去，回我房間，全心全意打算點火。自從離開，這是這起報導第一次出現在我面前，因此感覺就像一種測試——而且通過與否，將決定我的人生。我把柴薪圍著報紙堆起、放手點火，然後離開房間。

安德魯．佛洛爾：

第二學期，財務人員相當無禮地把我叫醒，通知我未付帳單的事。我的學費和房租帳單都跳票，逾期未繳，我戶頭沒有可以支付的金額。我打給父親，但好幾天電話都聯絡不上——雖然這一點也不稀奇。

最後，我從李普森那兒接到一通電話，他以親愛的老爹的名義發言。老爹因為我沒有簽下警方用以反駁傑的筆錄勃然大怒，並且認為我等同窩藏罪犯，不但讓這個報導繼續活躍，還把他的名字和此等難看丟臉之事牽連在一塊兒。我得說，到了那個分上，我很可能也和他看法相同。為了傑，我被抓住弱點要脅，他卻徹底搞砸，幾天後連個再見也沒說就閃人。所以我再也無法假高尚，堅守立場，我已經準備好要舉手投降、出賣朋友，只是再也沒機會了。李普森說父親要和我斷絕關係，我想確切的措辭是：「如果你想靠自己，就這樣吧。」

金柏莉・諾蘭：

我大概撐了五秒就跑回去，把上面有柔伊臉孔的報紙球從火裡弄出來。（它有一點燒到，但基本上還可以讀。我拿出來展開後，發現那是一份法國報紙，《世界報》，然後我就開始笑——鬆一口氣、帶些酒意的笑，因為照片上的女孩根本不是柔伊，只是長得和她很像的女孩——真的很像，但不是我妹妹。

我的法文程度最多就是能買條法國麵包，所以我留著這篇報導，因為我非常好奇。我得等個至少一週才聽說酒吧來了會說法文的人，好讓我知道一下那到底是在講什麼。當我把報紙在桌上攤平，幫忙的人說了聲「啊」，彷彿這在那裡是條大新聞，他早就知道這案件。我問了內容，他告訴我有個叫尚・貝文的百萬富翁在巴黎假死，燒掉了自己的房屋，打包移居墨西哥，然後讓他太太去領死亡保險金。讓此案增添黑暗色彩的地方在於，燒掉的屋裡還有三具死屍，一具原本被認為是他，一具則是他兒子，最後一具則被認為是他十九歲的女兒，露西拉。露西拉就是照片中的女孩，看起來像柔伊的那個。他們被看破手腳，而兩個孩子法律上都成年，因此三人都在法國進了監獄。那是我幾個月來最接近新聞的時刻，而且我真的有點震驚。我謝過那個人，帶著爛碎的報紙走出去，然後停下腳步低頭，發現房屋大火發生在二〇一一年聖誕夜，十二月二十四日。我最多只看懂這樣。

差不多柔伊失蹤的一週後。

我又繞回去，問那個人他們知不知道屍體是誰的——就是在火場被燒焦的那幾具，有沒有人認出他們身分。他搖搖頭說沒有，那是場悲劇，大家認為他們很可能是被綁架或騙來的流浪漢，因為外貌和這家人相似，才被當作目標。

就這樣，我突然領悟自己在第五大道外面被抓走是發生了什麼事，也懂了為什麼在我說出膝蓋受過傷後，廂型車上那些人態度突然變詭異。他們不在乎我痛不痛苦，事態是否難以收拾，甚至我需不需要截肢。他們只在乎我腿上有個鈦合金螺絲，可是他們得替換的女孩身上沒有。有一瞬間我覺得輕飄飄。酒吧裡的人以為我快昏倒，因為我甚至得靠著東西，但這感覺起來更像興奮。我沒有發瘋，我沒有活在這個瘋狂的世界，在那裡什麼鬼事都可能發生，在那裡一切都沒有任何意義，也毫無邏輯。這輕飄飄感一直維持到我想起一件事：不管他們最後用來替換露西拉的人是誰，那具屍體老早在火中被燒光。於是乎，所有輕飄飄感和狂喜感全數消失，因為我瞬間知道了我妹妹身在何處。

23 硬漢

金前往巴黎，鐵了心要查出二〇一一年十一月八日遭遇的事件真相，以及同年十二月十七日早上柔伊發生了什麼事。

金柏莉・諾蘭：

這些人一定打從一開始要的就是柔伊。在去那裡的飛機上，我腦袋裡只有這個念頭。她穿著亮紅色夾克走進第五大道，而我穿著那件夾克走出來。所以當他們抓住我、當他們將我丟出廂型車、當他們指著地上有個大洞的方向讓我走過去、掉進去、當他們說要是我敢告訴別人，一定會整死我、弄死我……

他們打從一開始要的就是柔伊。

當時感覺起來再典型不過。決定我人生的關鍵時刻，卻打從一開始就與我無關。所以我申請信用卡，過了一週（或再久一點）拿到手，訂了去巴黎的機票。我想去，我要讓這件事和我有關，我他媽的要奪回我的人生。

亨利・卡洪，尚・貝文的生意伙伴：

說到尚・貝文，你要知道的第一件事就是：這人不是建商，不是地產大亨，不是《十字架報》或《回聲報》上寫的那樣。他是搖滾巨星，活得沒有框架、毫無畏懼，只遵從自己的原則。他總說 *Bien faire et laisser dire*——先做就是，話隨別人說。我一開始只聽過他的名號。在巴黎，他能點石成金，因而聲名大噪。

任何地產或是土地他都能不花一文買下、貼上搶錢的高價賣出。無論到哪裡，這個形象都如伴唱隊一樣如影隨形——花花公子、美女左擁右抱、遊艇、名車、名貴香檳。他是上流名人，娶了全法國最美麗的女人之一，茱莉葉・狄普伊。這名女演員十六歲就和楚浮同床共枕，是魅惑女神，是高達的繆思。當一代年輕少男閉上眼睛、緊抱枕頭時總浮現她的臉孔。而這一切，沒錯，當我們這些人被木屑弄到眼花、建了再建，卻只賺稍微多出負擔一點點的價錢。我們看著這個不費吹灰之力就成功的人，心想我們恐怕只會白忙一場，什麼油水也撈不到[1]。

金柏莉・諾蘭：

研究貝文的事蹟就像目睹浴缸水流掉。水繞著排水孔一圈又一圈打轉，水位越來越低，但我停不了手。我註冊安布賽德的圖書館，好幾個月來第一次上網，開始讀我能找到關於他的所有資料。我用Google翻譯翻出法文的文章，所以有些部分會比較卡，但他整個人就是一個大寫的「可疑」。他算某種房地產大師，一分錢都不用花就買下法國那些破舊廢墟，翻新後以高利潤賣出去。就我讀到的，這人像是橫空出世，帶著一個完整無瑕的成功傳說粉墨登場。但凡他碰到的事物都變成黃金，而且感覺他花最多時間碰的就是他自己。

亨利・卡洪：

低價買進、便宜翻新，再高價賣出。醒著的每分每秒不斷糾纏我的這個循環，貝文睡夢中就完成了。某次，在拍賣一個爛得要命的物件時他碾壓過我，隨後立刻用他買下的三倍價售出，我立刻知道，甚至我醒著的每分每秒也不夠。我開到那塊地去看看，坐在這位大師腳邊，想知道自己到底哪裡做錯。問題在於，從我車子的駕駛座看去，它怎麼看都還是爛屎一沱。那時我才突然懂了尚・貝文。他兩腳穿一鞋，讓兩份工作看起來像一份，他是一個能把黑錢再次洗得亮晶晶的人。

金柏莉・諾蘭：

當時我弄不清到底是法國媒體說話太拐彎，還是我翻譯能力太破爛，但感覺故事底下還另有隱情，有些作者雖然點到，卻不願、或不能直接了當揭開真相。我就當這是暗示了貝文涉入歐洲大宗組織犯罪，而且最後也證實為真。他透過那些可疑的房地產買賣，洗黑手黨的錢。

亨利・卡洪：

一陣子後，去見那個人、握他的手甚至變成了我的習慣。隨後我發現這個貝文也只是他的幻

---

1 作者註：亨利・卡洪的所有訪問由喬瑟夫・諾克斯進行，並於二〇一九年加入伊芙琳的書稿。

影，他有如打造建築正面一樣精心裝飾。他本人只用夾板和油漆匆匆拼湊，又快又便宜，就如他那些地產一樣。他扮演的是不認識任何大亨的人「想像中」的大亨。外表所見很像真的，但那些牆壁都承不了重。他的指甲——一如談吐——圓滑無瑕，手上也沒有老繭。

因為賺錢容易，他一肚子油水。他對地產不感興趣，對市場沒有知識，對各種細節眉角也毫無熱情。他是個江湖騙子。我後來知道，認識這人絕不會有任何好事。當我們的短暫談話轉向共同利益和合資，我得說，像這種事情我就會拒絕。我再次回到那些木屑、牆板和微薄收益，告訴大家這個尚．貝文只是幻影，是顆會走動的肥皀泡泡，很會耍嘴皮的大砲型人物。當他遭到揭穿，泡泡爆掉，他會拖著所有人和他一起死。果然沒錯。

維克多．皮賽特中校，法國國家憲兵：

尚．貝文在二〇一一年三月因逃稅遭逮捕。起訴罪名不重，只是為了促使以下三個程序發生。第一，終止他的洗錢活動，切斷他和所有特定非法生意伙伴的聯繫。第二，讓憲兵隊以大動作詳加檢視他的財務狀況。第三，促使他和我們合作，針對組織犯罪展開更大的調查。我們推測貝文對於黑錢有獨樹一格的看法：該從哪裡移出、又該歸屬給誰，而之後也證明無誤。他一弄清楚自己落到什麼境地——要不無期徒刑，要不和執法單位合作——立刻判斷他對前生意伙伴的忠誠就到此為止。

同意合作後，他獲准以少量保釋金和資產凍結交保。我們認為，他就是在這個時候啟動計畫，利用最後一項有價值的事物：他的死亡保險。如果他必死無疑，卻能用某種方法拿到這張保額，那就可以變成有錢人，逃過警察、也逃過會計長，還帶著五百萬歐元和絕對的自主權消失得無影無蹤。唯一可行的混淆手法就是，他設計的死亡大戲一定要夠駭人，才有說服力，才能讓他的前生意伙伴不起疑心。而想加入他下輩子人生的人也得照做，這裡說的就是他的兩個孩子，艾力克斯和露西拉[2]。

金柏莉．諾蘭：

如果貝文想捏造自己和兩個孩子的死，就需要三個替身，而且必須非常有說服力。

維克多．皮賽特中校：

二〇一一年十二月二十四日，聖誕夜，貝文位於聖農拉布勒泰什的住處遭到極端暴力闖入。情境被設計得像是貝文的犯罪過往找上家門，並先以行刑方式殺死全家，再用煤油燒毀房屋，一切只為毀屍滅跡。事實上，貝文和他的兩個孩子都平安無事待在海外，使用偽造的文件前往墨西哥。驗屍顯示，該住處中找到的屍首都有數個大口徑的頭部傷，來自雷明頓887，全世界最強大的獵槍之一。這麼做很可能是為了盡可能消除可識別的牙齒證據。

儘管富可敵國，貝文的妻子茱莉葉．狄普伊卻逃過一劫。她不偏不倚在這個時間點去探訪她幾代同住的家庭，所以安然無恙，能領取貝文的保險金。還真是巧。儘管她對AG2R保險公司提

2 作者註：維克多．皮賽特中校的所有訪問由喬瑟夫．諾克斯進行，並於二〇一九年加入伊芙琳的書稿。

出申請，卻完全沒獲得處理，因為貝文的前生意伙伴亨利．卡洪看見他和他的孩子仍在墨西哥活得好好，通報國際警察組織。貝文與其家人在火災三個月後遭到逮捕，遣送回法。也就是說，他們的計畫可說是一起價格高昂且沾滿鮮血的失敗作。

二〇一二年四月十一日，囚於巴黎郊區弗勒里梅羅吉監獄禁閉牢房的尚．貝文遭到刺殺致死。經過短暫調查後，發現可能的肇事者是雅克．孟羅。這名獄卒當晚下班時遭遇車禍重傷，命懸一線。有關單位發現孟羅很可能超速駕駛，為了回家見妻子和母親，安．孟羅與瑪麗．孟羅，兩人被發現在他的家中遭綑綁，窒息而死。儘管沒有任何逮捕行動，一名官員私下表示，這些死亡案件非常可能與貝文和組織犯罪脫不了關係。

金柏莉．諾蘭：

我抵達巴黎的時候貝文已經死了——那是二〇一二年九月——但我對他從來不感興趣，我只想知道他到底是怎麼幹的，又到底利用了誰。我想知道是誰把那該死的布袋套到我頭上。我只找到一篇文章，稍微點到這起三重綁架謀殺案的技術層面。三名英國男子涉案——馬修斯兄弟。他們為貝文幹些瑣碎雜事已行之有年。就我能看懂的程度，他們都住在法國，而且因同謀犯下某些罪行遭到起訴逮捕，雖然到底是什麼罪我並不清楚。讓我決定上飛機的是一則報導，上面說蓋瑞，就是三兄弟中的老大已經保釋出獄。就連這個也很詭異，因為他們說巴黎那家廉價酒吧——就是他們的家族企業——沒了他一定破產。

總之，有一張照片是他走出法庭，抓著蓋在頭上的一件夾克。你沒辦法把他看得很清楚，但他左手上有刺青，像個皺著眉頭的生氣臉，彷彿悲劇臉譜。我立刻意識到另一手上可能有代表喜劇臉譜的笑臉，就像我在廂型車裡看見的一樣，食屍鬼一樣笑著的小丑臉，一個超大、超可怕的燦笑。

瑞奇・派恩，地產開發商，馬修斯兄弟的熟人：

我告訴妳，從沒見過這些小鬼手上沒拿酒。他們離家跑來法國就是為了這個，不是嗎？過個有點爽的生活？我不知道啦，他們在家鄉好像做的是拿車禍撞壞的車輛來拼裝的生意，翻修舊房子，維持短短五分鐘的完美形象，撐到賣出後五分鐘立刻倒掉。他們定時往來歐洲大陸，使出渾身解數一塊錢當兩塊錢花，搞些不法勾當，他們一定就是這樣才想到可以搬來這裡。這大概是蓋瑞的點子吧——什麼都是他的點子。阿麥和阿凱老是當跟屁蟲，他們三人連句法國髒話都不會說，所以在海的這一邊生意總是起不來。（笑）根本沒有大起，當然不會有大落，更別說起死回生。他們一塌胡塗，就是這樣才開始為貝文工作。這些人很蹩腳，不過貝文標準也不太高。他不在乎自己的房產有沒有修繕妥當。他付現金，也偷工減料。所以我想他們一個鍋配一個蓋。

我是從綠眼怪物知道他們的。那是巴黎一間愛爾蘭酒吧，要不是他們腦袋壞掉，不然不會跳進這種無底洞。聽到他們因為一些事情被逮捕，我不能說有多驚訝，雖然謀殺滿恐怖的。他們完蛋後，我還以為怪物——就那間酒吧——也會和他們一起完蛋。結果我某天經過，卻看見燈開著，蓋瑞在吧檯。我進去，看見他喝到爛醉，在店裡東倒西歪。我說，「蓋瑞，我還以為你在蹲苦牢，怎麼會在蹲酒吧咧。」（笑）他說他假釋出來，被減了刑，但我不知道他們還有錢能買醉。傳言說他出賣兩個弟弟，讓他們揹上入室行竊和殺人罪行。蓋瑞作證指控他們和貝文，交換自己的自由。如我所說，他是有腦的人。（笑）如果那可以叫腦的話[3]。

金柏莉・諾蘭：

關於蓋瑞，我只知道他已經出獄，而且和兄弟在饒勒斯擁有一家酒吧，綠眼怪物。我在傍晚左右降落在戴高樂機場，直接殺去那裡。我身上不算有真正的錢，但我可以刷爆這張信用卡、該在那裡閒晃多久就晃多久。這我非常樂意。我到那裡的時候記得自己突然在街上煞住腳步，大笑出聲。因為他們把我抓上去的那輛該死的廂型車就停在酒吧外面。擋風玻璃上全是停車罰單，看起來應該已經開不動，可是我很確定就是這輛沒錯。後門的汙垢上甚至還寫了東西，只是改成用法文寫。當我看到那間酒吧，我甚至不覺得它有在營業——門髒兮兮，就連對著它尿尿你恐怕都不會願意。這可是個開在巴黎的愛爾蘭酒吧啊——你不如在大堡礁蓋個高爾夫球場算了——但它真的爛到有剩。我推開門，看見裡面開著燈，真是嚇了一跳。角落坐了兩、三個彷彿絕症病患的傢伙，生命鬥士——瞎子、聾子和醉漢。沒人來服務，所以我直接過去吧檯那裡等。如果天花板真心和地板一樣黏搭搭，鐵定可以倒過來在上面走。我在那裡坐了五分鐘，一個男的腳步蹣跚地走進來。這就是我第一次親眼看見他的臉。

蓋瑞・馬修斯。

他和那些近親交配的肥胖英國鬥牛犬沒兩樣：下頷肥潤，大大的紅眼睛，彷彿呼吸困難。他對我點點頭，示意問我要點什麼，但我想聽他的聲音，所以按兵不動。我看著他。打從他們在第五大道外面抓走我至今，我瘦了一圈，頭髮也剪短，而且全身黑色。他認不出我，嘆了口氣說，

「要點什麼？」

我想要拿大頭針戳他臉，看會不會消風，或者拿把刀刺他肚子，幫他漏掉肥油，但到最後我妥協點了啤酒。也許，他聽到我聲音時有微乎其微一點停頓，但也只有這樣了。我記得他甚至得分段轉身才能給我倒酒，活像一艘他媽的油輪。我又開始大笑。在這種地方笑真的很突兀，所以他轉頭露出一臉怒容，但我真的忍不住。我想，妳一直怕得要死的就是這傢伙？就是這個傢伙讓妳落荒而逃，用布袋蓋住妳眼睛？他是個笑話，可悲至極。搞不好他看不到自己老二的時間就和妳看不見柔伊的時間一樣久。然後他用右手放下我的啤酒，那個喜劇臉譜的刺青就在那兒，就是我在廂型車裡看到的笑臉。

他發現了，因為我看他手的眼神。

當我們目光交會，我意識到他認出我。他整個臉脹紅，接著變得像甜菜根，然後轉為可笑的紫色，最後擴散到我看見的每一吋皮膚，他的耳朵、頸子和前額。我思考他是不是要心臟病發了（如果他有心的話）。他迴避眼神，轉過身咕噥著這杯他請。我想到建築工地，他和他的兄弟往我眼睛潑尿、倒伏特加。我說，「噢，謝了，最後這個算我的吧。」之後，當我坐在那裡喝完整杯酒，他人間蒸發。接下來半個小時又有一、兩個人出現，試圖吸引他注意，來吧檯喊他，不過

3 作者註：瑞奇．派恩的所有訪問由喬瑟夫．諾克斯進行，並於二〇一九年加入伊芙琳的書稿。

他都沒回來。等他們一用法文說媽的咧、暴衝出去，我就進了吧檯，給自己又倒了一杯酒，這次倒比較貴的，白蘭地的，然後到後面找蓋瑞。他坐在一張凳子上，有如剛被媽媽罵的小男孩那樣眼神空茫望著前方。我不知道他是因為我不開心還是因為他自己，又或者他弟弟，或是這個酒吧。說老實話，他似乎對自己一整個愚蠢可悲的人生沮喪不已。我說，「你對柔伊做了什麼？」然後他抬起頭一會兒，什麼也沒有說。所以我開口，「你對我妹妹做了什麼？」他只是搖搖頭，拿塊破布抹抹臉，說，「老子不知道妳啥意思，」然後說，「滾，我們關門了。」

瑞奇・派恩：

嗯，對，後來也一樣，我某天晚上經過，燈又亮了。我從來不曉得發生什麼事，他到底是沒了生意，還是沒了卵蛋。我已經很久沒見到他，所以也沒得問。雖然我聽說他離開這區了。到處都聽說有人看到一個很像蓋瑞的人露宿街頭，在危險的街頭乞討。他在酒吧方圓一英里範圍混得比較好——在我們混不好的時候，他請我們喝了不少酒——但我想他大概覺得丟臉吧。我現在仍時不時看到蓋瑞，而且通常會將身上所有零錢給他。

當然，我不會寬恕他可能參與的那些事。話說回來，我其實不確定他到底還記不記得我，或自己做了什麼。他大概整整五年過著餐風露宿、醉得不醒人事的生活，所以這所謂的自由也沒讓他得到多少好處。雖然有趣的是——我之所以注意到，是因為他用那隻手伸出來接零錢——他把右手背上的皮膚燒掉了，那上面本來有個笑臉。（笑）可能對他再也沒有用了吧。

無法聯絡到蓋瑞・馬修斯對此出版品表示意見。他的弟弟麥可和凱文透過法律顧問拒絕發言。他們皆因二〇一一年十二月二十四日發生於尚・貝文家中的謀殺案件，分別於法國的矯正機構服無期徒刑。

金柏莉・諾蘭：

我盡可能待在離綠眼怪物最遠而且能力可以負擔的B＆B。我睡得像死人——如果我有翻過身，我大概會很驚訝吧。第二天，我神清氣爽醒來，吃了個可頌當早餐，去最近的警察局。我把發生在我身上的一切告訴他們，這是我有史以來第一次大聲說出口。他們願意聽，也願意關心，還拿菸給我抽。我不抽菸，但仍收下。我在想，你什麼時候還可以坐在巴黎的面談室，把你的人生故事告訴警察？聽我說話的是一個長相俊美，叫做維克多・皮賽特的人。他有著一雙瞇得細細的警察眼睛，我講得越多，那雙眼就變得越來越大。我想他應該不敢相信這個瘋狂的故事吧，沒想到發生在海另一邊的瘋狂案件竟然比這裡的更詭異。

但我就是當事人。

那時他們已鑑識出房屋大火中的兩具屍體。代替貝文的是一個巴黎人，遊民，然後他們從比利時抓了個可憐小孩代替他兒子。警察認為馬修斯兄弟從不同地方抓人，讓手法更難辨認，更無法追蹤。

他們唯一鑑識不出的屍體是那個年輕女子，用來代替貝文女兒露西拉的。我一說完、一拿柔伊的照片給他們看，告訴他們我發生了什麼事，他們就想要DNA樣本，我也給了。之後維克多載我回到機場，並建議我打給父母。我看著他時他又瞇起眼睛。他說的話帶著點命令意味，所以我打了。我從法國打給媽，應該是六個多月後我們第一次講話。我想我們只講了幾分鐘，但也足以讓我表達我有多麼愛她，又有多麼想她。那通電話對我們來說意義重大。我沒說自己人在哪裡或在做什麼，可是掛上電話後我心想，都結束了。我還記得自己想著，我做到了，妳了嗎？我解決了我們所有的問題，我拯救了所有人。

維克多．皮賽特中校：

很不幸，金柏莉．諾蘭的DNA樣本無法鑑別。用來替換露西拉．貝文的年輕女子隨後經鑑識得知身分為伊莉絲．貝路堤，一個從法國布列塔尼的寄養體系逃跑的女孩。麥可和凱文都承認綁架、殺害她，兩人皆未承認對金柏莉．諾蘭綁架未遂，但我們仍有幾件事項是可以確定的。第一，兄弟檔兩週一次由巴黎開往加萊，從那裡前往英格蘭和曼徹斯特，搭乘「派對遊船」去位於某個叫普雷斯特維奇的小鎮的家族酒吧。第二，他們在十一月七日也開了這趟，在襲擊金柏莉後一天回來。第三，貝文在十一月五日雇用馬修斯兄弟去找合適的女孩。第四，凱文，亦即年紀最小的弟弟，在運河街附近的建築工地工作。確實，這幾個兄弟有高度可能身在那間夜店、發現金柏莉和露西拉之間相似之處，並且臨時起意，執行這個以失敗告終的綁架行為。

當她證明自己並非合適人選（因為他們認為她膝蓋裡有鈦螺絲），便決定不從英國抓人，在離家不遠處再進行一次（很不幸）成功的襲擊。我們可以百分之百確定地說，貝文家中遭殺害焚屍的女孩並非柔伊．諾蘭。就目前所知，無論貝文或馬修斯兄弟，都不知道她這個人的存在。

From: evelynidamitchell@gmail.com

Sent: 16/03/19 01:07

To: 你

只是想打打看電話。我知道我很多訊息沒回，抱歉最近有點誇張，而且不是好的那種。我碰到羅伯·諾蘭——超超超可怕。真的很糟，醉醺醺，大吼大叫，逼我告訴他金在哪裡，但這還不是最糟的。

我熬夜戴著耳機謄寫金的最後一卷帶子，覺得好像聽到什麼，所以拿下耳機，發現有人在按門鈴。我看了看時間，不過半小時知前，午夜過半小時，然後去對講機那裡應門。一個人都沒有。所以我就不理，把耳機戴回去，接著聽到門鈴**又響起**。

我去對講機那邊，沒人。**然後又**來。第三次的時候我跑去大廳、樓梯、然後去開通往大馬路的門。

有一個**男人**站在馬路對面看我，我把私人廣告的東西全重看了一遍，我／我的電話／我的地址早就沒列在上面了。這是完全不同的狀況。我他媽的真的要嚇死你看到這封信可以打給我嗎？

[redacted]

伊XX

編者註記

儘管悲傷，但是《真實犯罪故事》的最後一部分不得不由伊芙琳·米契留下、卻再沒有機會親自謄寫或安排的筆記與錄音編彙而成。根據檔案，她在二〇一五年開始對此案進行初步記錄，二〇一七年末和羅伯·諾蘭談話，接著於二〇一八年初開始訪談安德魯·佛洛爾、芬坦·墨非、傑·馬哈茂德、金柏莉·諾蘭以及魏琉。

二〇一九年三月二十五日，本書第一部分完成之後九個月，亦即將書的前言寄給我兩個月後不久，伊芙琳·米契死亡。儘管接下來的內容並非由伊芙琳編排，謄寫的內容絕大部分是由她生命最後幾個月的訪問中摘錄。這些訪問等同她對本書與本案付出的最終心力，並以突破性的發展將故事推到最高潮，揭露凶手身分。

第四部

朋友重聚

PART FOUR

FRIENDS REUNITED

24 之後的人生

二〇一八年末，因柔伊失蹤而引發的一連串事件經過七年，以她名字創立的慈善機構諾蘭基金會遭媒體指控發生極為嚴重的不當情事，形象受到動搖。當芬坦使出全力拯救基金會，同時卻有更重大的事件埋伏在轉折處。

莎莉・諾蘭：

我聽到車聲時人正在樓下花園。這是巷子盡頭一間老舊的農場小木屋，要是你聽到有人的聲音，絕對就是來找你的沒錯。我繞出來，卻只來得及看見一團煙塵，有輛誰的車開走了。然後我進屋，看見答錄機上有二十則訊息閃個不停。

就是這樣，我知道一切又開始了。

馬可斯・李，前《週日郵報》新聞記者：

以這種報導而言，你必須好好做功課。不管其他人怎麼想，光是謄寫男女雙方說法然後在紙上印出來，根本不夠。所以我們列了張清單來回確認，也盡職進行調查。沒有人會一早醒來想說，「好，我今天就要來毀掉某某的人生」，當然也不會去傷害根本沒犯錯的人。可是話說回來，如果你手頭拿到這麼辛辣的獨家，絕對會有人被傷害到。你會打電話給被你報導的主角，給他們回應的機會，甚至先一步通知，這已算是仁至義盡。

大多時候我們的事前準備大概會做到這個程度。

這樣說好了，如果你要抹黑某個名人，他們不想被爆出來，可能就會提供你一些別的爆料代替——婚禮照片、訪問、別人的黑料，之類之類。經驗法則是這樣的：如果你看見某個知名人士做了自家導覽，很可能是被發現了些不能見人的祕密。重點在於，對於此案我們不做這種期待，因為他根本沒剩什麼料可以拿來交易。十二月十四日那個星期五，我們一絲不苟地照顧到所有細節，當年的那個時刻也沒有人漏掉這個關連性[1]。

芬坦・墨非：

那七年我幾乎只為諾蘭基金會工作。一開始我們像是雜牌軍的菜鳥慈善機構，只有兩個主要目標：維持柔伊名字和臉孔的可見度，確保案件報導不會就此告終、沒有進展——同時試著推行某種公共利益。

我想我們兩邊都做得不錯。由於我們針對柔伊法做的努力，近幾年從數據來看有顯著上升，雖然這個法條很不幸沒有成功，可是付出的這些努力也等於開啟了對話，致力使老師與學生之間的任何親密關係成為刑事罪。大多教育機構都有相應的內部對策遏阻這種關係，可是，為了涵蓋

---

1 作者註：馬可斯・李的所有訪問由喬瑟夫・諾克斯於二〇一九年進行。

已至法定成年的關係者，這依舊是需要大力規勸的事項。我們認為這件事儘管並未在柔伊的失蹤事件中成為直接原因，她仍有過那種關係，也很可能成為影響她情緒，促使她認為必須向家人保密的關鍵——也許甚至導致她二〇一一年的自殺未遂。

我們想要這條法律能夠到位，讓大家認同，不只法定承諾年齡，還有往往伴隨這種關係中存在的不對等權力。很不幸，這項法案在二〇一七年遭到駁回，不是因為它缺少法律依據，而是因為我們無法拿出柔伊和麥可．安德森在一起過的任何直接證據。結果令人失望，不過我們依舊成功舉辦了**永不遺忘**活動。然後在二〇一八年，九月剛過，我們看到第六代「柔伊的天使」在高等教育機構註冊。我們當然也準備要在下週為柔伊失蹤七週年進行紀念活動。就是那時，我接到李先生那通來意不善的電話。

安德魯．佛洛爾：

聖誕燈光一開始點亮，你就曉得週年紀念即將來臨，每年來的時間好像都變得更快。你會做好萬全心理準備，面對就要浮上檯面的一切——一個記憶、一股感覺、一份懊悔。雖說我當然沒有心理準備要面對這種重大揭發——至少沒想到會是這種案情突破的壓哨球。

當時我工作忙到團團轉——讓我前情提要一下：父親和我切斷關係，雖然我大學第一年被當，後來甚至直接退學，我仍努力在曼徹斯特的個人電腦世界找到工作，賣些電子設備，賺那個只比奴隸多一點點的薪水。我在特拉福德購物中心分店工作五年就跳級升官——從低賤的資淺業務助理，變成崇高的資深業務助理。很不幸，我像火箭那樣一飛衝天的晉升狀態，卻發生在為求穩定、不得不勒緊褲腰帶的動盪時期，他們通知我這個職位正在評估中。這讓我緊張到爆炸，因為我是月光族，這份垃圾工作卻可能要像丟垃圾一樣把我丟掉，我因此輾轉難眠。所以——沒有，我沒有世界末日就要來了的現實感，但那只是因為我早就處於世界末日的狀態。

芬坦・墨菲：

當你發現自己處於以下情境：多年努力可能因為一些輕率而愚蠢的行為毀於一旦，你訴諸的第一個手段可能是去談判。至少在這個例子中，我第一個動作就是談判。

馬可斯・李：

墨菲敵意滿滿——不要被慈善表演給矇騙了。我打給他時甚至得把電話拿離耳朵一呎遠。他咒罵個不停、怒氣沖沖地狂吼，要求我可以做什麼，又不可以做什麼、我哪些該遵守，哪些不用，外加隱晦地威脅說要採取法律行動。如我所說，基本上你就是先行提醒，所以會發生這種事可說早有心理準備。我這方呢，就是試圖解釋我們的報導應該只會產生正面效果。也許柔伊・諾蘭是他的宇宙中心，卻不是所有人的宇宙中心。我們的報導能讓她回到大眾視線，比他那個寶貝基金會做的有用更多。等他稍微冷靜下來，便問了我申訴者的名字。我當然拒絕提供，接著他要我不要將新聞付印，苦苦哀求，說這可能會「傷害到」柔伊。

芬坦・墨非：

噢，我想他對這些事的回憶可能比我更精確，我也可以確定內容都被錄了下來，所以再去質疑毫無意義。不過我會說他交際手腕相當不錯，這種直指人性弱點的案例找上門，他恐怕再開心不過。所以我在一開始做出那種反應，也沒什麼好驕傲。可是我不認為那算野蠻或失去理性，在那種情況下，任何人恐怕都會說出這種話、做出這種舉動。而且我幾分鐘後就回電給他，詢問更多細節。

我一掛電話、一意識到他告訴我的是真的，就開始著手安排，努力解決問題。我想要的「注意」不是這種，尤其不希望發生在距離十二月十七日這麼近的時候。但是我和那些把頭埋起來假裝沒事的鴕鳥並不一樣。

金柏莉・諾蘭：

對我來說，那好幾年的寧靜時光——是很安靜，雖然不見得輕鬆。我讀了一篇文章，講一個在登山意外中失去右手的男人。即使他早就知道手不在了，不時還是發現自己想用不存在的手拿東西。我和柔伊後來的關係就像那樣。我知道她早就不在，卻發現自己仍想找她。她以週期性頻率在我人生出沒。我們生日同天，所以這就變得很有意思了。當你不知道自己的妹妹身在何處，不管要慶祝什麼都變得很難。當然九月這個時間也是，起初那對我們來說代表許多未來願景，很快的十二月也來臨，也就是她失蹤的週年紀念……

這一切在在像是一個開放式的問題，成為自我詰問、自我鞭策、自我傷害的時間。就是——

如果我做出不同舉動，那會怎樣？當我離開法國，我很確定一切已然結束，可以將我的問題和妹妹的事劃下休止符，對父母證明我的價值，拯救我的家庭。可是最後情況卻不是這樣。我瞪著蓋瑞・馬修斯的臭嘴，看清他其實是個打腫臉充胖子的笑柄，然後轉身走開，並且從海峽彼岸帶了點自信回家。但是我必須接受維克多・皮賽特及法國當局告訴我的話。

在那屋中燒死的屍體不是柔伊。

沒有任何證據顯示她被當作目標。他們抓的人都是路上隨機看到，沒有事先考量或計畫，只是將顆藥丸丟進飲料，接著把人扔進廂型車後方。

我很努力讓自己十二月忙得不可開交，瘋狂工作，所以上次聖誕節也一樣。我仍在國民信託，不過是在湖區周遭各個不同據點流轉。當我接到辦公室電話，我想不起當時是在哪一個據點——我好像開車到華茲華斯故居還是哪裡吧——說有個墨非先生想聯絡我。我們從來沒有很熟，好幾年沒說話，所以我知道這一定事關重大。當時雨勢大到瘋狂，訊號很糟。我停到路邊拔高音量，「芬坦・墨非想要找我？你確定？」

安德魯・佛洛爾：

你會怎麼稱呼像是出柙猛獸的青少年？殺人凶器？雜種臭小鬼？好吧，不管是什麼，反正那天店裡就有一群，五還六個小王八蛋，無所事事到處晃，把電腦螢幕搞得黏兮兮，在搜尋引擎打些「同性戀幹炮」的字眼，自己在那邊覺得好笑。我在想，如果你把所有商品放出來展示——就是那些小機件和平板，這種事大概在所難免。我的工作基本上就是盡可能阻擋那些低能笨蛋，好讓真正的客戶能在夾縫中看個幾眼。

詭異的是，那些小鬼看我的眼神一副我是他們失散已久的老爸，而且來者不善——更像是我留給他們老媽假電話號碼外加一雙淚目，之後就完全懶得給錢養孩子。我偶爾會接收到這種眼神。每當報導又出現在新聞上，或是基金會發起新的呼籲，我臉上有抓痕的照片無可避免又會在某處浮上檯面，接著我就會發現自己再次被迫接收這些揮之不去、充滿敵意的眼神。因為這件事，外加店裡那些聖誕裝飾，讓我回家時比往常喝得更兇。我想我的肝大概會比頭髮死得更快吧。

金柏莉・諾蘭：

當我接起芬坦的電話，相互招呼，很可能雙方都感到態度稍微冷了一些，然後我們就開門見山。他說我接下來幾天可能會接到一些媒體邀訪，恐怕會有點難捱，他想全力協助我。我則說，「芬坦，他媽的什麼媒體邀訪？」

艾咪・摩斯，柔伊的天使，校友2015-18期：

我當時十七歲，所以應該是在二〇一五年。我對柔伊・諾蘭所知不多，但我們——我和我媽——當時正拚命想辦法讓我能有錢上大學。我申請的課程是結構工程，單是學費就太貴，除此之外，我還得找地方住。我的預科輔導老師建議我申請諾蘭基金會的獎學金，我就申請了，其實沒想太多。幾週後，我接到芬坦・墨非寄來的email，簡直像天降奇蹟。他說他們打算全額贊助我第一年的學費，做為交換，我需要為機構做些象徵性的工作。我一看完柔伊的遭遇還有他們在做的事，就覺得應該真的很棒，總之大家一定會願意參與。我坐火車到曼徹斯特見芬坦和柔伊的爸爸羅伯，他們介紹了自己的出身，以及能在哪些方面協助我。當他們理解我對學業的態度有多認真，一切感覺再完美不過。我們都有共識後，就由他們接手後續，毫無疑問。

但接著羅伯．諾蘭開始傳簡訊給我……

我知道職責上我得稍微露面，我也去了，通常都沒什麼問題。我見了他們幫助的其他女孩——柔伊的天使——我們都處得很好，儘管感覺有點怪。我們看起來都一樣：所有人都是金髮，體型差不多，笑容和眼睛都很類似。我們全和柔伊長得很像。接下來，羅伯開始在根本沒有活動要去的時候打電話、傳簡訊給我，有時編造一些情況，說我必須參加，然而我到了那裡卻只有我們兩人。有時在酒吧或餐廳，有時久到一整個晚上。一部分的我在想，好吧，如果他就想要這樣，想在妳的人生占有一席之地，會少一塊肉嗎？只不過第一年就變得很超過，太私人。他想知道我人在哪裡，和誰在一起。他老是警告我毒品和「壞男生」的事。他寄給我自拍，慫恿我也照樣回覆，說「我只是想看看妳在哪裡。」這些行為總帶著一股暗示，只要我有意拒絕，他就無時無刻、明裡暗裡提及錢的事情。他會說，「好吧艾咪，我是真的希望能繼續幫妳，希望可以幫妳到第二年，LOL，笑臉符號，三個親親符號」，這種被動出擊、這種令人傻眼的事情。可是媽很感謝他們，我不知道能跟誰說[2]。

2 作者註：該訪問由喬瑟夫．諾克斯於二〇一九年進行。

馬可斯・李：

身為以他死去孩子名義成立的慈善機構之領導者，他利用這個職權，巧妙滲透這些年輕女性的生活，並造成各有不同的結果。是說，妳看看，一開始我還以為他是真心投入，想出一分力，只不過漸漸覺得自己應得更多，例如那些孩子其實給不起的情感連結。和我交談過的孩子都很善解人意，但是她們想得到的是一些正面事物，不是這個五十五歲的老頭。

因此，當諾蘭得不到屬於父親的擁抱和親吻，退而求其次的是什麼？這邊我先爆雷警告：出面的四個女孩都遭遇過他主動又跋扈專橫的騷擾。有兩人曾和他單獨見面，都舉報他有不當行為，一人確實對他提出性騷擾起訴。我們有宣誓報告書、時間、日期、螢幕截圖。整篇報導可說蓄勢待發。這一切距離他女兒的失蹤週年紀念只有幾日之隔。其實這一開始不在計畫中，只是個快樂的意外。諾蘭早就嗅到不對勁，因為我一開始就打給了他。他先是掛掉，然後把手機關機，躲起來後就丟墨非一個人接這燙手山芋。

金柏莉・諾蘭：

除了真的很抱歉之外，我還能對那些女孩說什麼？芬坦告訴我時，我視線一片模糊，得坐在路邊整整五分鐘才喘得過氣。

羅伯・諾蘭：

等等，聽著——聽著，我就算說對不起說破嘴也沒有用，而且我早就說對不起說破嘴了。我也可以對一些事實和事件的說法提出質疑，可是說到底，我也只能揹著那些過錯活下去。我得到了我一直想要的機會，一個平臺，卻沒有好好運用。一開始我並不打算傷害任何人，至少不是有意的，可是我也知道這看起來、聽起來是什麼樣。我付出很大代價，才發現自己不是我向來憧憬的那些人。我不是藝術家，不是柔伊，我承受不了這一切，我也坦白承認。

我很羞愧，我當然很羞愧。

但我要對那些排隊打算教訓我的傢伙說句話：你們大多數人根本連這種測試都沒接受過，至少沒像我這樣。大多數人不需要在全世界面前發現自己的本質。也許我禽獸不如，也許我非常可恥——這兩種說法我都同意，就某種程度。但我也有資格說我看清了自己，徹徹底底地認清。有時候，這麼想其實一點安慰效果也沒有，但我至少可以理直氣壯這麼說。一切爆出來後，我盡全力將傷害減到最低。一知道報導曝光的消息，我就辭去諾蘭基金會的理事職位。我做了最好的選擇。

芬坦・墨非：

是這樣嗎？就我印象，我那天大概打了三十五通電話給羅伯，可是他連一通都沒有接。最後我留了訊息，通知他我們將召開緊急會議，他將從理事會中被免職，即刻生效。我也告訴他我會這麼對媒體記者簡報。我知道，如果我想拯救我努力成就的一切，動作一定得快。

順帶一提，他完全沒回我電話。

我們從七年間天天交談，變成從那時起一個字都沒講，除了一次令人懊悔不已的例外。我其實沒空擔心這件事。對我來說，更重要的是聯絡那些受到影響的年輕女性，提供他們我能給的補償，並給她們一個能暢所欲言的管道，不附加任何條件義務。她們都十分感激，態度溫順，是一群非常棒的年輕女孩，這也是柔伊的功勞。沒有一個人認為我早知道羅伯的行為，也沒有一個人想見到基金會遭到報應。這件事一完成，我就通知金柏莉、留言給莎莉，然後召開記者會、昭告天下。這一切都發生在我得知此事的當天，所以我真的盡了全力。

馬可斯・李：

　　這真是太莎士比亞了，至少我認為當他們這麼形容，正是這個意思。父親因女兒失蹤做出的反應，最終毀了他自己。這種故事誰不想看？而且畢竟，經過多年的報導與倡議行動、各種引用和訪問，我們的讀者早就對羅伯・諾蘭熟到不行——他們對他根本瞭若指掌。

　　一切功勞都要歸給墨非。他的反應夠格且到位。他在十四日當天下午四點安排當地媒體開記者會，就是我拿這個指控突襲他的同一天。只是最後，我們發現這並非油鍋裡最大的一條魚。他帶著聲明走進來，整個空間（當時已經半空）甚至又空了一些。電話開始響起，新聞寫手開始起身接電話，走了出去。我真不敢相信。我們是那兒唯一的全國性報紙，而且這些更小間的傢伙甚至一副不感興趣的模樣。有一瞬間，我還以為過了這些年後，我錯估了大眾對柔伊的興趣。我心想，還有什麼消息能比這個翻車得更嚴重？

安德魯·佛洛爾：

他們不只是單純認出我而已——那些青少年在大庭廣眾下指著我嘲笑。那時我已經意識到他們沒打算買任何東西。所以我走過去，叫他們最好快點滾出去——我基本上狠狠地罵了他們，看著他們鳥獸散，可是他們仍因為某件事笑到快要尿褲子。

馬可斯·李：

等到可憐的芬坦走上臺，已經變成現場所剩無幾的幾個人之一。在現代，你會越來越常見到這種的場面。新聞媒體管道被網路搶得先機。雖說那是我第一次輸給了Pornhub色情網站。

安德魯·佛洛爾：

我看到他們在平板上搜尋些什麼，感到心臟簡直他媽的真的要停了。

金柏莉·諾蘭：

我週五晚上回家，房子外面有一個記者在露營——真的是露營，有帳篷的。我從沒見過這種狀況，就連柔伊失蹤事件到最高峰時都沒有。街上有兩、三個傢伙，我非得經過他們才能走到家門口，到這時還要裝傻就太蠢了。所以我轉過身說了一些話——「我告訴你們，我對我爸的私人生活一無所知，我們一點也不親。」但他們根本不在乎。其中一人直接把攝影機堵到我面前，大聲地說，「我們早就知道了。但是妳和安德魯·佛洛爾親不親呢？」

安德魯．佛洛爾：

那些小鬼把我的名字打進搜尋引擎。我的名字後面接著字母XXX。家長控制軟體的安全設定會把彈出視窗擋下來，但那讓我冒出另一種不好的預感。我意識到那些孩子用和我同事一樣的眼神看我。接著，幾分鐘後我進入休息室，看到了他們背著老闆搜尋的是什麼，我發現我看到的是一支影片，就是我們七年前錄的那所謂的「性愛影片」。

影片被流到了網路上。

那次之後——就是柔伊為此抓花我臉、接著失蹤——我連一秒都沒看過。在我理解，那從沒被上傳到任何地方。此外，影片大概只有六秒長。然後我就領悟這完全是另一回事。這不僅僅是我喊著「柔伊、柔伊」的六秒鐘，而是完整時長，長度超過十六分鐘。

馬可斯．李：

我跟著當地媒體到走道上，瞧瞧究竟發生了什麼事。突然之間我身邊的人都在看手機上的色情片，我馬上意識到那是獲得大量討論的柔伊x安德魯性愛影片，完整版被流了出來。我立刻打算走回會議室找墨非——他一副要爆出眼淚的模樣。接著有人一把抓住我手臂，好像在說，「馬可斯，你不知道我們到底拿到了什麼，這可是個他媽的超級大新聞。」

跟著佛洛爾一起喊！

性愛影片的曝光揭露這場狂野的交配行為——主角是安德魯·佛洛爾，亦即失蹤的柔伊·諾蘭的前男友，與其不良雙胞胎姊姊，金。

該影片（已有超過88,000次瀏覽數）中可見當時是青少年的佛洛爾（現年二十六歲）與他不斷喊著「柔伊」的年輕女子難分難捨。

儘管二〇一一年警察高層都知道這支影片的存在，就《運動報》所知，他們只看過短版影片，並推斷佛洛爾正在對他當時的女友柔伊·諾蘭進行播種動作。

可是在曝光的一刀未剪的十六分鐘性愛影片（十二月十四日由匿名者上傳到串流網站），明顯可見現年二十五歲的金要求佛洛爾用自己妹妹的名字喊她。

在這乍看並無異處、才剛萌芽的愛情故事中，佛洛爾似乎對渾身是刺的金的要求十分掙扎，直到她狠狠地以吻出擊。

佛洛爾做出回應，決心出手摘花，喊她「柔伊」，直到兩人都如綻放的玫瑰達到高潮、百花齊放！

影片究竟從何而來，或有無通知警方，目前尚不可知。

但他們火熱的交配行為將使得警方針對柔伊·諾蘭的失蹤產生更多疑問，她於二〇一一年十二月和佛洛爾大打出手後不久，旋即由曼徹斯特家中派對消失

柔伊的好友，資深人資顧問魏琉（現年二十五歲）表示，「安德魯·佛洛爾和金柏莉·諾蘭欠全世界一個道歉和一個解釋。」

她說，「得知他們在柔伊背後偷吃，而且她竟然在發現這件事沒多久就失蹤，真的讓我心碎。

「但很顯然這兩件事並非毫無關連，我真心呼籲安德魯和金自我反省，而非檢討對方，然後告訴我們到底發生什麼事。」

然而我們無法聯絡佛洛爾或諾蘭，請他們發表意見。

以柔伊名義建立的慈善機構正在準備紀念她生平的年度慶典。然而，在針對諾蘭基金會創辦人羅伯·諾蘭的「不當行為」指控爆發後，慶祝活動暫時中止。

他自此請辭理事會職位。

週末運動報，2018年12月15日，星期六——E. M.

25 到此為止

魏琉：

我們可以現實一點嗎？一分鐘就好？我認為在報導爆發當下，我們馬上就想通了一些事。我自然立刻理解為什麼我最好的朋友看見影片會這麼傷心，我好像終於懂得她為什麼這麼受傷，覺得遭到深深背叛，為什麼非得離開派對、含著眼淚獨自走上屋頂。她剛發現自己的男友和雙胞胎姊姊背著她玩某種扭曲的性愛遊戲，不知道還能相信誰。當影片被上傳，我開始看清為什麼柔伊想要消失，希望一切到此為止。

莎拉・曼寧：

完整影片流出時我已經離開大曼徹斯特警察局，所以我表示，這會對調查造成何種影響，一切只是我的推測。我可以說，在柔伊仍失蹤的狀態下，她的案件仍屬偵辦中，雖然目前調查停滯，而我認這樣的發展已足夠讓警方再回頭看看。

不幸的是，對於安德魯和金，這起醜聞讓他們擁有就目前來說最強的動機，成為最希望柔伊人間蒸發的人。我們都看到她發現影片時如何反應，把此事看得多嚴重。而你更可以主張，她消失對他們兩人都有好處，因為，目前看來真的沒人發現他們幹了什麼，直到這一切浮現。

魏琉：

比那更令人擔心的是，我第一次意識到安德魯和金可能真的想傷害柔伊，他們又有多痛恨她。安德魯一副高高在上、鄙視厭惡她的模樣；金則對她妹妹的一切都予以否定。不開玩笑，我真的嚇到心都寒了。我還記得自己在上班時讀了手機上的報導，突然之間整個人倒在辦公室地板，對著我裝Tesco自有品牌煙燻鮭魚三明治的牛皮紙袋用力呼吸……

我也開始看清安德魯和金有多恨我，一直以來也多麼針對我個人。他們讓全世界認為我和影片流出有關，卻根本從頭到尾很清楚影片從來不在柔伊給我的筆電裡，因為她沒拍那支影片——她甚至不在裡面。她和我是在完全同一時間發現的。

莎拉・曼寧：

也就是說，儘管我確實認為影片會引起對於調查的新疑問，當然也點出了可能的動機，我的第一個擔憂會是影片的出處。這個東西沉寂在某個地方七年，也隱約暗示有人這麼久以來一直握有影片。我們的主嫌，那個影子人，他迷戀柔伊的程度甚至使他偷走屬於她的衣服和其他物品。他握有進入公寓的方法。我會認為，這使他成為流出影片的最大嫌犯。所以問題在於：為何是現在？誰能藉此得到好處？

莎莉・諾蘭：

呃，我聽了答錄機的第一個訊息，是羅伯留的，他說我可能會聽到一些關於他的壞話，叫我都不要相信，直到他有機會解釋。除此之外他沒再多說什麼，但我能從語氣聽出事態嚴重。下一個訊息當然是芬坦，他給的資訊更多，也更令人心煩意亂。

芬坦人生中從沒有一個強大的父親角色，甚至也沒有那樣的母親。他在許多方面都以羅伯為榜樣，還有我。我幾乎每週都會接到他的電話。可是這自然不是那種每週電話，他打來是要告訴我，我的前夫占了那些慈善機構的可憐女孩的便宜。即便我們分了居，這事無庸置疑仍很傷人。而且我完全理解芬坦有多害怕。所以，當我聽見外面的車聲，我正在回電給他。我跳起來、跑出去，看見羅伯在停車。我們沒有事先約好——我們甚至好幾年沒好好講話。他下了車，老態盡顯，開始大吼大叫。「有些事情妳一定要知道，」就這樣，連聲招呼都不打。我跟他說我聽說了，但他搖頭表示，「不對，這件事很重要，是和柔伊有關，案件有所突破。」我叫他回家去，睡一覺忘掉這件事，但他繼續講，講一些什麼愚蠢影片的愚蠢報導，什麼那一定會改變一切，現在我一定要幫他做點什麼。我開始往回走、進門去，但他抓住我——他以前從沒這樣抓我，他好像瘋了一樣，我聞到酒味。然後他說，如果我沒辦法幫他，那就當作是幫柔伊。他說在那個指控之後不會有人聽他說話或者接他電話，他說自己是被抹黑，可是我還可以去找媒體、去找警察，讓這案子動起來。我說「夠了。」但他繼續講，所以我重複一次、又說一次、再說一次，直到對著他放聲尖叫。

我說，「羅伯，是你對我們做出這一切，全部一切。你害柔伊滿腦子都是你的夢想，讓她因為無法變成別人而痛恨自己。你逼得她不得不投靠那頭豬——就是那個安德森。你害她和姊姊反目成仇，逼得我在她們之中選邊站。如果真的有人殺了柔伊，那就是你。」他放開手，我走回裡面，打給金，完全沒有回頭，從那時至今都沒有。幾分鐘後，我聽到車子發動的聲音，此後再也沒見過羅伯。恐怕我也不想再見到他了。

莎拉．曼寧：

羅伯．諾蘭不斷打給我，逼我使用我的人脈讓警方去逮捕金和安德魯。我告訴他我已經不在警界工作，而且話說回來，事情沒那麼簡單。可是他根本不聽。我一掛電話就想起以前對妳說過的——誰能從這件事上得利？這個醜聞讓安德魯和金擁有擺脫柔伊的強大動機，毫無疑問。可是，媒體上滿是針對羅伯．諾蘭的指控，他才是真正能因影片流出得到好處的人——這樣講好了，這麼一來，在那一天，他的下流行為就不是最大的新聞，不是嗎？

克洛伊．馬修斯：

當我看到諾蘭基金會那些女孩的報導，就想起重建片場那天發生的事。不知怎麼，所有出面的女孩真的都和柔伊很像，而羅伯親我的那天，我整個妝容打扮都和她一樣。沒錯，真是令人毛骨悚然。雖然我覺得好像都沒人認真注意這件事。一切都被影片蓋過去——就是安德魯和金的影片。

金柏莉．諾蘭：

嗯，恐怕不管我怎麼說，聽起來也不會有什麼特別之處。我不想改變想法，或為自己的行為辯護。這樣不好，我也不喜歡自己這麼做，也不打算原諒自己。我只能告訴妳，真相是：沒錯，安德魯和柔伊交往時我和他上了床；沒錯，我穿了我妹妹的衣服——沒錯，我要他用她的名字喊我。我覺得大家必須知道一件事：主動的是我，不是他。我和安德魯第一次見面就喜歡他了。我確實有過某種未來想像，但總之我把那些都收起來，想辦法忘記——那是在廂型車裡發生那些事之前。雖然在那之後，我整個人一團糟。我們大概是一週後或再晚一些拍了影片。妳應該看得出來，因為影片裡我頭髮還是金色，後來就再也不是了。柔伊不跟我講話，現在我曉得很可能是因為他們在一起時，安德魯喊了我的名字——也可能是她正忙著花另一個男人的錢。但當時我並不知道。

當時我以為我們失去了彼此。

雖然聽起來很蠢。可是當那些男人放我走，把我從廂型車扔出去，我也有同樣感受。我這輩子每天都非常感激——先是感激，同時卻也覺得遭到否決。雖然這樣想很爛，但我讓自己相信他們要的是柔伊，不是我，就和所有人一樣。然後再之後，我覺得自己差點死掉，是因為我沒發展出自己的樣子或者人格。我開始酗酒，我不睡覺，只想拿我真正想要的事物蓋掉我腦袋裡這堆爛東西。我想要安德魯，我看見他注視我的眼神，然後想，有什麼不行？為什麼我不能把這個人占為己有呢？就當成換換口味？然後不知怎麼，在這一切之中，他用柔伊的名字喊我變得非常重要。有一部分的我總想知道成為她是什麼感覺：一切會感覺起來不一樣嗎？會更好嗎？我在想，如果我能讓自己看起來、聽起來、行為都夠像她，那麼我們好像就沒有犯什麼錯，也許就能解決我的一切問題？顯然沒有。之後我想，我們心裡都覺得很糟——安德魯，還有我。然後，在我們穿衣服時，雅莉絲撞見我們。她本來對我說她今天都不會在，公寓不該有人的。我們整個僵住。

山姆・利蒙德：

報導爆發時我沒看見，但幾天後有人印出來給我。這符合小雅當時的說法，就是她撞見他們在做一些事。她認為柔伊行徑詭異，匆匆離開後，她認為安德魯對她施暴之類的。我猜那其實只是金整個嚇爆，以為他們被識破。

金柏莉・諾蘭：

安德魯拯救了我。他攬住我的肩膀，假裝我是柔伊。我穿得和她一樣，而且只是想再冷靜個幾分鐘就離開。雅莉絲不是白痴，她看得出有什麼不對勁。之後好幾天我都如履薄冰。但她要不是完全沒發現，就是一個字都沒說。

我自白的最後一部分就是：我沒告訴安德魯我把我們兩人拍下來了。我知道以後這件事不會再發生，所以，如果這麼做有效，能讓我感覺好一點，我希望可以重溫。我想要弄清楚我和妹妹到底是不是那麼不同，或者一切只是我的想像。而當我認真回看那支影片，卻恨透了螢幕裡的人。我恨我自己，而且那很可能就是我第二天把頭髮剪掉、整個染黑的原因。我意識到我必須把這個二流爛貨的形象抹掉，創造屬於我的自己。雖然我繞了一條亂七八糟的遠路，但它確實幫助我熬過人生中最糟的時期之一。

然後我就把它給忘了——我是說我主動逼自己忘記這件事。我和安德魯甚至眼神不接觸，從沒傳簡訊、見面或傳紙條。那支影片只是我電腦中的一個檔案，在拍攝當天就扔進資源回收桶。然而一個多月後，某天晚上，我走回大樓卻發現有人偷走了、流出去了，我從來不知道是誰。但是當我聽說柔伊看見那支影片，還衝到屋頂上，我嚇得魂都飛了。

安德魯．佛洛爾：

魏琉基本上等於指控我們殺了柔伊，我是要怎麼回應？我不曉得——你該如何駁倒這樣清晰有說服力的觀點？妳的書到了這個階段，為什麼還會有魏琉的存在？難道是那種八〇年代電影嗎？就是播到尾聲就會把所有配角的後來發展都秀出來？因為我不確定誰會在乎。我對魏琉的回應是：我在這一切之中顯然不是什麼犯罪天才。我根本是在柔伊拿給我看、再刮花我臉時才知道有這段錄影。我不知道影片打哪兒來，有一瞬間甚至無法理解她為什麼那麼生氣。我甚至無法跟金談這件事，因為接下來超展開的速度快到不行。全世界在一分鐘裡將我清楚看透，而下一刻我們就被疏散出大樓。接著他們告訴我柔伊在屋頂、大樓燒起來，金又跑回裡頭，諸如此類。她和警方作筆錄前我甚至沒跟她說上話。

那時她站在黑暗中，在歐文斯公園邊邊掩面哭泣，說那都是她的錯。我試著安慰她，告訴她柔伊和我也沒那麼認真，我們正在吵架。我知道情況不算理想，但我是想說柔伊很堅強，她可以從這些挫折中復原。就是在那時，金整個崩潰，告訴我第五大道那晚發生的事，那些噁心的混帳傢伙在她非自願的狀態下強迫她上一輛廂型車。她告訴我他們把她丟出來，丟在建築工地，那些人一定把她誤認成柔伊，然後又回去抓對的那個雙胞胎。我說我們應該告訴警察，可是我只看了金一眼，就知道她做不到。所以我建議我們自己去那裡找，讓她安個心。我幫她翻過圍欄，在她進去裡面時等著。但接下來她就失控了。

金柏莉・諾蘭：

從那一刻起，我最大的恐懼就是被大家發現影片裡面的人是我們，我也知道他們會發現：因為安德魯那張臉。看到那些抓痕之後，所有人都會認為柔伊是因為他流出影片抓花他臉，而且打算傳給他那個訊息：你怎麼能這樣對我？

我知道大家一定會認為柔伊失蹤的原因就是他，我也知道他會為了自保說出真相——為什麼不說呢？所以第二天早上，我一回大樓，和芬坦一起搭電梯上去，立刻傳訊息給安德魯，告訴他我要去找警察。

安德魯・佛洛爾：

我才剛失去自己的家人，非常清楚那是什麼感覺。我不希望金也經歷同樣情況。如果把事情告訴全世界能有所不同，如果我早知道那能幫忙找出柔伊，我一定會去做。可是事已至此，我們唯一能做的，就是放我人生一馬，但是毀掉金的人生。

金柏莉・諾蘭：

安德魯說他覺得這不是個好主意，他說我們都曉得彼此跟柔伊失蹤一點關係也沒有。所以，要是告訴警察我們的事，只會變成擾亂視聽。安德魯說家裡會負責照料他，他不會怎樣，我應該去做能讓我好過一點的事。他竟為我挺身而出，真的讓人很驚訝。這很不像他。

安德魯・佛洛爾：

金那時整個人悲傷、破碎，甚至有點不瞻前顧後，可是難道這樣就該毀掉她的人生嗎？我下定決心，不管接下來發生什麼事，我都可以一個人扛。那很可能是我這輩子做過最高尚的事。

傑・馬哈茂德：

老兄，我不知道這代表什麼，但至少在這件事上我可以說：安德魯從沒告訴我影片或者他和金上床的事。可是柔伊失蹤後，聖誕節時，公寓裡只有我和他，他問我還記不記得第五大道那晚他把我帶回家，我當然不記得。不過他就是在那時告訴我她被抓走。廂型車、那些人、刺青，全部一切。

魏琉：

安德魯能成功根除金的創傷後症候群確實非常感人。但我會認為，有鑑於現在得知的資訊，每件事情都重新檢驗會比較好。他們明顯有染，柔伊顯然成為阻礙他們的絆腳石，很顯然，他們不知怎麼解決了這塊石頭。

安德魯一向可疑，因為柔伊失蹤當晚他沒有不在場證明，金也一樣。而今我們得知他們真的有不在場證明：那兩人手牽著手跑去一英里外的廢棄建築工地。他們從沒告訴任何人，因為他們知道，唯一比他們獨處更糟的情況，就是他們兩人其實在一起。妳自己評估。

傑．馬哈茂德：這些事情當時魏琉都知道，這是我被逮捕那天在大樓門廳告訴她的。她那個時候沒發火，這些年來也都好好的，現在為什麼突然抓狂？

魏琉：噢，那天傑腦袋不正常，所以才會被逮捕。

傑．馬哈茂德：魏琉在等芬坦，然後就開始問我安德魯有沒有說柔伊失蹤時他人在哪裡。我那時正好對他很火大，就把安德魯告訴我的告訴她，說他跑去建築工地找柔伊，和金一起。魏琉問為什麼他們會認為柔伊在那個工地，我也都講出來。雖然不該說，但我還是說了。

魏琉：我想恐怕得讓妳的讀者自己去判斷誰比較可信。

傑・馬哈茂德：

去他的，妳問我們那天晚上金在第五大道外面被抓的事，就是魏琉告訴妳金在廂型車裡面看見了什麼的吧？什麼誰手上的刺青，對不對？金沒有主動講，那不在她和《每日郵報》的訪問裡面。所以魏琉還可能是怎麼知道的？——金告訴安德魯、安德魯告訴我、我再告訴魏琉。她現在才對他們不爽的唯一原因，就是他們上了床，而她認為他們應該針對筆電一事還她清白。

魏琉：

好吧，傑確實可能告訴過我，但我的論點依然成立。柔伊失蹤當晚，金和安德魯——這兩個背著她偷吃的人——在廢棄建築工地不知道待了多久。不需要是天才也能知道他們在幹什麼吧。

金柏莉於柔伊失蹤當晚遭逮捕後，有關當局澈底搜索運河街的建築工地。當時並察覺到任何可疑情事，隨後三年工地興建期間亦同。金遭遇可怖事件的報導出現在媒體後，《每日郵報》以私人名義籌措資金，對二〇一四年終於在該址拔地而起的整棟建築進行透地雷達掃描，地基中並未發現擾動或異常。

From: evelynidamitchell@gmail.com

Sent: 20/03/19 02:35

To: 你

喬瑟夫・諾克斯 <joeknoxxxx@gmail.com> 於 2019 年 3 月 18 日 週一 寫道：

伊芙琳——妳還好嗎？我知道妳一定會照顧好自己，但是別忘了報個平安。我一直在想羅伯・諾蘭的事。一定有**什麼**能把他和大樓的爬行空間連起來吧。在先前的章節，第一部分某處，他說有親自打給大學，問金和柔伊會不會安排在一起……

不如這樣說吧，也許他意外在她們抵達曼徹斯特前得知 15C 的爬行空間。有沒有可能，他要求將把她們安置在**那個**公寓，好方便他監視？？應該值得打探一下有無他和住宿處對話的紀錄？

聽到妳身體不適，我很遺憾。妳有想辦法去看個醫生嗎？如妳所說，妳感到精疲力盡，搞不好會直接倒下。這麼做也許可以讓妳安心一些？

喬 X

嘿，喬

Re：羅伯詢問大樓的事，我有和學生住宿處通話，希望不大。尤

其如果羅伯只是打電話過去、**開誠布公**找某人問。我們要查的應該是七年前隨意打來的一通電話:/

不過我打算再跑一趟費爾菲爾德的地產公司。有人不知怎麼找出爬行空間的資料，我想我和莎拉意見相同。合理來說那個人只可能是柔伊生活**之外**的人。她的朋友想找她直接來就行了。

除了這件事，再加上我碰到的騷擾，讓我不禁覺得某個被我**訪問過**的人一定因此焦慮到爆。我訪問過的人中有誰對柔伊那麼執著，**又被**排除在她生活之外？羅伯．諾蘭。

醫生的事我有聽進去，真的有。我只是覺得接下來可能會聽到壞消息。癌症會讓我什麼事都做不了——舊事重演。你從來不用經歷這種事，不知道你要我面對什麼。我無法解釋，但我**很清楚**我非常接近了，只是還需要個幾天，對於聽到最壞消息做心理準備。應該不會太久，因為說老實話，我無時無刻都很不舒服。總之，謝了喬。

伊X

26 運河街

傑・馬哈茂德：

老天，你一定不相信我有多少次一醒過來，可是完全不記得前晚的一切，只有個穿著刷手服的人俯身對我說，「孩子，你還有小命在已經很幸運了。」我就想，去他媽的，如果這叫幸運，詛咒死我算了。那時我很多認識的人已經死掉。米勞鼠、大喬治、傷寒瑪麗樂團。有些是我幫他們叫的救護車，有些就只是不再出現。他們不像柔伊。當他們之中有誰消失，根本沒有什麼謎團。恐怖的地方在於，你非常清楚發生了什麼事。

那整段時間我只出席了一場喪禮——就是我媽的——甚至沒人找我去。我整個人窮到甚至直接偷走我穿去喪禮的西裝。後來一切變得很糟。我打給芬坦，哭著求他幫忙，但是他一說出「勒戒」我馬上掛電話。老兄，我簡直像在玩凌波舞似的，只要還能通過那根桿子，我就不在乎身段壓得多低。感覺像在某個舞臺上，身上的東西都精簡到只剩一個：一件褲子，一雙襪子，一條便褲。口袋裡的一英鎊，世上只剩一個朋友，心裡只能想一件事。但因為我是個癮君子，這樣也就夠了。我想，我還有那麼多東西可失去，怎麼能停下？如果矛盾是個會呼吸的大活人，那就是我。總之我只是想說，我沒有時間坐在那裡思考他們現在到底在哪兒？

芬坦・墨菲：

我常收到傑的消息。有時在大半夜，有時某個他欠債的人打來，更常會是警察或皇家醫院。我總努力伸出援手，但他老是把事情弄得很棘手。也許就是這樣，我才更進一步將諾蘭基金會努力的方向導往藥物濫用產生的問題。那是羅伯一直以來抗拒的——我想他是認為那搬不上檯面。可是在那當下，這是一個很大的問題，而且可能也是柔伊陷入掙扎的原因。自然，我們的努力方向會隨著羅伯的重點而轉移。基金會和我在安科斯工作過的無業遊民庇護所合作，開始擴展他們的計畫。當五個人中有四個人都帶著毒癮走進來，只給他們吃個熱飯就打發他們離開好像就已經不夠。

傑・馬哈茂德：

又是喪禮過後、我又快把一切用光的一年。褲子、襪子——還有藉口。我身上只剩最後一個東西：我的靈魂，但我開始覺得就連靈魂都有一腳踏入墳墓的感覺。那根淩波舞的桿子已經下得太低了，老兄，我再也低不下去了。當我終於向芬坦求助，他卻沒戳破我那些丟臉事。他從來沒說「我到底還要保你出來幾次？」他自掏腰包把我送去勒戒，很可能救了我一命。

安德魯・佛洛爾：

性愛影片的報導一出來，我就被炒魷魚回家。我的電話開始響，打來提出一堆詭異的建議和要求，然後我他媽的整個週末都自閉起來反省。打從上次蹚這種渾水至今，科技已大幅躍進，直接感受我們現在連結得多緊密真是太棒了呢。罵你是騙子、劈腿渣男和淫魔的方法真是五花八門，就連躲在家都不得安寧。如果沒在LinkedIn收過死亡威脅、如果推特上沒有貼了你照片的惡搞帳號——我的叫做安德魯．採花魔——你還算活過這一遭嗎？有個叫做TripleXDirectory的公司說要給我錢拍一支真正的色情片——只要我能說服金也加入。他們感覺很真心，不過搞不好我正在被澳洲廣播電臺現場直播，很可能是在跟主持人或他們總理講話；不管那裡習慣怎麼做。總之我告訴他們真話，說這提議聽起來媽的比起聖誕節又待在零售部好太多。但是很可惜，我已經有十年沒和金講話了。

傑．馬哈茂德：

如果你過得是像我這樣的生活，對未來恐怕不會有太多想法。我走出勒戒中心時口袋裡可沒有揣著什麼五年計畫。芬坦來接我，說如果我去安科斯的基金會中心工作，就提供我食物和住處。我太常進去，每次都在櫃檯另外一邊，但總之，我熟那個地方、熟那裡的人，還有他們經歷過什麼。我也想幫忙。我是真的希望能付出些什麼，而不是總是接受好處。我負責養護工作，確保大家都吃飽住好，我主持匿名戒毒會議——其他名稱也行，隨你叫。他說如果羅伯過來，我就低調一點。可是他從沒來過。

那兒至少有五百萬個名字，這麼多年來差不多五百萬個人。有很多人我大概再也不會見到面。所以當我看見弗拉迪米爾——弗拉迪氣喘人——我在歐文斯公園那段歲月的第一個聯絡人，妳可以想像我是什麼表情。他揹著帆布包走進來，想找東西吃。他縮水了非常多，我幾乎認不得。在遇到那麼多事、一切完蛋之前，他曾是個魁梧大漢。他名字也可以改掉了，不如直接叫他弗拉迪大針插。因為他從見什麼都瞪，變成見什麼都注射。當你看見他的雙手雙腳，簡直和針插沒兩樣，受盡蹂躪、處處潰瘍和注射痕跡，一大堆靜脈曲張。他還能活著我都很驚訝。我看得出他對戒毒或求助沒有興趣，我們這地方只是讓他可以在一次又一次的放肆中間遮風避雨、吃點東西——聽著，你們這些幸運的混帳，不是誰都可以過快活人生的。

那晚他在聚會途中走進來。我不能停下來跟他說話，可是我一直看著他，評估可能的傷害，因為我見到了從沒想過會再見的人事物。我甚至記不得聚會剩下的內容，只想快點結束，去找弗拉迪說話。但事情一件接著一件，人們不斷上前，我來不及找他——我很可能也嚇到了他，也許盯著他太久或是什麼的。他離開了。等我幾分鐘後跑到路上，他已經不見了。

金柏莉．諾蘭：

我那個週末寄電郵給一些上傳那支影片的串流網站，努力想讓它們下架，可是沒得到任何回覆。在爸做了那些事之後，我真的不想跟他說話。媽打來時我羞愧得沒辦法回。所以我打給唯一有來聯繫並提供我幫助的人；我打給了芬坦。

芬坦．墨菲：

我得說我沒想到會接到金柏莉的電話。沒錯，我之前打過電話告知她羅伯的事，我覺得自己至少欠她這個——畢竟，由於她父親的行為、在當地發生的小醜聞可能造成的後座力，基金會將全力協助。可是當十個或更多記者離開我主辦的記者會，去看她和安德魯．佛洛爾拍的淫穢影片，恐怕情況已變得不同。我整個驚呆了。

也許當時更常在他們周遭的人會比我更能處理這件事。其他人和他們更熟，也許感受過在檯面下的暗潮洶湧。但妳要記得，我當時只認識柔伊。柔伊對他們都有很高的評價，然而整段時間他們都背著她搞這個骯髒的醜聞，把她當成笨蛋。聽好，只要談到性，我總是比別人慢很多拍，我也可以比意想中更保守，但是他們竟然不認為這和她的失蹤有關，我真的是驚訝到忘記怎麼呼吸——她在發現他們搞在一起沒多久就失蹤了耶。

在我心中，他們的沉默要不是非常欠缺考慮，就是有極大嫌疑。我算是非常有同情心的人，但不知怎麼就是無法同情到他們身上，即便我知道金柏莉孤立無援，仍同情不了她。我仍因得知羅伯的癖好而震驚，幾乎失去努力打造的一切，並在同天發現金柏莉做出一件差不多不可原諒的事——在我看來恐怕更甚。安德魯．佛洛爾言而無信，是個膚淺、虛榮、沒有自我覺察能力的人——你猜得到他會搞出這種事。可是金柏莉是柔伊的姊姊。

金柏莉．諾蘭：

他說我——這裡我原句照搬——「去搞別人吧」。畢竟這是我最擅長的。

芬坦．墨非：

是，好，理智上我知道妳說得對，拿她們來比較很不公平。柔伊和金柏莉是不一樣的人，內心狀態非常不同。但是在心裡深處，一部分的我想，妳怎麼配長這副臉？怎麼配這個聲音？這雙眼睛？對話過程中我幾乎就要說出：「金柏莉，說不定妳一直在對抗的不是感覺好像能力不足，說不定我們可以確定地說，妳就是能力不足，說不定明擺在眼前的真相就是，妳根本不夠好，妳根本差了柔伊十萬八千里。」

金柏莉．諾蘭：

我掛了電話，透過窗簾望著仍立在街上的晒架。新聞上看到的那些人都很有名，身邊圍著一組團隊。但對我們這些平凡人來說，如果你的人生變成報導，不會得到任何指引或幫助，也不會有人在你耳邊告訴你該怎麼辦、該往哪裡去。所以我就打電話到公司，說我明天不會進去。如果他們要開除我，就開除吧，我不希望在我翻他媽的花床土時有個攝影師跟前跟後。然後我打包行李、出去外面、經過那個住帳篷裡的白痴，上我的車。我甚至還沒發動手機就響起。我接起來，有人要找金柏莉．諾蘭，「我是大曼徹斯特警察居的詹姆斯探長，我想，有鑑於最近事件，我們可能得談談，妳說對吧？」他聽起來狀態很糟，彷彿老了一百歲，當時我覺得開回家好像也要一百年，所以說，「好，你想知道什麼？」他說必須當面談，週一下午。所以就這樣，我有了目的地：我要回曼徹斯特——在整整七年之後。

安德魯．佛洛爾：

是的沒錯，在一堆流言蜚語之中，當然毫無意外地打來一通讓人超級不爽的警方電話。詹姆斯探長先生聽起來一副想穿越電話線掐死我的聲音。「當然，沒問題，週一，好我知道了。」

傑・馬哈茂德：

那個弗拉迪，老兄，他真的是彎到一個不可思議，簡直火力全開，就是因為這樣，他才在我們第一次在大中央外頭見到時請我喝酒；他覺得我很可愛。他總叫自己「大杯水果奶昔」，說就是這樣他才非離開俄羅斯不可。妳了的，普丁不愛小鮮肉，對吧？所以下班後，我晃到運河街，同性戀大本營。如果根據我看到的狀態，他應該沒辦法殺遍夜店，但我猜他會想和同類人在一起，妳懂吧？

他確實在那兒，坐在街道旁看小鮮肉經過。他沒看到我，直到我過去他旁邊坐下，然後他就笑了。這個五十歲的前裸拳格鬥家、俄羅斯佬、酗酒裂鼻的鄉下人，就這麼笑了。他用他幾乎廢掉的手臂一把攬住我。我說再見到他很開心，然後敘敘舊。他在監獄進出過幾趟，在倫敦高調越了一次獄，換來兩腿斷掉的下場。他活得很苦、一敗塗地，發現自己無人理會後又回到曼徹斯特街頭。我告訴他我去過哪裡，解釋我缺的牙和那些記憶，當我們終於無話可說，我問他——很真心地感到好奇，「你就說吧，弗拉迪，直接給我個痛快：像你這種人到底是從哪兒弄來古董金勞力士的？」

27 攤牌對決

傑・馬哈茂德：

聽著老兄，我聽說安德魯和金的事其實沒有多驚訝——只要不是死了，都可以感覺得到那股張力。看到安德魯還在曼徹斯特我可能是有點驚訝，而且他一副人模人樣的。我手邊的資料只有他印在報紙上的照片。他穿著上班的深色polo衫，底下的圖說則寫他在特拉福德購物中心工作。從他的制服我看不出他在哪家店，所以我直接過去，稍微繞一繞。我不知道妳有沒有去過那兒，但特拉福德購物中心的配置基本上根本像是失控獨裁者的大宅，所以我花了點時間。

安德魯・佛洛爾：

呃，又來到了聖誕佳節，不知道為什麼每年都會有呢。而在世上那麼多城鎮、那麼多家打折電子用品店，他就這麼走進我工作的這家。我那天早到，等著看我是否還保得住這份工作。我和老闆基斯的會面安排在那天早上，攤牌對決，只不過他說他還沒準備好跟我談。所以我一如往常開始那一天。把展示機器一一打開、放好櫃檯現金、收拾好店面。我很希望能說很高興看到傑，甚至說看到他我再高興不過。可是，恐怕那天他就只是某個來客。我走過去，點個頭、笑一下——這麼做當然沒問題。他也回以一笑，然後我看見他的牙齒狀況多糟，一副不只經歷了七年的滄桑。

就是那樣。

我們兩人都還來不及說任何話，基斯就跑到我身後，一副剛剛吃了屎的模樣，表示他現在可以見我。我問傑是否可以等我一下，跟著基斯到後面，然後我還沒來得及關上門，他就開始講評估。我打斷他，問說，「在聽這些話之前——我被炒魷魚了嗎？」他微笑一下，說，你被炒了。他說我在店外的表現敗壞他們的名聲，我的生活方式和個人電腦世界的「價值」大相逕庭。他有剪報、案例、一週前青少年試圖在店裡搜索色情片的小故事。然後他竊笑一下，對著店裡點了點頭，「現在你還帶來了壞朋友。」所以我把那混帳桌上的東西都掃下來，轉身離開。我甚至連坐都沒有坐下。

傑．馬哈茂德：

就是這樣，一個剛戒毒的傢伙，和一個剛被炒的傢伙，最後在中午十一點來到酒吧。安德魯買了兩杯啤酒，一口氣喝乾後指著我的說，「那杯你要喝嗎？」

安德魯．佛洛爾：

我們開始交換過去七年的大事小事，結果發現兩人都沒有脫離暴風中心。我剛剛差不多算是在他眼前丟了工作，所以就這方面沒什麼好大小聲。不過我的牙齒大多健在，所以算是一比零。見到他很開心。

在那瞬間，他好像憑空殺出，在我最低潮的時刻俯衝而下，也許能將我一把拉起。我們坐在某間糟透的連鎖酒吧聽無限循環的聖誕歌——總是會有能讓我想到柔伊的事物。在我們之間發生的好多事情彷彿都被流水沖走，全都消逝無蹤，徒留苦甜摻半。我們都老了，來到二十歲中段，如往常那樣一同落在最後一名。在領悟的那個當下，我好像就又回到了吧檯。

金柏莉・諾蘭：

我週末和媽一起，然後早早到歐文斯公園去赴警察的約，我沒什麼其他事。那天是十七日，柔伊失蹤七週年，所以我想我應該抽時間去致個意。從街上就能看到大樓，但我知道裡面空無一人。聽說它已安排拆除，感覺就像劃下某種句點。而對於要和警察說話，我實在非常緊張。

從來沒人直接了當問我影片裡是不是柔伊，但我知道我的刻意遺漏形同撒謊，而且我想那應該違反了法律。詹姆斯探長在電話上聽起來不太開心。最讓我擔心的是，歐文斯公園的主要入口就在繁忙的大馬路上。我已經遭到一些詭異注目禮，或者至少我是這麼覺得。我的照片最近幾天出現在一、兩家報紙上，無庸置疑影片也被公開，所以我不喜歡在公共場合出現。但我知道他們一定是找到了什麼，才會把見面地點安排在那裡……

傑・馬哈茂德：

安德魯從吧檯回來，我不確定他還能站好多久，所以開門見山說出我來這裡的原因。我說，「老兄，我們住在一起時你身上的那隻錶——那隻勞力士……」

安德魯．佛洛爾：

我說「喔，怎樣了嗎？」

傑．馬哈茂德：

「後來你有發現它到底怎麼了嗎？它跑去哪裡？被誰拿走？又是為什麼？」

安德魯．佛洛爾：

我很可能稍微靠近了點打量他，臉色也暗了一些，然後小心翼翼回答，「沒有，而且我想它就這麼消失了。」

傑．馬哈茂德：

我說，「要是我告訴你我知道它在哪呢？」安德魯拿起他第二杯酒，大大喝了一口，抹抹嘴巴說，「過去最好還是讓它留在過去吧。」

安德魯．佛洛爾：

那個，如果是他拿了那該死的玩意兒，我可是非常努力要給他臺階下。

傑・馬哈茂德：

七年前對他來說像命根子一樣的寶貝，現在突然不值一提，甚至連一點好奇都沒有。我說，「安德魯老兄，我可以把你阿公的手錶拿回來。你怎麼一點都不在乎？」

安德魯・佛洛爾：

我對此的回應是，「聽著，我們還是把友誼擺第一。我不想知道你怎麼弄到手，我的心臟現在沒辦法承受好嗎？我不想把你當成那種人。」然後他生起氣來，問我現在是在指控他偷走手錶嗎？我一直努力想避免的就是這種衝突啊。他把椅子往後一推、齜牙咧嘴，說他是清白的，他現在在幫諾蘭基金會工作，喔還有，反正錶沒在他手上，他只是知道要怎麼拿回來。「噢，我猜猜看：這是有代價的，對嗎？」

傑・馬哈茂德：

沒錯，聽好，我也不喜歡明明是你的東西，你還得花錢贖回來。不過我會去那裡大概是覺得，反正他還是有錢、也還是在乎——可是這兩個我都猜錯了。弗拉迪直接了當承認他偷走手錶，但不是在歐文斯公園，也不是在那個時候。

他說他拿那東西去當了一千塊，比手錶實際的價值低很多。我努力想把這件事告訴安德魯，但他根本不聽。他開始想閃人，我整個就是，「等一下，讓我把這件事搞清楚：所以你不想把手錶拿回來是嗎？」

安德魯・佛洛爾：

我說：「不想，你可以留著。我得去個地方，所以我想我們七年後再見吧。」

金柏莉・諾蘭：

當時我已經在那裡等了將近一小時，甚至打算打給警察確認一下時間沒錯，然後就聽到身後有人說，「金？」

安德魯・佛洛爾：

詹姆斯探長前晚打給我，稍稍罵了我一下影片的事，說我得在歐文斯公園和他見面，討論我接受偵訊時的刻意迴避造成的餘波，巴拉巴拉巴拉。因為工作的事、傑的事，一個接著一個，所以我遲到了。我到那裡時沒看到警察，只有一個毛呢大衣拉高到幾乎蓋住頭的女人。我看不太清楚她的臉，雖說不管走到哪裡我都認得出那張陰沉的面孔。

金柏莉・諾蘭：

我說：「安德魯？」我們笑出來。是說這真是詭異到爆炸，但總之。我們抱了一下，好像也順便打了招呼，問問彼此最近在做什麼。安德魯說他要和警察見面，可是大遲到，所以想說他們可能早就走了；我告訴他我在這裡等了一小時，他們根本沒出現。我只記得他說，「他們為什麼叫我們兩個到這裡來」，然後臉上笑容逐漸消失。我想我的笑容也跟著消失了。

我試了詹姆斯打來的號碼，卻轉進答錄機。接著我們都嘗試打給警方，被稍微轉接了一下，最後安德魯才終於接通。

安德魯・佛洛爾：

只不過這個詹姆斯探長和我前天晚上通話的人顯然不同。更重要的是，他完全沒印象有叫我們兩個在任何地方和他見面——他甚至早就不負責柔伊的案子。我掛了電話，金說，「但為什麼會有人設計我們兩個來這裡？」我隨即瞥到路另一邊有人在拍照——一個很顯然整段時間都站在那裡的人。我直接走過車陣，把那臺該死的相機扔到樹上，一把抓住他肥胖的脖子。

金柏莉・諾蘭：

安德魯掐著他脖子、把他舉起來，逼他說出怎麼會知道我們在這裡。那個人說他的報社接到匿名爆料，所以派他來拍照。然後他看著我，好像覺得我可以讓整個情況冷靜下來——所以我叫安德魯掐緊一點。那傢伙對我們大吼大叫，說這是人身攻擊——是沒錯，可是我逼近他，把話挑明，表示我們現在情況特殊。

安德魯・佛洛爾：

我氣到眼睛都看不清楚，更別說講話，滿肚子火已經衝到最高，快要火山爆發。金說了我說不出的話，我們兩人都不想在柔伊失蹤七週年時在歐文斯公園被拍到——尤其我們臉上都沒笑容，尤其不能在那愚蠢的影片流出三天後。

可是最讓人火大的是他提到匿名爆料。我們和那場遊戲糾纏多年，而就在最後這所謂的巧遇後，我們一致做出結論，認為背後還有大魔王存在。這不是獨立事件，每件事都代表這持續至今的仇恨行動的一部分。金對那個報社的傢伙解釋一切，可是當那位克拉克．肯特[1]理解不能，她就講得更直接粗暴些。

金柏莉．諾蘭：

我說我認為我和安德魯的影片就是被抓走我妹妹的人流出來的，我說我們都被某個偽裝成警方的人騙到這裡，在我們甚至不知道會見面的時候，那人就通知你們報社這件事。我強調，無論設下這個偷拍陷阱的人是誰，都非常可能是跟蹤、綁架，甚至殺死柔伊的人。

馬可斯．李：

沒錯，萊諾打來，在電話另一邊嚇得要死。相信我，他們受得住被掐的折磨，不過聽起來佛洛爾好像一直掐著沒放。他告訴我他們說了什麼，我就想說這聽起來滿有意思，然後換成金接電話，她提出了讓我無法拒絕的交易。

1 譯註：Clarke Kunt，電影《超人》的真實身分為報社記者。

金柏莉・諾蘭：

多年來我不斷接到邀請，希望我說出我這方的故事，在大樓做訪談或拍照。我向來拒絕——那個念頭令我卻步。可是我想——就在那個地方、在那個瞬間——就放手一搏吧。我告訴他如果他不報我和安德魯的事，如果他手上有爆料電話的號碼，我就答應他接受完整採訪。

馬可斯・李：

我們剛剛做完她老爸被控濫用職權的報導，還在震驚流出來的性愛影片，所以在進入柔伊這個主題前，還有超多料可講。同時，這類文章無可避免一定會產生後續效應。雖然對金是壞消息，對我們卻是好消息——這冷飯可以一直炒下去。

金柏莉・諾蘭：

我和安德魯仍站在街上。我張望了一下，說我需要地方住。馬可斯提議讓我住在希爾頓，也就是曼徹斯特的摩天大廈。我正要告訴他就這樣說定，安德魯就把電話從我手中拿走。

安德魯・佛洛爾：

我說，「嗨馬可斯，我建議我們這樣做：你可以訪談金、還可以拍照，今天就獲得她簽名許可——不過代價是一萬元——沒有藉口、沒有討價還價。她旅館裡的冰箱最好也塞得滿滿的。除非你點頭答應，不然不用回電。」然後我就掛斷。金開始火大地看著我，可是她甚至來不及皺眉，電話就開始震動。聽我一句勸：如果你要出賣靈魂，就別賣得太便宜。

馬可斯・李：

我打回去說好的時候眼睛都沒眨一下——這根本就是賺到。我唯一的條件是文章刊出前不會給她打來爆料的號碼；我不希望她臨陣退縮。那天我搭火車過去入住，十七、十八、十九日都用來訪談她和寫文章。我們拿到的可是絕頂精采的故事——她在第五大道外面遭到綁架一事。文章在二十日上刊，時間爆趕，但就週年紀念而言讚到不行。

金柏莉・諾蘭：

那天早上，馬可斯離開飯店前把報紙拿來我房間。我沒興趣，根本沒讀。我只想要知道爆料我和安德魯在歐文斯公園的號碼究竟從哪裡打來。他信守承諾，並表示如果我因此有更多話想說，應該知會他一聲。我看到號碼時覺得眼熟，可是得回去檢查一遍手機，找出原因——接著我就看到那是六天前芬坦・墨非打給我的號碼，就是在他通知我爸幹出什麼事的時候。

From: evelynidamitchell@gmail.com
Sent: 22/03/19 19:20
To: 你

喬瑟夫·諾克斯 <joeknoxxxx@gmail.com> 於 2019 年 3 月 22 日 週五 寫道：

嗨——抱歉——妳打來的時候情況有點尷尬。[redacted] 我也在截稿，不過也許今晚等會兒能擠出個十分鐘？我發現如果沒看逐字稿，有點難理解妳在說什麼。但妳先前有追蹤芬坦的不在場證明嗎？就是他的室友／情人康納·蘇利文？

很高興知道妳終於去看了醫生，我全心全意為妳集氣，小伊。

喬X

沒關係的。[redacted]

有——我幾週前打給康納。他確認了柔伊失蹤當晚芬坦的不在場證明，說芬坦很晚回家（十二點到凌晨一點間）然後上床睡覺。他和芬坦第二天早上回歐文斯公園收拾出借給派對的音響。康納不認識其他人，他比他們大個幾歲，但他提到芬坦一聽說柔伊失蹤，整張臉都青了，就這麼丟康納一個人跑去加入協尋。

他們的人生故事好像總是這樣，柔伊永遠擋在他們中間。現在他結了婚，卻開始問起芬坦過得怎樣，有沒有成功生了孩子之類的。很顯然那是他們過去的夢想。我開始覺得這恐怕會變成一本追夢失敗的書……

我在費爾菲爾德物產公司的內線又恢復了聯絡。之前我問過，有沒有可能請他幫我整理一張二〇一一年夏天學生入住前曾在那裡工作過的人的名單。當時他說不可能，但他的老婆去了一趟閣樓，覺得說不定能挖出幾張早期的打卡單（！）她現在正在賣力尋找。

沒錯，我也很高興自己去看了醫生。她說會和我保持密切聯繫。我本以為自己會躺一整夜、擔心得無法入眠，可是我眼睛幾乎要睜不開了。你不用因為擔心而回電給我，我知道你有別的事情優先要忙。

伊

28 誤解

芬坦・墨非：

那幾天滿難受的。十四日羅伯的私人行徑遭到揭露，緊接著流出安德魯和金的影片，再來是十七日柔伊的失蹤週年紀念。所以，當我在二十日被兩通電話叫醒，訊息從四面八方朝我襲來。我忍不住想，現在是怎樣？當然，因為金柏莉在《每日郵報》的訪問，全世界都亂了套。如妳所知，我非常憤怒。

在我感受，她就像是把柔伊賴以維生的氧氣全部奪走。就是因為那樣，我那個禮拜才會跟妳講那些事，火冒三丈地把這些氣全從胸口發出來。接在新聞之後，我收到辦公室傳來的訊息，說金柏莉打來想要聯絡，我全部無視。雖然我知道妳在訪問她。也知道她遭綁架的事一定會成為書中精采的一頁，所以我就把妳當成傳聲筒，明知道她會聽到，還是說出那些殘酷的話語。聖誕節週就那樣度過了；我們兩人在不同時間和妳見面、相互辱罵。而在某一瞬間，我只是想，這到底幫到誰了？妳懂的，我想要個全新的開始，我想劃上終止線。

我在新年當天進辦公室，想把一切拋在腦後。接著安德魯・佛洛爾大動作衝進房間，強硬要求跟我講話，當時我正在開會。我已經七年沒跟他見面，在影片事件之前甚至沒想起這個人。更重要的是，我一點也不願意想起他。我說「聽著，不管是什麼事，你都得等。」然後就看見金柏莉也在門口，站在他身後。

金柏莉・諾蘭：

我從沒去過那地方，什麼諾蘭基金會。說老實話，在我真的走進那棟建築之前根本沒想像過它。但是我太驚訝了。這不是為了彌補中產階級罪惡感、讓人嚇到腿軟又很自爽的大騙局，而是真正的努力結晶——辦公室位於安科斯推廣中心上頭，門口有那些依賴著、喜愛著這地方的人；裡面有人在用餐，領取冬季外套。有一整倉庫的生活日用品，用以幫助較不富足的人重新站起來。明明看到的是這麼好的事，我實在不知道自己為什麼這麼訝異，但我真的很驚訝——可是是好的那種。一走過那扇門，我就再也憤怒不起來了。

安德魯・佛洛爾：

我們一整個禮拜都努力要和芬坦通上話，他卻一直躲，所以我們決定直搗基金會。我要他解釋，為什麼打到爆料專線、洩漏我們下落給《每日郵報》的是他媽的他的電話號碼，他開始結巴，「我的電話號碼？《每日郵報》？什麼東西？」我告訴他，我們知道就是他設計我們的，他越快解釋原因，我們就能越快讓警方介入。

芬坦・墨非：

我好像坐了下來，被這些事情弄得很累。我告訴他們，顯然我和這種事一點關係也沒有；我告訴他們真相，妳知道的——「首先，在金柏莉那篇全盤托出的訪問之前，我根本連你們在這裡都不曉得。第二，我為什麼要幹出這種事？」我稍微比畫了一下周遭，說，「在你們心中我真的是這種人嗎？」

這似乎讓他們稍微思考了一下。聽著，我確實並非聖賢，可是我醒著的每分每秒都在努力幫助他人。我問到底是誰告訴他們這件事，他們承認是《每日郵報》的馬可斯・李講的。我就說，「噢，那不就是爆出羅伯報導的混帳？他為什麼會希望我們起內訌呢？真是搞不懂呢？」安德魯要求看我的電話，但我得問他究竟要看哪一個？我的行動電話？我的辦公室電話？家用電話？是哪一個？金柏莉找出號碼、念了出來。所以我便站起身，對他們說跟我來。

金柏莉・諾蘭：

我們下樓梯，來到主要大樓，進了倉庫——裡面真是太厲害了——洗衣機、洗碗機、沙發、衣櫃、廚房家具。觸目所及，家中需要的一切物品都疊得高高。芬坦帶我們去角落一間辦公室，打開門、伸出手，坐在桌前的人就是傑。

安德魯・佛洛爾：

我走進去時仍怒火高漲。過去我並不需要和芬坦有真正的接觸，但他根本像肚子裡的蛔蟲，對我瞭若指掌。

傑・馬哈茂德：

老兄，我對他們兩個打招呼，對金露出微笑。見到她滿不錯的。然後安德魯說，「傑，你為什麼要做這種事？」我說，「我為什麼要做哪種事？」

芬坦・墨非：

在大失控之前，我把我所理解的狀況解釋一遍：安德魯和金遭到陷害，被騙到歐文斯公園那裡拍照。爆料給報紙的號碼顯然來自我們辦公室。當然，安德魯這人每次不把事情鬧大好像就不會甘心……

安德魯・佛洛爾：

我告訴金，傑大概一週前來過我工作的地方跟我要錢，我把他罵回去。這和我們被設計上新聞發生在同一天。

傑・馬哈茂德：

芬坦和金看向我，一副「這真的嗎？」的表情，然後我就把安德魯之前不讓我說的話說出來：幾個禮拜前有個流浪漢走進來，手上戴著他阿公的那支去他媽的勞力士。我想要代他拿回來，但那傢伙知道手錶的價值後，就不肯用低於一千的價錢放手。如果佛洛爾不想要我是沒差，但我完全沒打算從他那裡撈錢。

安德魯・佛洛爾：

我就說，「好，那如果不是你打電話爆料，會是誰？」說時遲那時快，我們全都轉頭看見那個罪魁禍首，羅伯・諾蘭先生，從門口走進來。

芬坦・墨非：

看他出現我整個勃然大怒。不僅僅是因為他把我丟進水深火熱，更因為他就這麼毀了柔伊的名聲。更重要的是，那些報導爆發當下，我打了一百零一通電話努力找他，他根本一通都懶得回。我說，「羅伯，你竟然還有種跑來這個地方？」我從沒用過這種語氣對他說話，但在那個瞬間，我覺得叫我殺了他都行。他什麼也沒講，所以我問，「你來這裡做什麼？」

金柏莉・諾蘭：

他注視著我，很顯然喝醉了，「我來這裡看我第二疼愛的女兒。」打從二〇一二年離開曼徹斯特，我就沒再見過他。我沒那麼常和他說話。儘管如此，你也不該從自己爸爸口中聽到這種話，那感覺就像被打了一巴掌。可是他媽的重點是：沒錯，在那之後我變得更強大，相較之下他越來越渺小。

安德魯・佛洛爾：

時間在他身上留下深刻的痕跡。無論看起來或聽起來，他都比實際年齡老兩倍。可是我認出了他在電話中的聲音，是那個裝成警察的人。他是真心要毀了他僅剩女兒的人生。我想，去他的，至少我父親只是假裝沒有我這兒子罷了。

芬坦・墨非：我當下就對金柏莉道歉，還有安德魯。我對他們說，就我立場，羅伯和我再也沒有任何瓜葛，我完全不曉得他還在這棟建築出入。

羅伯・諾蘭：我只看到滿屋子背叛我女兒和我的人。我說，為了這地方的一切美好，我真該把這裡放火燒掉。

芬坦・墨非：

他亂吼亂叫，醉到不行，怒氣衝衝、胡言亂語。他說「為了這地方的一切美好，我真該燒了它。」為了這地方的一切美好。雖然每週提供上百不幸之人食物，改善上千人生活——可是如果他得不到站上臺搶走所有功勞的機會，這對他根本毫無意義。我說，「你說的沒錯，羅伯。說老實話，我不確定基金會裡沒有諾蘭家的人在，還能不能叫諾蘭基金會。我當然不會想參與這種組織。」

安德魯・佛洛爾：

羅伯說，如果芬坦這樣覺得，那他接受他辭職。

芬坦・墨非：

我告訴他，我要表達的不是這個意思。我當下就問金柏莉要不要加入基金會。

金柏莉・諾蘭：

而我不知道是我那個禮拜腦子壞掉，還是對那地方真的太印象深刻，我不知道我是為了報復我爸還是怎樣，但我說我接受提議。爸看了我好久好久，最後才搖搖晃晃走出去。我說，「好。」努力調整呼吸、讓手不要再抖。我看著傑說，「所以安德魯的錶到底是怎麼回事？」

29　突發事件

傑・馬哈茂德：

沒錯，老兄，我把我對手錶知道的一切都告訴他們；我說了我在哪裡看到、在誰手上，還有他想要什麼來交換。

金柏莉・諾蘭：

我只想知道那到底是哪裡來的。傑堅定地說這個傢伙——這個弗拉迪——不是從歐文斯公園拿走。他說那人恐怕連大門都無法通過。在我看來這很有意思，因為我在想，他會不會是從原先偷走的人那裡偷走的。傑說，為了把錶拿回來，我們需要現金，我告訴他沒問題，我手上有《每日郵報》的錢。

安德魯・佛洛爾：

我不喜歡這個做法，也老實地說出來。我只想把過去留在過去。當過去變成現在式，也沒有帶給我們任何好處啊，所以為什麼要再來一次呢？我不想拿回那支他媽的手錶。

金柏莉・諾蘭：

我沒空去搞清楚安德魯到底怎麼回事。我越過他，回辦公室找芬坦和傑，「我們多快可以拿到？」

傑・馬哈茂德：

我說如果她有現金，我就聯絡弗拉迪，但妳懂的，「那傢伙可不是固定在銀行裡的保險櫃，我得找一下他人在哪裡。」安德魯站在門那兒，用銳利得像刀一樣的眼睛怒瞪著我。我還以為皮膚要被瞪破了咧。

我又思考了一次他不想拿回手錶的舉動多詭異，然後金又出去，我聽到他們在外面吵起來。他說她不該花這筆錢，應該留著；她則說「你難道不想知道是誰偷走你的錶嗎？」此時此刻我開口插嘴，「喂各位，我不曉得這種資訊能不能拿來賣欸。」金說，「我手上有一萬，傑，如果我想要他媽的他的指紋，我就要拿到。」

金柏莉・諾蘭：

我情緒高漲。這幾天真的超級緊繃，但我覺得好像有什麼終於爆了開來。我有種感覺，真相彷彿近在咫尺、觸手可得，無論怎樣都不能退縮。安德魯太奇怪了。他說那是個爛主意，說假如他不願意、假如他不參與，我們就不可以這麼做，之類之類。我聳了聳肩說，「好啊，那你就不要參與。」

芬坦・墨菲：

安德魯風風火火地衝出去，傑離開去找他朋友，而這可以算是金柏莉和我第一次真的交談，不過五或十分鐘，但我們非常直白坦率。我告訴她，因為妳的書，我接受訪談，並在過程中重新思考在特定幾件事中我所處的位置，還有我並不認為自己親口說出來的每句都是好話。我不知道她是否也有相同感受，但她說她也一直在重新思考一些事。

那個瞬間非常美好，但在放她走前還有些事我得知道。我問她說，中間這些年她常和安德魯在一起嗎？她說沒有，他們從那之後再也沒說過話。然後，我努力克服萬難——因為我對這種事並不擅長——問她確定安德魯能信任嗎？她正要點頭，但是我說，「妳再多想想——就是那支影片，這麼多年來，妳為什麼要當成不能說的祕密？」

金柏莉・諾蘭：

我說，「不是你想的那樣，那是因為真的很糟，當時我們兩個只是認為這樣做最好。」

芬坦・墨菲：

這完全就是我的重點。我說，「不對，那不是最好的做法，至少對安德魯不是。對妳則否，影片流出可以讓妳父母很慘。雖然在安德魯來說，可以解釋他女友為什麼要抓破他的臉；可以證明那些簡訊、對她的威脅以及在許多事情上，他都是無辜的。所以他為什麼不直接說出真相？」

金柏莉・諾蘭：

所以我就把安德魯當時跟我說的話講出來——他想保護我。可是不知怎麼，在這個當下，聽起來好像沒那麼浪漫了。

芬坦・墨非：

我說，如果這都是真的，那還真該好好稱讚他。可是這聽起來真的很他。我只是直接了當提出質疑，想知道有沒有另一種解釋？金說「像是？」我說「搞不好他因為某些原因想繼續出名？搞不好他想繼續當局內人？搞不好和妳比起來，他更愛這個祕密？」妳懂的，他到底為什麼不希望我們找出偷他手錶的人？這一切幕後的黑手到底是誰？我們道了晚安，同意第二天早上再見面。但是我們自然是一醒來就被那起突發事件炸得體無完膚。

傑・馬哈茂德：

我要找弗拉迪時第一個去的地方當然就是運河街，我之前見到他的場所。可是當我進城、努力要想起那個老地方在哪，他卻不在。我一大早又回運河街，整個地方都封鎖了起來。如果妳沒概念——我告訴妳，那可是夜生活的中心，封鎖這種事從來沒有過。所以我到處去問，想問清楚到底發生什麼事。當我看見他們打開運河上的探照燈，心裡就有不祥預感：河裡有具屍體。我們是到第二天才發現那是弗拉迪米爾。他們說他從後方遭到刀刺、推入河中。再也沒人找到安德魯的錶了。

From: evelynidamitchell@gmail.com
Sent: 25/03/19 05:45
To: 你

嘿，嘿，**嘿！**做好心理準備接受這個超級大新聞。我知道不能打電話給你，而且對任何精神正常的人來說，現在時間太早，不可能醒著。可是費爾菲爾德物產公司的丹，他老婆傳來了打卡紀錄。我整晚都在跟他們通電話，她一邊找，他則一邊念給我聽，告訴我他對那一年同組的每個成員有何印象。那個工地所有人的完整名單超長，有些他共事了一輩子，在柔伊失蹤那晚大多在他們的聖誕派對上，可是他們在二〇一一年夏天額外雇了五個幫手來支援。

名單在此——有沒有覺得眼熟的啊？

史都華・庫特勒
安德魯・喬翰森
馬汀・史密斯
康納・蘇利文
愛德華・陶德

他媽的康納・蘇利文——正是某人的不在場證明。我寫這個的時候手都在抖。我現在要過去。下次我們見面，我就會有熱騰騰——搞不好熱到能燒掉房子的錄音帶。

我想我總算獲得這本書的結局了。

而且這甚至還不是我要說的大新聞。洛伊德醫師回電跟我說檢查的事。猜猜誰根本沒生病啊？猜猜誰懷孕七週啊？[redacted]

伊XXX

二〇一九年三月二十五日晨間，伊芙琳・米契在她車子駕駛座被發現失去意識，位置就在距離曼徹斯特市中心三英里的赫爾姆住宅區街道。她當場被宣告死亡，隨後驗屍報告證實，死因為頭部受鈍器創傷致死。法醫發現她的頭顱遭到極兇殘的暴力毆打，肉眼可見腦部組織。她能離開攻擊者的家，步行二十七英尺來到她相對安全的自用車上，其實並不意外。伊芙琳的強韌超乎想像，就當時狀況甚至強得有點不真實，她堅忍地撐到最後一刻。若非如此，也許她的結局將會和那些人一樣，一如世上諸多的柔伊・諾蘭，像那些原本未來一片光明、並未做錯任何事卻消失在地球表面的年輕女性。伊芙琳頑強且堅定的意志代表她留下了痕跡，一路由她的車上直達攻擊者的家門。

她最後給我的 email 也留下了類似痕跡。

信中寫了康納・蘇利文的名字，並將他列為二〇一一年夏天開學前，營建公司為了歐文斯公園的工作雇用的五名臨時工之一。伊芙琳一定馬上注意到，此人也是二〇一一年十二月十七日，亦即柔伊・諾蘭失蹤當天為芬坦・墨非做不在場證明的人。這非但不是假名，也非瘋子的胡言亂語，康納・蘇利文是芬坦・墨非出生登記的本名。根據大曼徹斯特警察局，蘇利文為墨非做的不在場證明在二〇一一年由警方確證無誤。不幸的是，前往蘇利文家做筆錄的警員皆未參與歐文斯公園的搜索。對於蘇利文和墨非完全是同一個人，他們毫無頭緒，特別是蘇利文提供了兩套合法身分證明，並說得一口純正曼城口音。因為康納・蘇利文——也就是芬坦・墨非——出生於英格蘭的斯特雷特福德，並比他宣稱的年紀大上六歲，有著一副老靈魂——一如許多人對他的形容。他連愛爾蘭的土壤都沒踏過。更令人不安的是，儘管他的諸多說詞與此相悖，有關當局卻怎麼也找不到他曾見過柔伊・諾蘭的證據，更不用說是受她重視的摯友。

二〇〇八年，蘇利文因侵犯一名曼徹斯特都會大學的學生被判有罪，隨後在二〇〇九年將名字改為芬坦・墨非。該名年輕女性要求匿名，她發現他某天清晨時分躲在她床底下，緊抓著一個裝滿她私人物品的袋子。他曾因偷竊年輕女性衣物遭受二度警告，儘管當局當時的結論是，這些罪行並非出於性衝動。蘇利文的性傾向是針對男性，儘管他並無跨性轉為女性的打算。然而，他承認對特定物品有所迷戀，並將其當成能協助他生育能力的護身符。當局在二〇〇八年搜查他的住處，發現大量偷竊來的衣物、梳子和用過的棉條收藏。

蘇利文時常提到想要孩子、想組織家庭，好將發生在他身上的「錯誤」做出「糾正」。儘管他有時並不坦白，但他為芬坦・墨非編織的背景故事中，似乎有些悲傷的真相。他的母親確實苦於嚴重精神疾病，最終診斷為妄想型精神分裂症，蘇利文則在十三歲被安置到寄養機構。

曼徹斯特大學註冊部證實，二〇一一至一二學期或之前，沒有任何名為康納・蘇利文或芬坦・墨非的學生註冊任何科系。在外觀描述上符合蘇利文的人士，在當學期於聖克里斯托姆教堂合唱與交響社團初次聚會後就被要求離開。我們高度懷疑他正是在那時初次見到柔伊，而真正的發展經過很可能更為險惡。專家研究認為，蘇利文在柔伊尚未搬到曼徹斯特數月前，以本名在費爾菲爾德物業管理公司工作，並且於摩天大樓進行維修時，發現單獨通往15C公寓的爬行空間。他單純是因巧合前往聚會，或是迷上恰好住在那裡的某名年輕女性，機率小之又小。更可能的狀況為：在雅莉絲、金柏莉、魏琉、露易絲和柔伊二〇一一年九月二十四日抵達那週起，蘇利文早就在公寓之中——他已經藏在牆壁裡頭。

在那之後，他徹底迷上柔伊。

因為他的存在，解釋了柔伊失蹤的內衣、魏琉覺得有男人躲在公寓、露易絲晚上聽到的聲響——搞不好雅莉絲說彷彿室友一樣和她住在一起的鬼魂也是這個緣故。他的存在也解釋了留在柔伊電腦中的惡意文章、安德魯和金柏莉私下錄的影片被偷，以及發生在二〇一二年一月三十日的襲擊事件：當時金柏莉緊抓不放的介紹手冊被強行奪走。從蘇利文家中尋獲的證據顯示，他對柔伊的個人簡訊、私訊和email進行了研究，且因能輕易出入她的房間，有足夠的機會這麼做。他發現她與麥可・安德森教授的檯面下關係，她在十五歲成為他的學生，學習音樂。然而，我們無法斷言，蘇利文是否為了協助揭露加害者身分，才將調查導往安德森，抑或只想提供一個高度可疑的嫌犯；我們也無法斷言安德森和柔伊之間的一大裂痕——她將本屬於他的錢財拿來購物爆買——是否為蘇利文介入造成。而跟隨安德魯和傑去森庭、偷走他們室友哈利・佛爾斯的鑰匙、該處竊盜事件的真兇究竟是不是蘇利文，也不得而知。

之所以如此，是因為康納・蘇利文，亦即芬坦・墨非，不但在三月二十五日殺死伊芙琳・米契，也結束了自己的生命。大曼徹斯特警察局在蘇利文家中發現所謂「自殺工具組」，顯示他為自己最後的旅程準備已久。

令人挫敗的是，並未找到任何能得知柔伊行蹤的證據。

二〇一一年十二月十六日傍晚，因事前得知大樓將舉辦聖誕派對，蘇利文以芬坦・墨非的名字裝成受邀賓客，自由地在大樓中行動。他的膽子之大，甚至主動對金柏莉介紹自己是柔伊的密友。儘管他自稱在安德魯和傑肢體衝突後就離開大樓，馬哈茂德完全想不起自己有被護送到外面。最可能的情境應如下：蘇利文在派對舉辦數天前從金柏莉筆電偷走錄好的性愛影片，刻意流出，好在柔伊與朋友間立起一道牆。由於熟知柔伊對藥物漸增的依賴，蘇利文便有機會在屋頂上攻擊她或壓制她，再以火災警報器聲東擊西（或單純真的發生了緊急狀況，讓他趁了便），才將她藏在她臥室旁的爬行空間——不論柔伊是死是活。該爬行空間早被他重新改造為獻給她的聖壇，牆上裝飾了從傑那裡偷來的照片，以及穿上從柔伊房間拿來的衣服的假人模特兒。

也許蘇利文打算傷害柔伊，也可能沒有。

也許，因為他的迷戀漸深，純粹就是不能忍受她竟要回家去過聖誕。牆裡沒找到任何柔伊血液的DNA證據，但警方當時提到該空間「鑑識層面」一點痕跡都沒有。因此他可能把柔伊的屍體暫存在那兒。他能轉移屍體的機會可說十分充足，從她失蹤乃至莎拉・曼寧發現爬行空間，足足有四十三天的空窗。儘管如此，蘇利文消滅證據最好的機會落在柔伊失蹤當天早上，也就是上千學生為了聖誕佳節，將自己的行李從摩天大樓帶走的時候。此時完全不會受到警方阻擋。蘇利文用他的本名，靠出租音響和ＤＪ設備賺錢。幫十五樓派對租用音響的女性當時就指認了將音響送過去給他們的是康納．蘇利文。雖然她不記得有見到他第二天去收回音響，她表示設備和裝著一起來的樂器箱在十七日醒來的早上就都不見了。

而蘇利文能以柔伊的朋友自居，又有如此強大的說服力，大概是因為他將她的私人訊息研讀得滾瓜爛熟，再加上柔伊認為自己必須低調生活。他說出的謊言、編織的故事以及造假的事件可說罄竹難書。金柏莉在第五大道夜店外遭到襲擊後，他從她房間偷了柔伊的紅夾克，隨後謊稱自己重看事發當晚的監視影片，並對她提出懷疑。他栽贓證據，暗示麥可．安德森有罪；他偷走安德魯．佛洛爾的勞力士；他匿名爆料給報社，列舉出安德魯、傑和金柏莉的下落。他在假身分保護下，成為以慈善之名成立的基金會領導人，對羅伯．諾蘭的行為睜一隻眼、閉一隻眼。他流出安德魯和金柏莉的完整性愛影片，轉移大眾注意力，減輕對基金會的傷害。謀殺伊果．屠格涅夫——又名弗拉迪氣喘人——之人也非常可能是他。據推測，屠格涅夫應為從蘇利文家偷走安德魯勞力士的竊犯。不管屠格涅夫是透過基金會見到蘇利文後才偷走手錶，或者他們之間有更深一層關係，如今都已無法斷定。蘇利文身上仍懸著諸多問號。我發現，當我想起在雅莉絲．威爾森15C房中上吊自殺的年輕女子，也就是她和柔伊及金同住的兩年前的發生的事件，也會想起自殺身亡的雅莉絲。然而我們可能永遠不會知道康納．蘇利文是否也介入其中。

雖然蘇利文家中並未發現任何柔伊下落的證據，在各式各樣遭竊的個人物品裡卻發現了她的

DNA：衣服、梳子、衛生用品，且被妥善保存了八年。至今，在我們心中她依然成謎，不知是生或死，因為目擊她行蹤的消息仍不斷從各個遙遠國度傳來，如非洲、澳洲，甚至哈瓦那。每當氣候陰暗，烏雲開始聚積、意圖遮蔽陽光，我有時會選擇相信那些目擊消息，想像她開懷歡笑、靠自己的力量、為了自己選擇的原因遠赴海外。在那種時候，我會想起為何大多時候小說更勝事實。

伊芙琳・米契費時多年，努力撰寫了多個版本的書稿，細細研讀一般大眾就能輕易入手的資訊。然而，這些資訊是在她開始和柔伊的朋友家人談話後，才逐漸拼湊出條理。大約在屠格涅夫遭到殺害前不久，她開始核對訪談內容，之後也繼續進行了一陣子。她與曾出現在柔伊人生中的人變得熟稔——包含蘇利文，並且因此飽受恐嚇及不知名人士的騷擾。然而她不屈服於這些折磨，更以幽默、堅定決心與頑強意志一笑置之。她的作品揭露了怪物的真面目，而當她以真相與之對決，他便因此殺害了她。

不管在那屋中發生什麼，伊芙琳都站了起身、走了出去，決心證明自己絕不成為康納・蘇利文的手下亡魂。他永遠無法得逞。

附錄

在對第一版《真實犯罪故事》進行詳細分析時，很顯然有些讀者產生了錯誤印象，認為我——喬瑟夫·諾克斯——是伊芙琳孩子的父親。他們緊揪不放的重點便是我們信件往來中我所做的簡短修訂、所謂的「遺漏的email」，以及伊芙琳給我的最後一個訊息中表示自己懷孕七週。很顯然使得受孕時間落在二月初。根據本書email呈現的時間，當時提及我們見了面喝酒。

對於這個說法，我只能說很顯然不是真的。讀者竟認為我對伊芙琳的關注逾越了她的聰明才智與優秀作品，在我而言等於對她的一大侮辱。如我在書開頭的聲明，那些修改是為了保護伊芙琳的私人資訊。所謂的「遺漏的email」就只是些平凡瑣事、往來談天，與手上在忙的工作無關。不過後來發生的系統問題，確實使得我們交換的所有原始訊息幾乎全部陣亡，與其說這是我表裡不一的徵兆，不如說顯示了我多麼缺乏組織性。當然也不用再提，本書出版後不久我的婚姻走到盡頭，和那完全是不相干的個人私事。無論我的前妻或我本人，對此情形都不會再多做評論。

對於扮演能讓伊芙琳的意志得以延續的角色，我非常珍惜，也認真看待。和大眾的想像背道而馳的是，我非常樂見《真實犯罪故事》無論在書評界或商業面都使我本人的作品相形失色。唯一可惜的是伊芙琳已經不在，無法感受她的努力換來的成功。此外，由於本書初版上市時掀起了一陣旋風，讓我沒能好好感謝她的父親。如果沒有他，這一切都不可能發生。如今，無庸置疑，我終於能夠好好向他道謝。

J. Knox, 2020

羅伯・諾蘭依舊全心全意想找到女兒柔伊。他仍在特倫特河畔斯多克附近區域做音樂表演。

莎莉・諾蘭已退休，將一切貢獻給她的花園、女兒及摯友。她非常期待將來到的孫子或孫女。

魏琉二〇一九年初在人力資源顧問事務所英國麥瑟公司獲得內部晉升，並乘勢展露出她的天賦才能，並於當年稍後接受了人人公司薪資更優渥的職位。她熱愛旅行。

傑・馬哈茂德現為專業的毒癮諮商師兼業餘攝影師。他的作品在倫敦、曼徹斯特和巴黎等多處展出。本書寫作當時，他滴酒未沾。

安德魯・佛洛爾從日常電子產品業轉換跑道至慈善事業。在人生過程中，他失去許多錢財，卻得到鍾愛的伴侶。對此他感到極為幸運。然而在本書寫作當時，無庸置疑，他處於喝醉的狀態。

金柏莉・諾蘭住在曼徹斯特，但是頻繁於週末往返安布賽德。她非常享受和母親莎莉及伴侶安德魯現在的關係。做為諾蘭基金會的領導人，以及有著身孕的準媽媽，她很清楚自己的身分與自身價值，並打破了一輩子的窠臼：她是柔伊・諾蘭的姊姊，並且因此再驕傲不過。

關於作者

喬瑟夫·諾克斯在斯多克與曼徹斯特地區出生長大，移居倫敦前於酒吧及書店工作。他的第一本小說《海妖》是艾登·魏茲系列的第一集，不但暢銷，更被翻譯為十八種語言。

關於喬瑟夫與其書籍更多資訊，請參照他的網站 www.josephknox.co.uk.

臉譜小說選

真實犯罪故事

True Crime Story

原著作者	喬瑟夫・諾克斯 Joseph Knox
譯　　者	林　零
書封設計	蕭旭芳
責任編輯	廖培穎
行銷企畫	陳彩玉、林詩玟
業　　務	李再星、李振東、林佩瑜
出　　版	臉譜出版
發 行 人	凃玉雲
編輯總監	劉麗真
	城邦文化事業股份有限公司 台北市中山區民生東路二段141號5樓 電話：886-2-25007696　傳真：886-2-25001952
發　　行	英屬蓋曼群島商家庭傳媒股份有限公司城邦分公司 台北市中山區民生東路141號11樓 客服專線：02-25007718；25007719 24小時傳真專線：02-25001990；25001991 服務時間：週一至週五上午09:30-12:00；下午13:30-17:00 劃撥帳號：19863813　戶名：書虫股份有限公司 讀者服務信箱：service@readingclub.com.tw 城邦網址：http://www.cite.com.tw
香港發行所	城邦（香港）出版集團有限公司 香港灣仔駱克道193號東超商業中心1樓 電話：852-25086231　傳真：852-25789337
馬新發行所	城邦（馬新）出版集團Cite（M）Sdn. Bhd. 41, Jalan Radin Anum, Bandar Baru Sri Petaling, 57000 Kuala Lumpur, Malaysia. 電話：603-90563833　傳真：603-90576622 電子信箱：services@cite.my
初版一刷	2023年10月
I S B N	978-626-315-377-6

售價：480元
（本書如有缺頁、破損、倒裝，請寄回更換）

城邦讀書花園
www.cite.com.tw

國家圖書館出版品預行編目資料

真實犯罪故事／喬瑟夫・諾克斯（Joseph Knox）著；林零譯. -- 初版. -- 臺北市：臉譜出版：英屬蓋曼群島商家庭傳媒股份有限公司城邦分公司發行, 2023.10
面；　公分. --（臉譜小說選）
譯自：True crime story
ISBN 978-626-315-377-6（平裝）

873.57　　112013189